KB161422

아름다운
그이는

사람이어라

아름다운 그이는 사람이어라

김탁환 지음

2017년 4월 3일 초판 1쇄 발행
2018년 4월 16일 초판 3쇄 발행

펴낸이	한철희
펴낸곳	돌베개
등록	1979년 8월 25일 제406-2003-000018호
주소	(10881) 경기도 파주시 회동길 77-20 (문발동)
전화	(031) 955-5020
팩스	(031) 955-5050
홈페이지	www.dolbegae.co.kr
전자우편	book@dolbegae.co.kr
블로그	imdol79.blog.me
트위터	@Dolbegae79

주간	김수한
편집	이경아
표지 디자인	박연미
본문 디자인	이은정·이연경·김동신
마케팅	심찬식·고은성·조원형
제작·관리	윤국중·이수민
인쇄·제본	상지사 P&B

책값은 뒤표지에 있습니다.

이 책의 인세 중 일부는 세월호 활동을 위해 기부됩니다.

아름다운
그이는

사람이어라

김
탁
환 소
설

돌베
개

큰 슬픔을 견디기 위해서

반드시 그만한 크기의 기쁨이 필요한 것은 아닙니다.

때로는 작은 기쁨 하나가 큰 슬픔을 견디게 합니다.

— 신영복

차 례

눈동자

눈동자는 눈의 심장이다.

내가 아는 소설가는 "얼마나 절실하게 질문을 던지는가가 중요하다. 그 질문이 소설을 새로운 끝으로 밀고 간다"라고 칼럼에 적었다. 다음 날 광화문광장 노란리본 공작소에서 우리는 마주 앉았다. 함께 리본을 만들며 그에게 말했다. 나를 새로운 끝으로 밀고 가는 원동력은 질문이 아니라 눈동자라고. 소설가는 그게 무슨 소리냐며 따져 물었다. 새로운 질문이라도 발견한 표정이었다.

이 부족한 회고담이 정답은 아니겠지만, 태어나서 처음으로 사흘 꼬박 긴 글을 썼다. 이유는 간단하다. 내게 질문을 던진 소설가의 눈동자 때문이다.

1

나는 눈동자를 수집한다. 눈동자를 도려내 보관하진 않고, 마음에 드는 눈동자를 발견하면 재빨리 수첩에 그린다. 눈 전체를 담지만, 다른 부분을 멋지게 그려봤자 눈동자를 망치면 모든 것이 무너진다.

내가 아는 소설가는 누군가를 처음 만날 때 손부터 살펴 그 사람을 기억한다고 했다. 내겐 눈동자가 먼저다. 한번 뇌리에 박힌 눈동자는 사라지지 않는다. 눈의 생김새까지 보태지면 잊히는 법이 없다. 언제 어디서 어떤 순간 그 눈동자를 보았는지, 1년이 지나도 '거의' 정확하게 설명할 수 있다. 눈동자를 자주 그리면서 이런 재능이 생긴 것인지, 이런 재능이 있어서 눈동자만을 집중해 그린 것인지 확실하진 않다. 내가 '거의'라는 부사를 붙이는 것은 뜻밖의 실수 탓이다.

침몰선에서 탈출한 학생들이 병원 소회의실에 모인다는 소식을 접한 것은 우연이었다. 일반인 생존자라고 두 번이나 담당 의사에게 알렸지만 병원은 내게 생존 학생과 만날 기회를 주지 않았다.

어깨와 팔 그리고 허리 통증을 완화하기 위해, 입원 후 매일 물리치료실로 갔다. 스위치를 켜면, 팔과 어깨를 감싼 치료기가 불규칙하게 근육들을 압박했다. 허리 아래를 받친 원통 안마기까지 작동하자 몸 전체가 흔들렸다. 솔직히 나는 이런 치료가 몹시 불편했다. 조용한 선방에서 보름만 참선하면 근육통 정도는 저절로 사라질 거였다. 커튼 너머에서 여자 물리치료사들의 대화가 토막토막 들려왔다.

"근육 문제가 아니래…… 정신적 쇼크로 목도 뻣뻣하고 허리나 옆구리도 아픈 거래…… 물리치료로는 효과가 없으니, 내일 2시에 3층 소회의실로 학생들을 모두 모아놓고…… 이후 치료 계획을 설명할 예정인가 봐……."

다음 날, 1시 반부터 소회의실 근처를 서성거렸다. 생존 학생들이 병원에 처음 도착했을 땐 기자들이 불쑥불쑥 병실까지 들어와 허락받지 않은 인터뷰를 해댔다. 학생들이 눈물을 쏟거나 고함을 질러도 기자들은 물러나지 않았다. 오히려 그런 반응들까지 기사화해서 빈축을 샀다. 학부모들이 정식으로 항의한 뒤에야 기자들의 병실 출입이 봉쇄되었고, 그 바람에 생존자인 나까지 학생들을 만나기 어려워진 것이다. 엄격한 통제 덕분인지, 아니면 생존 학생의 뉴스 가치가 떨어진 탓인지 병원을 찾는 기자들이 지난주부터 눈에 띄게 줄었다. 매일 내게 걸려오던 인터뷰 요청 전화도 끊겼다.

소회의실 복도는 한산했다. 교수 연구실과 실험실이 3층에 몰려 있어서 평소에도 환자들의 내왕이 적었다. 엘리베이터에서 내려 회의실로 가려면 복도를 따라가다 오른쪽으로 방향을 한 번 틀어야 했다. 나는 그 꺾인 곳에 기역 자로 놓인 소파에 앉아 기다렸다. 팔꿈치가 쿡쿡 쑤시기 시작하더니, 톱으로 잘라버리고 싶을 만큼 어깨가 아파왔다. 손바닥으로 어깨와 팔꿈치를 번갈아 누르고 비틀고 흔들고 때렸다. 점심도 먹는 둥 마는 둥 급히 오느라 약을 챙기지 못한 것이다. 진통제 없이는 잠들기 어려웠다. 통증이 허리까지 내려오는 날엔 침대에 앉아 있기도 힘들었다.

다행히 허리는 괜찮았지만 아랫배가 살살 쓰려오는 조짐이 불길했다. 침몰선에서 나온 후 단 하루도 설사를 멈춘 날이 없었다. 의사는 스트레스성 장염이라고 했다. 탈수를 막기 위해 링거를 내내 꽂고 다녔다. 설사가 싫어 끼니를 건너뛰니 놀라운 속도로 체중이 줄었다. 침몰선에서 탈출하고 보름 만에 10킬로그램이 가벼워졌다.

학생들을 만나고 싶었다. 누구누구를 구했다고 생색내기 위해서가 아니었다. 설사와 함께 시작된 악몽 때문이다. 꿈의 시작은 언제나 똑같았다. 수십 개의 눈동자가 허공에서 나를 내려다보고 있었다.

내가 갇힌 곳은 어둡고 시끄러웠다. 거기가 어딘지 단번에 알아차렸다. 발목까지 바닷물이 차올라왔으니까. 침몰선이었다.

허공에서 흔들리는 눈동자들엔 탈출한 학생들의 눈동자도 있고 희생된 학생들의 눈동자도 있었다. 나는 내가 구한 눈동자들을 확인해 악몽에서 지우고 싶었다. 꿈에 그 눈동자들이 다시 나오더라도, 침몰선에서 탈출시킨 눈동자들이니까, 미안함 없이 바라볼 수 있으리라. 최소한 열 명 정도의 눈동자는 기억해내리라 여겼다. 눈동자뿐만 아니라 이마와 콧날까지 떠오르는 학생도 있었다.

1시 40분이 지나자 엘리베이터에서 학생들이 내렸다. 발소리만으로도 알아차렸다. 불행이 닥치기 전날 밤 좁은 복도에서 들려오던 바로 그 소리였다. 나는 눈을 크게 뜨고 허리를 꼿꼿이 세운 채 기다렸다. 환자복 차림의 남녀 학생들이 한꺼번에 우르르 방향을 꺾어 내 앞을 지나쳤다. 고개를 숙인 학생도 있고 천장을 올려다보는 학생도 있었다. 아무리 빨리 지나가더라도 눈동자 하나하나를 놓치지 않고 확인했다. 내 머릿속에 사진처럼 선명하게 남아 있는 눈동자들과 맞춰본 것이다. 그러나 단 한 명의 학생도 불러 세우지 못했다. 내가 기억하는 눈동자들이 아니었다. 이 병원엔 내가 구한 학생이 없는 걸까. 내 악몽을 덜어줄 눈동자가 하나도 없단 말인가. 실망스러웠다. 생존 학생 75명 중 20명만 이 병원에 입원했으니 그럴 가능성도 전혀 없지는 않았다.

아랫배가 뒤틀려 소파에서 일어섰다. 그 순간 남학생이 뒤늦게 뛰다시피 방향을 꺾었다. 어깨를 부딪쳤다. 나는 겨우 손을 뻗어 그의 팔뚝을 쥐곤 버텼다.

"죄송합니다."

남학생이 꾸벅 허리를 숙인 뒤 고개를 들었다. 그때 나는 눈동자를 보았고 또렷이 그를 기억해냈다. 침몰선에서 마주친 눈동자 중에서 갈색이 도는 눈동자는 하나뿐이었다.

눈동자엔 감정뿐만 아니라 이야기도 응축된다. 시선을 교환하는 순간 이야기의 봉인이 풀리는 것이다. 0.1초도 되지 않는 찰나에 내가 그의 눈동자에서 되찾은 이야기는 다음과 같다.

처음부터 학생들을 구해야겠다는 마음을 먹진 않았다. 여객선이 침몰할 줄 몰랐던 것과 마찬가지로 우연에 우연이 겹쳐 구조를 시작한 것이다. 겹친 우연을 필연이라고 말하는 이도 있겠다. 내게 배정된 객실은 4층 중앙 우현 쪽이었다. 4층 선수였다면 빠져나올 수 있었을까. 5층에 머물렀다면 학생들과 이어질 가능성이 훨씬 줄어든다. 어쨌든 4층 객실에서 화물 기사 세 명과 하룻밤을 보냈다. 바로 옆 객실부터는 수학여행 온 학생들로 가득했다.

학생들은 우현 갑판으로 나와 잡담을 나누며 신나게 웃고 떠들었다. 나는 담배를 피우느라 학생들에게서 멀찍이 떨어졌지만 그들의 대화에 귀를 기울였다. 제주도로 수학여행 가는 고교생의 즐거움을 간접적으로나마 느끼고 싶었다. 가난했던 나는 고등학생 때 수학여행을 가지 못했다. 버스비도 내 손으로 벌어야 할 형편이었다.

밤하늘에 불꽃을 쏘아 올리는 것이 그 밤의 하이라이트였다.

나는 불꽃놀이까지 따라가진 않았다. 교사들이 학생들을 챙기기 시작할 즈음 객실로 돌아왔다. 나보다 연상인 화물 기사들과 카드를 돌려 훌라를 몇 판 치곤 일찍 잠자리에 들었다.

　다음 날엔 느긋하게 눈을 떴다. 벌써 3층 식당에서 아침을 먹고 올라온 학생들로 복도와 계단이 시끄러웠다. 나는 3층으로 내려가 식사를 한 뒤 담배를 피우려고 4층 갑판으로 자리를 옮겼다. 배가 선회하며 기울기 시작한 것은 담뱃불을 붙이고 첫 모금을 내뿜는 순간이었다. 너무 놀라 난간을 붙잡고 담배연기를 삼키는 바람에 사레가 들려 한참을 컥컥댔다.

　배가 좌현으로 기울었지만 움직이지 못할 정도는 아니었다. 사고 소식을 회사에 알리려고 객실로 서둘러 돌아갔다. 핸드폰을 침대에 두고 온 것이다. 객실로 들어서는 순간 배가 조금 더 기운 듯싶었다. 화물 기사들이 이 정도면 45도 가량 되겠다고 했다. 마침 내 핸드폰에 기울기를 측정하는 애플리케이션이 있어서 재봤더니 정확히 45도였다. 가만히 있으라는 방송도 나왔다. 슬리퍼를 벗고 운동화로 갈아신는데, 화물 기사가 구명조끼를 내밀었다.

　"입어야 돼요?"

　"45도면 심각한 수준이야. 입어둔다고 손해날 건 없지."

　구명조끼를 입고 간단한 옷가지와 필기구만 챙겨 넣은 백팩을 등에 졌다. 무거운 짐들은 승선할 때 모두 싼타페에 실었다.

　그날 처음 인천발 제주행 여객선을 탔다. 비행기로 제주 출장을 오간 적은 두 번 있었지만, 관련 물품을 싼타페에 가득 싣고 인천 연안부두로 가긴 처음이었다. 여기서 내 직업을 간단히 밝히자면, 간판 디자인과 설치를 하는 회사 직원이다. 디자인은 내 업무가 아니고, 건물 안팎의 간판 부착만 10년 가까이 해왔다. 제주 출장도 간판을 달기 위해서였다. 새롭게 디자인한 간판이 싼타페에 실렸고, 설치를 도울 인부들이 제주에 대기 중이었다. 인천에서 배가 두 시간 반이나 늦게, 그러니까 저녁 9시에 출항한데다 또 이렇게 진도 근처에서 멈췄으니, 아무래도 제주에서 오전 작업을 진행하긴 어려울 듯했다. 마음이 초조해지자 담배 생각이 커졌다. 전화도 할 겸 복도로 나와 우현 갑판으로 걸어갔다. 객실에서 고개만 내민 학생도 있고 복도로 나와 등을 기대고 선 학생도 있었다. 가만히 있으라는 방송이 다시 나왔다. 학생들은 얼굴을 찡그리면서도 안내 방송에 따랐다.

처음 기울었을 땐 출입이 자유롭던 우현 출구가 머리 위로 꽤 높이 올라가버렸다. 출구 옆 샤워실 문틀을 껑충 뛰어 잡은 후 올라섰고, 거기서 다시 출구로 팔을 뻗어 갑판으로 올라갔다. 맨손으로 출구를 나온 마지막 시점이었다.

회사에 전화를 걸어 상황 보고를 했다. 회사에선 다른 직원을 제주도로 급파하겠으며, 배가 육지로 무사히 이동하면 곧장 귀경하라는 지시를 내렸다. 그때까지만 해도 인천과 제주를 오가는 대형 여객선이 침몰하리라곤 그 누구도 예상하지 못했다. 전화를 끊고 담배를 피워 물었다.

하늘에서 굉음이 들려 고개를 들었다. 저공비행하는 헬기가 보였다. 헬기 밖으로 두 발을 내놓고 걸터앉은 해경이 촬영에 열중하는 것을 보며 솔직히 조금 마음을 놓았다. 사진 찍을 여유가 있으니 위급한 상황까진 아니라고 판단했던 것이다.

출구 아래 복도가 시끄러웠다. 40대 중반쯤 됐을까. 갑판으로 나오고 싶은 사내가 고함을 지른 것이다. 그 사이 배는 더 기울었고, 높이뛰기 선수라도 출구로 기어올라 갑판으로 나오는 것은 불가능해 보였다. 내가 고개를 내밀자 사내는 바깥 상황부터 물었다. 구조 헬기가 왔다고만 답했다. 사내는 잠시 사라졌다가 커튼을 찢어가지고 왔다. 내게 던져 붙들게 했다. 내가 두 발로 버티며 커튼을 당기자, 사내는 벽을 발로 밀며 암벽을 타듯 올라왔다. 학생들과 어른들이 출구 아래로 더 모였다. 커튼은 물론이고 소방 호스까지 내려 허리에 묶도록 했다. 커튼과 호스를 당겨 한 사람씩 끌어올렸다.

나는 호스를 내리며 복도를 살폈다. 남학생 하나가 순서를 양보하며 여학생들 허리에 먼저 호스를 묶는 것이 보였다. 여학생들이 울먹이자 침착하게 다독이기까지 했다. 배는 더 많이 기울었고, 가만히 있으라는 방송도 더 자주 나왔다. 나는 끝까지 양보만 하는 남학생이 마음에 걸렸다. 호스를 내려도 붙잡지 않았다. 아래를 보며 큰 소리로 물었다.

"왜 그래? 서둘러."

힘없는 목소리가 뚝뚝 끊겨 겨우 올라왔다.

"못하겠어요…… 손에 힘이 없어……."

잠시 어둠을 내려다봤다. 내가 잡았던 샤워실 문틀을 향해 몸을 기울였다. 뒤에 있던 사내가 어깨를 당겼다.

"뭐하는 짓입니까?"

그 손을 뿌리치곤 말했다.

"호스나 꽉 잡아줘요."

사내의 다음 말을 듣지도 않고 호스를 붙잡곤 선내로 몸을 던졌다. 다시 복도로 내려간 나는 웅크려 떠는 남학생을 일으켜 세웠다. 그 순간 그 학생의, 갈색이 도는 검은 눈동자를 보았다. 그는 양손을 힘없이 들어 보였다.

"손가락 열 개가…… 꼼짝도 안 해요."

손가락을 다쳐 호스를 못 쥔 것이다. 급히 그의 허리에 호스를 둘러 묶은 뒤 고개를 들고 소리쳤다.

"올려!"

허공으로 떠오른 학생이 나를 내려다봤다. 젖은 눈동자를, 다시 내 맘에 품었다.

이렇게 침몰선에서 두 번이나 마주쳤기에, 나는 곧바로 그 눈동자를 알아차린 것이다.

"나 기억하지? 4층 복도에서 널 묶어……."

소회의실에서 간호사가 복도로 나왔다.

"어서 와요. 시작합니다."

남학생은 내 얼굴을 뚫어져라 쳐다보다가 화를 버럭 냈다.

"안 속아! 이제 환자복까지 입고 잠입 취재합니까? 도대체 뭘 더 알려고 그래요? 너무 심한 짓 아닙니까?"

돌아서서 성큼성큼 회의실로 들어가는 남학생의 뒷모습을 쳐다보았다. 입맛이 썼다.

눈동자 수집가는 시선 전문가이기도 하다. 거울처럼 마주 보는 눈동자들의 다양한 움직임에 정통하다는 뜻이다. 구면인 사람에게 보내는 시선과 처음 만난 이에게 던지는 시선을 구별하는 것은 기초 중의 기초다. 방금 남학생이 내게 보낸 시선은 초면끼리만 나눌 수 있는 것이다. 침몰선에서 그의 몸을 호스로 묶은 사람이 나라는 사실조차, 그는 모른다.

'거의'라는 부사를 붙일 수밖에 없는 실수담은 여기까지다. 되돌아 짚어봐도 왜 이런 일이 벌어졌는지 납득하기 힘들다. 병원에선 실수를 만회할 길이 없었다. 그 후로도 생존 학생들과 만날 기회를 엿보았지만, 퇴원할 때까지 행운은 찾아오지 않았다.

2

실수담만 털어놓으면 내 실력을 의심할 수도 있겠다. 다시 강조하지만 나는 눈동자 수집가이며 시선 전문가다. 내가 아는 소설가까지 포함하여 내게 조금이라도 관심이 있는 사람들은 묻는다. 일반인 생존자 중에서 왜 유독 당신만 유가족과 함께 사생결단 단식까지 감행하였느냐고. 다른 일반인 생존자와 당신의 차이점이 무엇이냐고. 그 질문에 답하기 위해서라도, 나는 다시 눈동자로 돌아가야 한다.

처음부터 광화문광장과 안산 합동분향소로 갔던 것은 아니었다. 오히려 두 곳만은 피해 다녔다. 그곳엔 희생 학생들의 영정사진이 있고, 그 사진엔 학생들의 눈동자가 있다. 그 눈동자들을 쳐다볼 용기가 나지 않았다. 또 하나 그곳엔 희생 학생들의 엄마 아빠가 있다. 그들에게 과연 내가 무슨 말을 건넬 수 있을까. 20명 남짓 학생과 일반인을 구출했지만, 그보다 몇 배 많은 이들을 구하지 못했다. 그리고 그곳엔 내가 구한 학생들 부모는 없고 내가 구하지 못한 학생들 부모만 가득하다.

8개월 만에 복직했다. 악몽과 설사 그리고 어깨와 팔과 허리 통증은 여전했지만 일상을 꾸려가기로 마음먹었다. 장기 입원은 약물 의존도만 높였다. 수면제와 지사제와 진통제는 고통을 일시적으로는 줄였지만 삶을 향한 의지를 뭉텅뭉텅 깎아내리기도 했다. 악몽으로 인한 수면장애를 호소하자 담당 의사는 완전히 격리된 병원으로 옮기는 것이 어떻겠느냐는 의견을 조심스럽게 냈다. 정신병원을 뜻했다. 그것만은 받아들일 수 없었다. 안산이나 광화문으로 직접 가지는 못하더라도 침몰선과 유가족들에 대한 기사를 매일 휴대폰으로 찾아 읽었다. 그것조차 못한다면 하루도 버티지 못할 것 같았다.

일상은 일상대로 만만하지 않았다. 10년 베테랑답지 않게 실수가 잦았다. 간판을 달기 위해 출장을 나가면 그곳의 화장실 위치부터 확인했다. 한두 시간 일하는 와중에도 화장실을 들락거렸다. 그리고 자주 공구를 떨어뜨렸다. 분명히 힘껏 쥐고 있다 여긴 망치며 가위며 못이 깜빡하는 사이에 사라졌다. 고함 소리에 내려다보면, 사다리를 붙들며 보조하던 인부들의 성난 눈동자가 보였다. 그중 한 사람은 떨어진 망치에 엄지발가락이 부러지기도 했다.

병원에선 어깨와 팔의 통증 때문에 쥐는 힘이 고르지 않아서라고 진단했다. 나는 업무 중엔 통증을 느낀 적이 없다고 반박했다. 일에 집중하면 그럴 수 있다며, 의사는 내 집중력이 일반 성인 평균보다 세 배 이상 높다는 수치까지 제시했다. 무엇인가에 집중하면 소리도 들리지 않고 머무는 장소도 잊지 않느냐는 질문을 받고서야, 나는 눈동자를 그릴 때면 지극한 고요로 빠져든다는 사실을 깨달았다. 인적이 드문 산사나 숲을 찾지 않더라도, 시끌벅적한 버스정류장이나 전철역에서도 작업이 가능했다. 눈동자

23

를 그리는 동안 팔이 저리거나 눈이 침침하거나 허리가 뻐근한 적이 있었던가. 30분은 보통이고 두세 시간 넘게 눈동자를 그리더라도 통증 때문에 중단한 적은 없었다.

잦은 설사와 공구를 떨어뜨리는 실수도 문제지만, 가장 심각한 문제는 간판을 달기 위해 높은 곳에 올라서는 일 자체였다. 고소공포증을 앓았다면 간판 설치를 직업으로 삼지 못했을 것이다. 겁이 정말 없다는 소릴 들을 정도로 고공(高空)에서조차 두려움이 적었다. 번지점프를 즐겼고, 절벽 아래에서 불어 올라오는 바람을 코끝에 맞을 때까지 나아가는 사람이 바로 나였다.

복직한 후로는 사다리에서 내려다보는 것도 힘들었다. 어지러워서가 아니다. 오히려 예전보다 지상이 더 또렷하게 보였다. 문제는 내가 아래를 무척 오래 쳐다본다는 점이다. 거기까지 올라간 이유는 간판을 설치하기 위해서이니, 재빨리 손을 놀리는 것이 중요했다. 그런데 사다리에 올라서선 작업은 시작도 않고 높이부터 가늠했다. 낯선 목소리가 바람처럼 내 등을 밀었다. '여기서 뛰어내리는 건 어떨까?'

10년 동안은 사다리에서 떨어지지 말아야겠다는 생각만 했지, 뛰어내릴 마음을 먹은 적은 없었다. 사다리로는 높아봐야 3층을 넘지 않았다. 옥상에서 줄을 내려 오르내림이 가능하도록 매단 작업상자에서도 이런 마음이 든다면?

넉 달 뒤 바로 그 작업을 하게 되었다. 15층 빌딩의 7층에 있는 병원 간판을 교체하는 작업이었다. 안전모를 쓰고 안전줄을 허리에 매고 옥상에서 작업상자를 탄 채 7층까지 내려갔다. 고개를 들었다. 구름 한 점 없는 푸른 하늘이었다. 망치를 쥐고 못질을 시작했다. 첫 번째 못이 박히지 않고 구부러져 튀면서 아래로 떨어졌다. 못이 바닥에 닿자마자 질문이 튀어올랐다. '뛰어내릴까?'

자초지종을 들은 담당 의사는 당분간 간판 설치를 쉬고 높은 곳에 올라가지 말라고 했다. 자살 충동이 심하니 다시 입원 치료를 받으라는 것이었다. 직장에 사직서를 냈지만 병원으로 돌아가진 않았다. 병실에 갇히면 영원히 약물에 의지해 살 것 같았다. 종종 다니던 산사가 몇 군데 있었지만, 이번엔 도심 한가운데 피안사(彼岸寺)를 택했다. 평지보다 높은 산길은 최대한 피하고 싶었다.

새벽부터 108배를 하고 한 시간 남짓 정좌했다가 나오는 길에 눈동자를 발견했다. 대웅전 앞마당에서 합장하며 지나친 40대 후반 여인의 눈동자였다. 나도 그녀도 그 순간이 첫 만남이었다.

앞마당에서 기다렸다. 그녀는 대웅전에서 금방 나오지 않았다. 가만히 돌계단을 올라 문틈으로 그녀를 엿보았다. 여인은 내가 108배를 한 그 자리에서 계속 절을 하고 있었다. 물 한 모금 마시지 않고, 아침 8시부터 저녁 6시까지, 꼬박 열 시간을 절했다. 절을 한 횟수는 지금도 모르지만, 횟수 따윈 중요하지 않다. 열 시간 계속 절을 한다는 것은 너무나도 간절한 바람이 있거나 몹시 잊고 싶은 무엇이 있다는 뜻이다.

그녀는 해가 뉘엿뉘엿 질 때야 비로소 대웅전을 나왔다. 천천히 돌계단을 내려와선 잠시 하늘을 올려다봤다. 어둠에 맞서 마지막까지 버티던 붉은 기운이 얼굴을 가득 덮었다. 피안사를 벗어나 버스정류장까지 걸어갔다. 나는 몰래 뒤따르며 그녀의 휘청대는 두 다리를 살폈다. 열 시간이나 절을 했으니 몸이 천 근 만 근 무거울 것이다. 버스를 탈 것이 아니라, 피안사에서 하룻밤을 보내거나 택시를 불렀어야 했다. 그렇다고 내가 그녀에게 버스 대신 택시를 타시라 권할 수는 없는 노릇이었다. 그녀는 버스를 기다렸다가 탔고 나도 뒤따라 올랐다. 일곱 정거장 만에 내린 그녀는 이번엔 전철에 몸을 실었다. 마침 퇴근 시간대라 빈자리가 없었다. 지하철이 고잔역에 닿을 때까지 한 시간을 더 서서 갔다. 역을 나온 그녀는 다시 버스를 탔다. 108배를 한 내가 지쳐 입에서 단내가 날 정도였다. 여덟 정거장이나 더 가서 그녀가 내렸다. 급히 따라 내리는데, 그녀가 가던 걸음을 멈추고 돌아섰다. 내 얼굴을 쳐다보며 물었다.

"누구시죠? 피안사부터 따라오셨죠?"

미행을 들킨데다, 갑작스런 질문을 받곤 속마음을 그대로 내비치고 말았다.

"사실은…… 눈동자…… 때문입니다."

"눈동자요? 눈동자가 어쨌게요?"

다른 빛깔이 전혀 섞이지 않은 블랙홀의 중심 같은 눈동자! 질문을 피하기도 어려웠다.

"제가 아는 눈동자라서요."

"난 그쪽 몰라요. 우리가 만난 적 있나요?"

"처음 뵈었습니다. 오늘, 피안사에서."

그녀의 얼굴이 일그러졌다. 오늘 처음 만난 사람이, 나를 아는 것도 아니고 내 눈동자를 알고 있다니 말이 되지 않는다. 두려움이 두 눈에 드리웠다. 20미터 앞에 파출소 불빛이 환했다. 이 동네에 사는 그녀로선 친숙하고 가까운 피난처였다. 그녀가 몸을 돌리려는 순간 내가 말했다.

"4월 16일에……."

그녀가 돌아봤다. 나는 이 기회를 놓칠 수 없었다.

"저도 그 배에 있었습니다……. 거기서 그 눈동자를 봤습니다. 완전히 일치하진 않지만, 천 가지 요소 중 겨우 하나만 살짝 다른 눈동자. 그 눈동자 때문에 여기까지 온 겁니다. 미리 말씀드리지 못해 죄송합니다. 어떻게 말씀드려야 할지 저도 몰라서……."

그녀가 휙 고개를 돌리곤 앞서 걸었다. 파출소가 점점 가까워졌다. 나는 머뭇대며 서 있었다. 치한으로 신고라도 할 작정인가. 파출소 앞에 도착한 그녀가 돌아섰다. 오른팔을 들어 쓸어 당기는 시늉을 했다. 서둘러 오라는 것이다. 나는 마른침을 꼴깍 삼키고 다가갔다. 파출소를 등지도록 나를 세운 뒤, 그러니까 파출소 불빛을 얼굴 전체에 받으며 내게 말했다.

"다시 잘 보세요. 정말 이 눈동자가 맞아요?"

턱을 앞으로 빼고 허리를 살짝 숙이며 눈동자를 살폈다. 볼 필요도 없었다. 천분의 일의 차이까지 이미 파악했으니까. 그래도 믿음을 주기 위해 보는 시늉을 했다.

"틀림없습니다."

"따라오세요."

여인이 돌아서서 저만치 앞서 걷기 시작했다. 나는 90도로 고개를 돌려 파출소를 살폈다. 순경 두 사람이 창가에 서서 우리를 쳐다보고 있었다. 그녀가 손짓만 해도 당장 달려 나와 제압할 듯이.

현관으로 들어선 그녀는 거실부터 환하게 불을 밝혔다. 부엌과 현관 사이 방문을 열곤 형광등을 또 켰다. 나는 신발을 벗고 천천히 거실을 가로질러 방 앞에 섰다. 정면에 책상이 놓였고 크고 작은 사진들이 벽 하나를 가득 채웠다. 이 방 주인의 짧은 일생이 담겨 있었다. 침몰선에서 만났던 바로 그 눈동자였다. 두 다리가 흔들려 도저히 서 있기가 힘들었다. 천천히 무릎을 꿇었다. 그녀가 사진을 쳐다보며 물었다.

"우리 봄이 얘길 해주세요. 그 애의 마지막을 듣질 못했어요. 다른 애들은 문자도 보내고 통화도 했다는데, 봄이에겐 연락이 없었어요. 나중에 통화 기록도 조회하고 문자도 확인해봤지만, 역시 없었어요. 꿈에라도 와서 설명해달라고, 친정 근처 피안사에

기도하러 갔던 거예요. 봄이를 봤어요? 정말 그 배 안에서 본 애가 우리 봄이가 맞아요?"

그래서 나는 봄이 엄마에게 내가 본 눈동자 이야기를, 자정을 넘어서까지 했다. 길게 이야기하는 동안, 사진 속 봄이 눈동자가 우리를 줄곧 내려다봤다. 사실 나는 그 눈동자의 여학생 이름이 봄, 외자란 것도 몰랐다. 눈동자만 파악하면 이름 따윈 관심이 없었다. 이름만큼 그 사람과 차이가 나는 것도 없으니까. 이름과는 달리, 눈동자는 곧 그 사람이다.

남학생을 우현 갑판으로 먼저 올린 뒤, 하마터면 복도에서 나오지 못할 뻔했다. 배가 너무 많이 기울어 호스를 내려도 내게 닿지 않았던 것이다. 이리저리 춤추듯 흔들리는 호스를 겨우 달려들어 붙잡았다. 허리에 묶을 틈도 없었다. 갑판 위에서 호스를 잡아당겼다. 그때 내가 호스를 놓쳤다면, 추락하여 크게 다쳤을 것이다. 어깨와 두 팔이 끊어질 듯 아팠지만 안간힘을 다해 매달렸다.

갑판으로 먼저 탈출한 이들이 보이지 않았다. 헬기를 타기 위해 이동한 것이다. 호스를 제 몸에 묶어 나를 끌어올려준 사내와 눈이 마주쳤다. 우리는 누가 먼저라고 할 것도 없이 침몰선 4층 중앙홀 우현 출구로 옮겨갔다. 열린 문으로 고개를 내밀고 아래를 살폈다. 3층에서 4층으로 이어진 계단이 있고, 그 주위로 홀이 제법 넓었다. 호스를 내려 다섯 명을 우선 끌어올렸다.

호스를 내리며 다시 아래를 살폈다. 여학생들이 계단 난간 유리판 위에 서 있었다. 내가 소리쳤다.

"얘들아! 거기서 물러나. 유리가 깨질지도 몰라."

여학생들이 고개를 들어 나를 발견하곤 유리판에서 비켜섰다. 그중 한 학생과 눈이 마주쳤다.

"넌 왜 구명조끼를 안 입었어?"

"친구 줬어요."

서둘러 내 구명조끼를 풀려고 했다. 그런데 허리를 묶은 끈이 너무 꽉 조여 풀리지 않았다. 쿵쾅대는 소리와 함께 배가 급격하게 기울었다. 우현 복도에서 나를 끌어올렸던 사내가 물러서며 고개를 저었다. 이미 늦었다는 뜻이다. 나는 고개를 돌려 홀을 내려다봤다. 구명조끼를 입지 않은 여학생과 또 시선이 닿았다. 그녀가 올려다보며 떨리는 음성으로 울먹였다.

"아저씨! 난 어떻게 해요?"

조금만 기다리면 해경 구조대가 와서 전부 구할 테니 안심하고 있으라고 말해주고 싶었다. 구할 방법이 더 이상 없다고, 솔직하게 답하긴 죽기보다 싫었다. 아무 말도 못한 채 그 여학생의 눈동자만 봤다. 빨려 들어갈 듯 크고 둥근 어둠이었다.

"아!"

갑자기 그녀가 고개를 숙이더니 주변을 살폈다. 순식간에 물이 발목까지 차올라왔던 것이다. 발목과 허리까지 물에 잠길 때도 계속 나만 올려다봤다. 나는 말하고 싶었다. 말해야만 했다. 그러나 끝내 말할 수 없었다. 내 눈물이 선내로 떨어져 그녀의 눈에 닿았다. 그녀가 손등으로 눈을 훔쳤다. 나도 손등으로 눈물을 닦으며 울먹였다. 입술로 나가지 않은 말들이 송곳처럼 잇몸과 혀를 찔러댔다. 미안하다. 정말 미안해!

그녀가 눈을 닦은 오른손을 나를 향해 뻗었다. 그 손을 잡고 끌어올릴 수만 있다면…… 나는 그녀에게 손을 뻗을 수 없었다. 뻗어도 뻗어도, 기적은 일어나지 않을 것이다. 침몰선에서 구조되지 않은 승객의 최후가 코앞까지 다가온 것이다. 내가 할 수 있는 일이라곤 그녀를 내려다보는 것뿐이었다. 그녀의 눈동자를 내 눈동자에 담는 것뿐이었다. 그 순간 세찬 물살이 그녀를 휩쓸어 덮었다.

등을 벽에 붙인 채 버텼다. 그렇게 밀착시켰는데도 상체가 자꾸 튕겨 틈이 벌어졌다. 배가 90도 넘게 기울었을 땐, 내 몸이 밀리면서 선내로 떨어질 뻔했다.

배가 반원을 그리며 완전히 뒤집혀 침몰하기 직전, 승객들이 우현 갑판으로 몰려나오기 시작했다. 허리를 굽히며 문을 향해 더 가까이 붙었다. 그 순간 작은 눈동자가 보였다. 급히 팔을 뻗어 붙잡아 당겼다. 다섯 살쯤 된 여자아이였다. 아이를 품에 안자 바닷물이 문밖으로 뿜어 나왔다. 어느새 내 이마까지 물이 차버렸다. 나는 급히 아이를 머리 위로 올렸다. 아이는 수면 위에 있지만, 그 무게 때문에 내 몸은 수면 아래로 잠겼다. 바닷물을 네댓 모금 마신 뒤, 나는 무릎을 굽혔다가 바닥을 박차고 튀어올라 고개를 내밀며 힘껏 외쳤다.

"여기, 아이! 받아!"

그리고 나는 다시 수중으로 내려갔다. 누군가 내 손에서 아이를 채 갔다. 그와 동시에 내 머리가 다시 수면 위로 올라왔다. 승객들은 급히 다가온 어선들을 발견하곤 바다로 뛰어들었다. 어선에서 줄을 던져줬고, 나 역시 그 줄을 잡고 침몰선을 떠나 구출되었다.

봄이 엄마에게 용서를 빌었다. 내가 구명조끼를 벗어 던져줬더라면, 봄이에게 탈출할 기회가 더 있지 않았을까. 봄이 엄마는 내 손을 꼭 잡곤 그런 생각 말라고, 봄인 친구를 무척 좋아한 아이였으니 분명 자기 구명조끼를 친구에게 양보했을 거라고, 봄이가 살아 돌아오지 못한 것은 결코 내 잘못이 아니라고, 오히려 나를 위로했다. 봄이 눈동자를 잊지 않고 기억했다가 이렇게 먼 길을 따라와서, 하나뿐인 딸의 마지막 순간을 들려줘서 고맙다고까지 했다.

그 집을 나와 계속 걸었다. 걷는 것 외에 달리 무언가를 할 수 없었다. 서울에 닿을 때까지, 걸음걸음 미안함이 미역 다발처럼 휘감겼다.

내가 아는 소설가를 포함하여 많은 이들이 거듭 물었다. 왜 당신은 3차 청문회에 생존자 대표로 참석해서 발언까지 했냐고. 당신처럼 행동하는 일반인 생존자는 없지 않냐고. 나는 그 질문의 답을 마무리 발언에서 이미 밝혔다. "아저씨, 난 어떻게 해요?"라는 질문에 답을 못해서라고. 이제 안전한 국가가 되었으니 마음 편히 기다리면 전원 구조될 것이라고 답할 수도 없고, 이 나라는 안전하지 않으니까 자기 목숨은 자기가 알아서 지키라고 답할 수도 없어서라고.

3

회고담을 읽은 소설가는 보름 후 광화문광장에서 이렇게 말했다.

"결국 당신도 질문을 붙들고 여기까지 온 거네요. 당신이 들려준 눈동자 이야기가 흥미롭긴 하지만, 봄이의 질문만큼 위력적이진 않죠."

소설가의 의기양양한 기분을 망칠 뜻은 없었지만, 바로잡을 것은 바로잡아야 했다. 회고담을 메일로 보내고 일주일 뒤, 그 글을 고칠까 잠깐 고민했다는 이야기로부터 운을 뗐다.

"퇴고할 문장이라도 있었나보네요. 늘 그렇죠. 아무리 고쳐도 마음에 들지 않는 녀석들이 꼭 나오거든요."

"그게 아닙니다. 실수담 전체를 바꿔야 했습니다만, 너무 번거로울 것 같아 그만뒀습니다. 직접 만나 말씀드리는 편이 낫다는 생각도 했고요."

"실수담을 전부 바꾼다고요? 어떻게요?"

그래서 나는 다시 눈동자 이야기를 꺼냈다.

3차 청문회를 마치고 일주일 뒤 광화문광장으로 향했다. 9일 동안 단식을 했으니, 당분간은 미음으로 보식을 하며 속을 다스려야 했다. 어떤 청년이 나를 찾는다고 했다. 노란리본 공작소 밖으로 나서는 순간 그를 알아보았다. 나로 하여금 실수담을 적게 만든, 갈색이 도는 눈동자의 남학생이었다. 그날로부터 2년이 흐르는 동안, 그는 고등학교를 졸업하고 대학에 진학했다. 나는 또 알아차렸다, 나를 보는 시선이 달라졌음을. 젖은 감정과 이야기들이 출렁거렸다. 첫 만남 때의 냉랭한 시선과는 차이가 컸다. 허리 숙여 내게 인사했다.

"고민석이라고 합니다."

옅은 눈인사로 받았다. 먼저 말을 건네지 않고 기다렸다. 그가 찾아온 것은 내게 할 말이 있다는 뜻이니까.

"눈동자가 기억났습니다. 아저씨가 청문회에서 말씀하시는 걸 봤거든요. 전체를 다 보진 못했고, 페이스북에 편집되어 올라온 거였습니다. 제가 침몰선 4층 우현 복도에서 아저씨에게 던진 질문을 옮기시더군요. '아저씨, 난 어떻게 해요?'"

말꼬리를 낚아채는 내 목소리가 떨렸다.

"그걸 네가 물었다고?"

청문회에선 긴장한 나머지 준비한 이야기를 충분히 풀어놓지도 못했다. 질문한 이가 강봄이란 걸 밝히지도 않고 그냥 학생이라고만 했다. 그런데 침몰선에서 똑같은 질문을 내게 던진 학생이 더 있었단 말인가.

"객실에 머물다가 복도로 나간 순간부터 헬기 구조바구니에 타는 순간까지, 전혀 기억이 나지 않았어요. 병원에서 상담도 받아봤지만, 그 부분만 새하얗더라고요. 한데 질문하는 아저씨 목소릴 듣고 아저씨 눈동자를 보는 순간, 복도에서 아저씨와 단둘이 있는 장면이 떠올랐습니다."

최대한 부드럽게 물었다.

"그 질문을 받고…… 그때 내가 뭐라고 답했지?"

"정신 똑바로 차리라고 따끔하게 혼을 내셨어요. 손가락이 움직이지도 않았고, 여학생들 탈출을 돕느라 몹시 지치기도 해서, 정말 쓰러지기 직전이었습니다. 야단을 맞으니 정신이 번쩍 들었어요. 용기를 불어넣어주셨습니다. 걱정 말라고, 아저씨만 믿으라고. 호스로 제 허리를 꽉 묶어주셨고요. 고맙습니다."

다시 한 번 확인하고 싶었다.

"고민석이라고 했지? 민석아! 자 내 눈동자를 똑바로 봐. 그때 침몰선에서 네가 질문했던 사람이 내가 맞아?"

민석은 정면에 서서 다시 나를 뚫어져라 바라봤다. 나라면 살피는 시늉이라도 했겠지만, 민석은 확신을 잠시라도 늦추지 못하는 스무 살이었다.

"틀림없습니다! 그런데 이 눈동자를 페이스북으로 처음 본 건 아닙니다."

"그건 또 무슨 소리야?"

"자꾸 꿈에 나왔거든요. 산봉우리에도, 아파트 옥상에도, 학교 담벼락에도 이 눈동자가 보였어요. 너무 뜨겁고 날카로워 무섭다고만 생각했습니다. 알고 보니 아저씨 눈동자였어요. 저를 탈출시키려고 일부러 성난 눈동자로 노려보신 겁니다. 이 눈동자 맞습니다. 이 눈동자가 저를 살렸습니다."

민석과 헤어진 다음 날, 나는 짧은 동영상 하나를 자원봉사자를 통해 받았다. 탈출 직전 내 모습이 담겨 있다고 했다. 배가 완전히 뒤집히기 직전 우현 갑판으로 몰려나온 승객들이 보였다. 그 속엔 내가 머리 위로 들어올렸다가 다른 이에게 건넨 여자아이도 있었다. 다른 승객들은 어선에 올라타기 바빴는데, 나만 홀로 떨어져 비틀비틀 걸으며 이미 바닷물이 들어찬 선내로 고함을 질러댔다. 마지막으로 다가선 어선이 경적을 울리고서야 나는 바다로 뛰어들었다.

어선에서 던져준 줄을 잡은 순간부터는 기억이 또렷했다. 그러나 여자아이를 건네고 나서 혼자 걸어다녔다는 사실은 전혀 몰랐다. 민석처럼 내게도 침몰선에서 끊긴 기억이 있음을, 영상을 통해 처음 확인한 것이다. 사정이 이러하므로, "아저씨, 난 어떻게 해요?"라는 질문을 오직 봄이에게만 들었다고 확신하기 어렵다. 침몰선에서 구조를 기다리던 학생이라면 누구나 나를 비롯한 어른에게 묻고 싶었으리라. 민석을 묶어 출구로 먼저 올려보낸 후 배가 조금 더 기울자, 이곳을 탈출하지 못할지도 모른다는 두려움이 온몸을 눌렀다. 그 공포심이 민석과 나눈 대화까지 지웠을 수도 있다.

민석과의 만남은 내게 새로운 힘을 주었다. 눈동자에 대한 믿음을 더 확고히 하는 방향으로! 민석을 만나기 전까진 타인의 눈동자에만 관심을 가졌다. 생존자의 눈동자든 희생자의 눈동자든 잊지 않고 기억하고자 했다. 그런데 민석을 통해, 내 눈동자를 기억해주는 이가 있음을 깨달았다. 나처럼 눈동자 수집가나 시선 전문가가 아니더라도, 사람이라면 누구나 평생 간직하고 싶은 눈동자가 하나쯤 있음을 알게 되었다.

내가 아는 소설가는 이 깨달음조차 질문에도 적용이 가능하다며 우길지도 모른다. 그러나 눈동자와 질문은 엄연히 다르다. 나는 눈동자가 타인과 소통하는 최선의 길임을 양보할 뜻이 전혀 없다. 질문에 집착하는 소설가는 더러 실수를 저지르지만, 나는 아직까지 단 한 번도 실수하지 않은 눈동자 수집가다. 그게 바로 나다.

돌아오지만
않는다면

여행은 멋진 것일까

"다녀올게요."

출국 도장이 찍힌 여권을 받아든 옥인(玉人)이 웃으며 말했다. 구슬 옥 사람 인. 옥같이 소중한 그대. 옛사람들이 사모하는 이를 부를 때 쓰던 애칭. 동민은 아내의 본명 대신 옥인이라 부르길 즐겼다. 평생 옥같이 소중하게 아끼겠다는 다짐이기도 했다. 아내도 처음엔 어색해하더니, 고운 뜻을 알곤 기쁘게 받아주었다.

10년을 꼬박 준비한 여행이었다. 계획대로라면 동민도 오늘 옥인과 나란히 여권에 출국 도장을 받고 파리행 비행기에 탑승했을 것이다. 넉 달 전 항공편과 호텔을 예약할 때만 해도 7박 8일 여정을 함께 짜느라 봄밤이 짧았다. 출국을 보름 앞둔 저녁, 동민이 퇴근길에 계단을 내려오다가 발목을 접질렸다. 얼음찜질만 하고 그 밤을 넘겼다. 새벽부터 발목이 퉁퉁 부어오르더니 복숭아뼈 바로 아래가 칼로 저미듯 아파 응급실로 갔다. 복숭아뼈 미세

골절에 외측 측부인대가 늘어난 것이다. 최소한 한 달 반은 무릎 아래로 깁스가 필요하다는 진단이 나왔다.

옥인은 여행을 미루겠다고 했다. 동민의 다리가 나은 뒤, 2013년 겨울이나 2014년 여름에 떠나도 괜찮다는 것이다. 결혼 10주년 여행인데, 남편 없이 떠나선 기념이 될 리 없다며 코끝으로 웃었다. 예약을 취소하지 말고 혼자서라도 가라고 권한 이는 동민이었다. 7박 8일 여정에 포함된 프로그램들이 아깝다는 것이다. 그중에는 루브르나 오르세처럼 언제나 구경할 수 있는 명소도 있지만, 옥인이 줄곧 관심을 가져온 파리 근교 고성 투어와 작가 서재 탐방처럼 2013년 여름 시즌이 아니고는 예약하기 어려운 프로그램도 있었다. 파리 시민 중에서도 애호가 모임 회원에게만 제공되는 티켓을, 동민이 현지 지인을 통해 어렵게 확보한 것이다. 돈으로도 살 수 없는 기회였다.

옥인은 다친 남편을 두고 갈 순 없다며 고개를 저었다. 동민은 다행히 왼발을 다쳤고 무릎 아래로만 깁스를 했기 때문에, 목발을 짚긴 해도 생활에 큰 불편은 없다고 했다. 동민이 진심으로 거듭 권하자, 옥인은 혼자 여행을 다녀오기로 마음을 고쳐먹었다.

옥인은 탑승권을 여권에 끼워 왼손에 쥐곤 면세점 화장품 코너를 향해 걷다가, 돌아섰다. 검사대로 다시 걸음을 옮기기라도 할 것처럼, 어깨를 시계추처럼 흔들며 방금 출국 도장을 받은 곳을 쳐다보았다. 미간에 주름이 살짝 잡혔다. 기쁨보다 걱정이 여전히 많은 얼굴이었다. 검사대에 앉은 동민이 목을 앞으로 쭉 뺐다. 눈이 마주친 옥인은 표정부터 밝게 고친 뒤 팔랑개비처럼 양팔을 흔들었다. 동민은 옥인이 일부러 밝게 웃는다고 생각했다. 딱딱하고 미안한 표정을 지으면, 그녀가 돌아올 때까지 동민의 마음이 내내 무거울 것이다. 결혼 후 옥인은 동민부터 헤아린 뒤 자신이 내디딜 걸음을 정해왔다. 동민도 그것을 당연하게 받아들였다.

이틀 뒤 동민은 저녁 6시 퇴근 직전에 옥인에게서 핸드폰으로 사진 한 장을 받았다. 어제 자정 무렵 잠깐 통화를 했었다. 파리 풍경을 찍어 보내겠다고 했는데, 이것이 첫 사진이었다.

"11시!"

시차를 따진 동민은 오전 11시 파리가 담긴 사진을 들여다봤다. 나무와 의자들이 눈에 들어오자마자, 뤽상부르 공원임을 직감했다. 옥인은 이번 여행에서 꼭 하고 싶은 열 가지를 미리 수첩에 적었다. 그중 첫 번째가 뤽상부르 공원 의자에 앉아 한 시간쯤 쉬는 것이다. 사진 속 오른편엔 잎이 무성한 나무가 한 그루 서 있다. 그 나무 아래로 잔디가 둥글게 깔렸다. 잔디 바깥은 맨땅이고, 의자들이 나무를 향해 둘 혹은 셋씩 무리지어 놓였다. 옥인은 등받이가 마주보이도록 놓인 의자 둘을 차지했다. 의자에 등을 비스듬히 기댄 채 두 다리를 다른 의자에 얹었다. 포갠 발등과 발목을 채운 노란 샌들 리본이 예뻤다.

둥근 모자를 쓴 채 왼손으로 턱을 받친 옥인은 고개를 왼쪽으로 살짝 기댄 채 정면을 바라보는 중이었다. 시선이 머문 곳은 사진에 포함된 나무일 수도 있고 사진에 잡히지 않은 나무일 수도 있었다. 삶의 전부를 생각하는 듯도 했고 아무 것도 생각하지 않는 듯도 했다. 고즈넉한 풍경 속 옥인은 무척 편안해 보였다. 관광객이 아니라 파리에서 나고 자라 뤽상부르 공원을 아침저녁으로 오간 영혼처럼.

곧장 문자로 답을 하려다가 목발을 짚고 사무실을 나섰다. 아직 목발 걸음이 서툴렀다. 주차장까지 느릿느릿 가서 운전석에 오른 후 간단히 세 문장을 적었다.

뤽상부르?
행복해 보인다.
가길 잘했지?

문자를 전송하고 잠시 기다렸지만 답이 오지 않았다. 편히 앉아 공원을 감상하느라 핸드폰 따윈 잊었는지도 몰랐다. 예전에도 옥인은 책을 읽다가 동민의 문자를 놓친 적이 여러 번이었다. 책과 연애하느냐 농담까지 들을 정도였다.

두 시간 뒤 국제전화가 걸려왔다. 컵라면으로 저녁을 해결하고 저녁 뉴스라도 보려고 리모컨을 찾아 쥐던 순간이었다. 모르는 번호였다. 파리대사관 직원이라고 신분을 밝힌 사람이 진동민 씨냐고 물었다.

"맞습니다만……."

옥인의 이름을 대며, 부인이 맞느냐고 확인했다. 뒷목과 등줄기가 써늘해졌다.

"맞습니다만……."

"유감입니다. 교통사고를 당하셨습니다. 병원으로 이송 중 사망하셨습니다. 정말 유감입니다."

동민은 시간을 물처럼, 말 그대로, 흘려보냈다. 파리까지 가서 아내의 시신을 확인하고 귀국하여 장례를 치렀다. 삼우제와 사십구재까진 친척들이 오갔으나 그 후론 줄곧 혼자였다. 아침이면 공항으로 갔고, 지정된 심사대에 앉았으며, 매뉴얼에 따라 출국 도장을 찍거나 입국 도장을 찍었다. 퇴근하면 집으로 곧장 돌아왔다. 친구들이 가끔 전화를 했지만 무시했다.

1년 동안 뭘 하며 지냈느냐는 질문을 나중에 받았을 때, 동민은 일상의 대부분을 기억해내지 못했다. 매일 한 가지만은 빼놓지 않았다고 했다. 옥인이 남긴 두 책장 분량의 책을 읽는 일이었다.

옥인은 10년 동안 프랑스 관련 서적들을 그때그때 조금씩 사 모았다. 두 사람은 결혼할 때 3년 후 함께 파리 여행을 가자고 약속했었다. 동민이 운을 뗐고 옥인은 가벼운 눈웃음으로 받아들였다. 동민이 파리를 택한 이유는 10년 뒤 기억나지 않을 만큼 사소했지만, 옥인은 그 약속을 품고 키워 나갔다.

　옥인은 프랑스 역사에서부터 사상과 문화 전반에 걸쳐 책을 읽었다. 대학에선 스페인어를 전공했지만 따로 학원을 다니며 프랑스어를 익혔다. 3년이 5년으로 밀리고 5년이 10년까지 후퇴했다. 시간은 늦춰졌지만 목적지는 바뀌지 않았다. 옥인이 모은 프랑스 관련 책들은 책장 하나를 가득 채운 후 또 다른 책장으로 덩굴처럼 넘어간 지 오래였다.

　장례식을 마치고 집으로 돌아온 동민은 건넌방에 들어갔다가 두 책장에 가득 꽂힌 책들을 보고 놀랐다. 옥인이 책을 사 모으는 줄은 알았지만 이렇게 많으리라곤 예상 못한 것이다. 그 저녁 동민은 무릎을 꿇고 앉아서 제목이 마음에 드는 책을 뽑아 들었다. 샤를 보들레르가 쓴 『파리의 우울』이었다. 그날부터 동민은 건넌방에만 머물며 옥인이 모은 책을 읽어 나가기 시작했다. 침대와 옷장도 아예 그 방으로 옮겼다.

　동민이 1년 꼬박 두 책장 분량의 책을 모두 읽은 이유는 무엇이었을까. 그는 늘 모호하게 둘러댔다. 할 짓이 없어서라거나 원래 독서가 취미였다고. 동민도 책을 멀리하는 편은 아니었다. 그는 일본 사회파 소설 마니아였다. 구입하진 않고 주로 도서관을 이용했다. 줄잡아 500권이 넘는 소설을 읽었지만 집에는 단 한 권의 소설도 없었다. 옥인은 정반대였다. 도서관에서 책을 빌려 읽더라도, 그 책이 마음에 들면 꼭 서점에 가서 구입한 후 책장에 꽂았다.

　동민이 두 책장의 책을 완독한 이유는 간단했다. 옥인이 그 책을 읽었기 때문이다. 옥인은 감동을 주는 대목을 만나면 연필로 밑줄을 그었다. 옥인의 책엔 모두 그녀의 밑줄이 하나 이상 남아 있었다. 동민은 밑줄을 만나면 읽기를 멈춘 채, 옥인이 책상 서랍에 넣어둔 공책을 꺼내 그 문장을 옮겨 적었다. 제주의 바람이 담긴 사진을 겉표지로 삼은 공책이었다. 옥인이 그 공책을 살 때 동민도 곁에 있었다. 주말에 함께 다녀온 짧은 제주 여행에서, 옥인은 계절마다 사진이 제각각인 공책 네 권을 품에 안았다. 사두기만 하고 쓰지 않은 공책이 2013년 여름 옥인이 떠난 후의 시간과 닮았다.

　동민의 책읽기는 매우 느렸다. 한 줄을 그었으면 한 줄을 옮겼고 스무 줄을 그었으면 스무 줄을 옮겼다. 마음만 먹는다면 서너 시간에 독파할 가벼운 여행 에세이도 그 안에 밑줄이 많으면 사나흘을 넘기기 일쑤였다.

　그렇게 책을 전부 읽은 동민이 다음으로 한 일은 지우개를 왕창 사 놓고 밑줄을 말끔히 지우는 작업이었다. 잔뜩 힘을 주면 종이가 찢기고 너무 살살 하면 흔적이 남았다. 손목에 파스를 붙여가며 한 달을 꼬박 매달린 끝에 책에 그은 밑줄을 전부 지울 수 있었다. 옥인이 감동하며 읽은 문장들은 이제 동민이 옮긴, 제주의 봄여름가을겨울 바람이 담긴 네 권의 공책에만 남게 되었다.

그리고 동민은 두 책장 가득 꽂힌 책들을 기증할 곳을 찾기 시작했다. 대부분의 도서관에선 서명(書名)과 기증자를 서류에 기입한 다음 표준분류표에 따라 도서들을 뿔뿔이 흩어 꽂았다. 책 뒤에 기증자를 밝히는 도서관도 있지만, 책등이나 겉표지만 봐선 기증자를 확인하기 어려웠다. 동민은 옥인의 책들이 한 곳에, 그러니까 두 책장을 가득 채운 모습 그대로 놓이기를 바랐다. 옥인은 제목 가나다순으로 책들을 이미 배열해두기까지 했다. 또 하나, 동민은 기증자를 기려 그 책들을 '옥인의 마음' '옥인의 책' '옥인의 책꽂이'처럼 명명해주길 원했다. 이 책들을 모으기까지 들인 옥인의 정성을 기리고 싶었다. 인근 공립 도서관들은 난색을 표했다. 옥인이 사회 명망가도 아니고 구입한 책들이 희귀도서도 아닌 탓에 특혜를 드릴 순 없다고도 했다.

동민은 학교 도서관으로 눈을 돌렸다. 대안학교 중에서 도서 기증을 원하는 곳을 인터넷으로 검색했다. 여러 조건을 따진 끝에 세 군데로 후보를 압축했다. 담당 교사와 통화하니 모두 동민의 요구 조건을 받아들이겠다고 했다.

동민은 주말을 이용하여 1박 2일로 세 군데 대안학교를 둘러보았다. 서울에서 가까운 순서대로 A학교와 D학교를 거쳐 G학교에 이르렀다. 솔직히 A학교와 D학교는 마음에 들지 않았다. A학교는 초등학생이 대부분이고 중학생은 두 명에 불과했다. D학교는 중고등학생이 스무 명 남짓 되었지만 도서실이 따로 없었다. 일곱 명의 교사가 근무하는 교무실 한 귀퉁이에 책장 세 개가 있고 책들이 꽂혀 있었다. 담당 교사는 옥인의 책들을 기증받는다면, 책장을 두 개 더 사서 넣고 책들을 깨끗하게 보관하겠노라고 했다. 그러나 수업 준비를 하는 곳과 책을 읽는 곳이 뒤섞인 공간에서 옥인의 책들이 제대로 활용될 것인가는 미지수였다. 대구에서 1박을 하고 차를 몰아 G학교로 들어설 때까지만 해도 동민은 마음이 무거웠다. G학교까지 기대 이하면 주말여행을 망치는 것이다.

G학교 도서실은 세 학교 가운데 가장 컸다. 고등학생만 120명이 넘었다. 담당 교사인 강주연 씨는 국어 담당으로 동화집을 두 권 낸 현역 작가이기도 했다. 강 선생은 다른 두 학교의 담당 교사들과는 달리 별다른 설명을 하지 않았다. 한옥으로 지은 단층 도서실로 안내한 뒤 이렇게만 물었다.

"둘러보시겠어요?"

"그래도 되나요?"

"학생들이 간간이 오갈 텐데요. 그냥 편하게 다니시면 됩니다. 충분히 보시고 나면 교무실로 오세요."

30분 혹은 한 시간! 이런 식으로 시간을 한정하지 않은 것이 마음에 들었다. 도서실엔 여학생 둘과 남학생 하나가 탁자를 하나씩 차지하고선 책을 읽는 중이었다. 동민은 서가를 살피는 척하며 그들의 책을 곁눈질했다. 남학생은 김준엽의 『장정』 첫 권을 절 반 넘게 읽었고, 여학생들은 각각 니콜라이 고골의 『외투』와

밀란 쿤데라의 『느림』에 푹 빠져 있었다. 동민은 그중에서 밀란 쿤데라의 『느림』만 읽었다. 옥인이 사둔 프랑스 소설에 이 작품이 끼어 있었던 것이다. 쿤데라는 체코에서 태어났지만 프랑스로 망명한 뒤 불어로 작품을 쓰기 시작했다. 옥인은 『느림』을 불어판과 영어판 그리고 한국어판까지 샀다. 한국어판을 읽으며 마음에 드는 문장을 만나면 밑줄을 그은 후 영어판을 보았고 마지막으로 불어판을 통해 의미를 되새겼다. 저 여학생이라면 옥인의 책들이 도움이 되겠단 생각이 들었다.

대부분의 책들이 표준분류표에 따라 나뉜 뒤 제목 가나다순으로 정리된 반면, 서가 맞은편에 외따로 놓인 8단 책장엔 다양한 종류의 책들이 뒤섞여 꽂혀 있었다. 동민은 고개를 갸웃거리며 그 책장을 향해 걸어갔다. 동민보다 먼저, 『느림』을 읽던 여학생이 재빨리 책장으로 가더니 괴테의 『이탈리아 기행1』을 뽑았다. 동민의 시선이 책장 모서리에 붙은 안내판으로 향했다.

'차정후 책꽂이'

그 옆에 사진 한 장이 액자에 담겨 놓였다. 40대 중반쯤으로 보이는 남녀가 학생들에게 삥 둘러싸인 단체사진이었다.

"정후 부모님이세요."

여학생이 동민의 시선을 확인한 뒤 설명했다.

"정후? 이 학교 학생이니?"

"아니요. 정후는 경기도 안산의 고등학생이에요. 이 책들을 모두 읽었고요. 정후 부모님이 책 기증식 때 오셨어요. 저건 기념사진이구."

"기증식?"

귀가 솔깃했다. 이어서 불길한 예감이 찾아들었다. 동민도 옥인의 책을 건넬 학교를 확정하면 기증식 같은 행사에 참석해야 할지도 모른다. 책을 기증한 이가 명망가거나 은퇴한 학자라면 기증자가 직접 행사에 참석할 수도 있지만, 어리거나 젊은 사람의 책을 기증한다는 것은 기증자가 이 세상 사람이 아닐 가능성이 컸다. 여학생이 동민의 예감을 사실로 확인시켜줬다.

"4월 16일, 그날 정후는 돌아오지 못했대요."

여학생은 『이탈리아 기행 1』을 가슴에 품고 자기 자리로 돌아가려 했다. 동민이 짧은 질문으로 불러 세웠다.

"근데, 어떻게 알아?"

"네?"

"정후가 이 책들 다 읽었다는 걸?"

여학생이 고개를 돌리자 동민도 그 시선을 따라갔다. 책들을 훑은 후 덧붙여 물었다.

"혹시 밑줄이라도 그은 거니?"

여학생이 별걸 다 묻는다는 표정으로 동민을 쳐다보다가, 『이탈리아 기행 1』을 폈다.

"자, 보세요. 여기 포스트잇 보이시죠? 정후는 밑줄을 한 줄도

긋지 않고 깨끗하게 책을 보았더라구요. 마음에 드는 문장이 나오면 이렇게 가로 세로 4센티미터는 되는, 제법 큰 포스트잇을 붙이곤 거기다가 문장을 옮겨 적었어요. 보세요 여기도 포스트잇 있죠? 또 다음 페이지에도 있고요."

"포스트잇을 뗀 후 기증을 받자는 이야긴 없었어?"

"왜 떼요? 그게 핵심인데! '차정후 책꽂이'잖아요? 정후가 이 책들을 어떻게 읽었는지 궁금하지 않으세요? 포스트잇을 전부 떼면, 서점에 꽂힌 새 책들과 다를 게 없죠. 저는 정후가 붙인 포스트잇이 좋아요. 글씨도 얼마나 예쁘다고요. 정후가 이 작품에서 감동한 문장이 저랑 같을 땐 오랜 친구를 만난 것 같아요. 정후와 나란히 앉아 책 읽는 느낌이 들거든요."

동민은 20분 후 도서실을 나와 교무실로 갔다. 강 선생이 녹차를 내왔다.

"어떠셨나요?"

평범하면서도 많은 것을 포함한 질문이다. 동민은 마음을 전부 드러내진 않았다.

"정돈이 잘되어 있군요."

"학생들이 조를 짜서 스스로 청소도 하고 도서 정리도 한답니다."

"'차정후 책꽂이'가 있네요."

"지난달에 기증식을 했지요. 정후 부모님도 내려오셨고요."

"계속 기증 받을 계획이신가요?"

강 선생은 찻잔에 입을 댔다가 뗐다. 동민의 마음을 헤아려보는 듯했다.

"해마다 별도로 도서구입비를 책정하지만 충분하진 않습니다. 기증 도서는 많을수록 좋겠지요. 특별한 문제가 없는 한, 교무 회의를 거쳐 기증을 받습니다. 걸리는 부분이라도 있으신가요?"

"아, 아닙니다. 생각보다 책도 많고, 기증자도 제법 있는 듯해서……."

"책도 책 나름이지요. 보내주신 도서 목록 샘플을 검토했습니다. 목록에 적힌 50권 중에서 저희 도서실에 있는 책은 단 두 권뿐입니다."

동민은 세 군데 학교를 고른 뒤 옥인이 읽은 책 중 일부 목록을 담당 교사들에게 보냈다. 프랑스 문화와 관련된 책들이었다.

"돌아가서 며칠 더 생각한 뒤 말씀 드려도 되겠는지요?"

"물론입니다. 충분히 숙고하고 결정하시기를 저희도 바랍니다."

동민은 상경하는 길에 첫 휴게소에서 잠시 쉬었다. 옥인과 지방 나들이를 다녀올 때면 쉼 없이 달린 뒤 서울로 들어가는 마지막 휴게소에서 머물곤 했다. 무엇이든 충분히 진행하여 여유를 확보한 뒤에야 비로소 한숨을 돌리는 그였다. 운전석에서 내리지도 않고, 핸드폰을 꺼내 '차정후 책꽂이'를 검색했다. 기사가 두 건 올라왔다. 도서실에서 본 기념사진이 기사 첫머리에 떴다. 그리고 정후의 사진과 됨됨이에 대한 기사가 이어졌다.

정후 아빠 차홍식 씨는 인도네시아 자카르타에서 3년째 파견 근무 중이었다. 정후는 엄마 조현미 씨와 안산의 아파트에 거주하며 학교를 다녔다. 금테 안경을 쓴 정후는 얼굴선이 곱고 눈빛이 맑고 깊어 무엇인가를 골똘하게 생각하는 표정이었다. 머리핀도 곧잘 만들고 바느질 솜씨도 엄마보다 꼼꼼했다. 소설을 비롯한 책 읽기를 즐겼고, 저녁 8시의 벚꽃이 아름답다고 엄마에게 속삭이는 다정다감한 아들이었다. 꽃잎의 흔들림과 향기의 변화를 시간 대별로 알아차릴 만큼 예민한 영혼이니, 책에 포스트잇을 붙이고 마음에 드는 구절을 하나하나 옮겨둔 것이리라. 즐겨 입는 흰옷처럼 책도 티 없이 깨끗하게 간직하기를 원한 듯했다. 동민은 휴게소 건물로 들어가서 생수를 샀다. 저녁 8시, 갈증을 참기 힘든 여름 저녁이었다.

출국을 하려면, 탑승수속 카운터에서 탑승권을 발급받고 수화물을 맡긴 뒤, 보안검색을 하고, 출국 심사대에서 여권에 출국 도장을 받은 후, 면세 구역에서 쇼핑을 하거나 휴식을 취하다가, 정해진 시간에 탑승구를 통해 기내로 들어가야 한다. 이 과정에서 하루에도 몇 번씩 크고 작은 문제가 생겼다. 공항 직원과 항공사 직원, 보안요원 그리고 출입국관리소 직원은 서비스 정신에 입각하여 최대한 정중하게 승객들의 불만을 듣고 시정할 부분은 시정하려고 노력해왔다. 그러나 승객들이 법률이나 내규를 넘어서는 요구를 하는 경우, 어쩔 수 없이 얼굴을 붉히고 언쟁을 벌이기도 했다.

동민은 신입일 때 승객의 말을 자르지 못해 애를 먹었다. 출국 도장을 받지 못한 승객의 반응은 크게 두 가지였다. 버럭 화를 내거나 눈물을 쏟으며 호소하거나. 화를 내며 위협하는 승객은 보안요원을 호출하여 제압하고 격리하면 되니까 오히려 간단했다. 신입 시절, 동민은 눈물을 쏟는 승객의 하소연을 끊지 못했다. 15초만 지체해도 대기선에서 기다리는 다음 승객의 불만이 터져 나왔다. 선배들은 동민에게 승객이 화를 내든 눈물을 흘리든, 심사대에서 시간을 끌면 보안요원부터 부르라고 했다. 동민은 그렇게 하겠다고 답해놓고도 승객의 이야기를 듣느라 호출 버튼을 누르지 못했다.

2014년 현재 동민은 출입국 심사대에 앉는 직원 중 판단이 가장 빠르고 정확했다. 주요 법률과 내규 조항은 책자를 보지 않아도 줄줄 외웠고, 심사대 대기선에 선 승객의 자세만 보고도, 극단적인 상황에 내몰렸을 때 화를 내는 스타일인지 눈물을 쏟는 스타일인지 예측할 수 있었다. 4년째 그가 팀장을 맡은 것은 당연한 결과였다. 옥인의 장례를 치른 후 잠시 팀장 교체에 관한 논의가 있긴 했다. 반년이라도 쉬면서 재충전의 시간을 갖는 것이 어떻겠느냐고 권하는 간부도 있었다. 동민은 딱 잘라 거절했다. 재충전은 집으로 돌아가 건넌방에서 옥인의 책들을 넘기는 것만으로도 충분했다. 공항에서 동민은 일처리에 빈틈없는 출입국관리소 팀장이었다.

동민의 유능함은 다른 회사나 부서 직원들에게까지 널리 알려졌다. 크고 작은 문제가 생기면 동민을 불러 자문을 구하는 경우가 잦았다. 동민은 사흘이 멀다 하고 휴식 시간에 쉬지도 못한 채 갈등을 조정하고 분쟁을 해결했다. 출국 도장 하나 때문에 공항 전체가 시끄럽던 2014년 여름 오후도 그랬다.

동민은 정해진 근무를 마치고 출입국 심사대에서 내려왔다. 점심을 건너뛰는 바람에 빵이라도 간단히 먹으려고 제과점으로 가던 길이었다. 알파벳으로 분류된 탑승수속 카운터마다 여행 가방을 끌고 온 승객으로 가득했다. 마음은 벌써 관광지에 도착한 듯 맵시 있는 모자에 헐렁한 티셔츠 그리고 반바지 차림의 승객이 유난히 많았다. 항공사 직원들은 최대한 신속하게 발권을 마쳐 대기 줄을 줄이려 했다. 금요일 공항의 흔한 풍경이었다.

제과점 맞은편 카운터에서 고함이 터져 나왔다. 동민은 단팥빵 두 개를 계산하고 종이가방에 챙겨 드느라, 무슨 말인지 정확히 듣지 못했다. 그러나 공항에서 고함이 들렸다는 사실만으로도 그의 다음 행선지는 정해진 것과 다르지 않았다. 동민은 보안요원보다도 빨리 고함을 지른 승객에게 다가섰다. 검붉게 그을린 피부에 딱 벌어진 어깨가 단단한 기운을 뿜었다. 그는 고함을 내지른 사람답지 않게 턱을 당기고 허리를 약간 젖히며 긴 숨을 천천히 내쉬었다. 안경 속 두 눈을 질끈 감은 채 스스로를 진정시키는 중이었다. 방금 지른 고함을 단 한 번의 실수로 자책이라도 하듯이.

유니폼을 입고 카운터 건너편에 앉은 항공사 여직원은 울상을 짓고 있다가 동민을 보자 동아줄이라도 잡은 듯 엉덩이를 반쯤 떼고 일어섰다. 동민이 눈으로 물었다.

뭡니까?

여직원이 승객에게 들으라는 듯 목청을 높여 또박또박 답했다.

"인도네시아 수카르노 하타 국제공항으로 가시는 승객인데요. 본인 여권과 아드님 여권을 내미셨습니다. 여권과 탑승객이 동일한가를 확인해야 하는데, 보시다시피 이렇게 한 분뿐입니다. 그래서 예약된 탑승권 두 장을 발권해드리기 어렵다고, 차홍식 씨 본인 탑승권은 발권이 가능하지만, 아드님인 차정후 씨는 확인을 거쳐야 발권해드릴 수 있다고 말씀드렸더니, 갑자기 화를 내셨어요."

동민은 홍식의 손에 들린 여권 두 개를 쳐다보았다. 보안요원 두 사람이 와선 딱딱하게 물었다.

"무슨 일이십니까?"

여직원이 답하기 전에 동민이 그들을 안심시켰다.

"별일 아닙니다. 잠시 서로 오해가 있었는데 전부 풀렸습니다."

직원은 황당하다는 표정으로 고개를 저었지만, 동민은 미소를 유지한 채 홍식에게 눈짓을 보냈다. 홍식이 목소리를 깔며 잔잔하게 말했다.

"맞습니다. 다 끝났어요."

보안요원을 돌려보낸 동민이 홍식을 찬찬히 뜯어봤다.

"내 얼굴에 뭐 묻었습니까?"

동민이 되물었다.

"차정후 군은 어디 있습니까? 공항에 함께 왔나요?"

홍식이 즉답을 않고 엄지와 검지로 안경테를 쥐곤 동민을 째렸다.

"규정대로 한 겁니다. 승객은 본인 여권을 소지해야 하며, 항공사 직원은 승객의 본인 여부를 여권 사진과 대조하여 확인한 후에 발권 업무를 해야 합니다. 이 직원이 차홍식 씨 요구를 따랐다면 규정 위반으로 중징계를 받게 됩니다."

홍식의 눈이 벌겋게 달아올랐다. 눈물을 비치진 않았고 오히려 차분하게 말하려고 애썼다. 목소리가 문풍지처럼 떨렸다.

"안 된다고만 하기에 설명을 못했습니다. 확인해보면 알겠지만, 올해 1월에 제가 인도네시아에서 직접 항공권 두 장을 예약했습니다. 여름방학 시작하면 정후를 인도네시아로 데려가서 함께 여행을 다니려고요. 정후에게 이 세상이 얼마나 넓은지 보여주고 싶었습니다. 대한민국, 그 속에서도 안산, 그 속에서도 고등학교가 전부가 아니란 걸, 훨씬 넓고 험하고 멋지고 벅찬 세계를 알려주고 싶었습니다. 그래서 처음으로 예약한 겁니다. 내가 원하는 건 딱 두 가집니다. 차정후의 탑승권과 출국 도장을 여권에 받는 것. 그런데…….”

“차홍식 씨!”

동민이 홍식의 이름을 부르며 이야기를 잘랐다. 항공사 여직원과 그 옆에 선 다른 직원들은 방금 홍식의 이야기가 무슨 말인지 납득하기 어렵다는 표정이었다. 공항에도 오지 않은 아들의 탑승권과 출국 도장을 여권에 받고 싶다? 지금까지 이런 이상한 요구를 한 승객은 공항이 문을 연 후 없었다.

“잠깐 저와 이야기 좀 나눌까요?”

홍식은 동민의 요구에 응하지 않고 버텼다.

“왜 내가 그쪽과 이야길 해야 하죠? 당신이 뭔데요?”

“출입국관리소 진동민 팀장입니다. 여기서 소란을 피우면 아무것도 얻지 못하실 겁니다. 저랑 가시죠. 충분히 이야기할 기회를 드리겠습니다.”

홍식이 말꼬리를 잡았다.

“기회를 준다고 했습니까?”

“네. 드리겠습니다.”

동민이 돌아서서 앞장서자 홍식도 뒤따랐다. 동민은 홍식을 직원 회의실로 안내했다. 스무 개의 의자가 직사각형 테이블을 둘러쌌다.

"잠시만 기다리십시오. 전화 몇 통만 걸고 오겠습니다."

"나만 여기 두고 나간다고요?"

"바로 앞 복도에 있을 겁니다. 걱정 마십시오. 기회를 드리지 않을 생각이었으면, 이곳까지 모시지도 않았을 겁니다. 보안요원을 불렀다면 차홍식 씨는 벌써 공항 밖까지 끌려 나갔겠지요. 잠시면 됩니다. 10분을 넘지 않습니다."

10분 후 동민은 남녀 두 사람을 더 데리고 회의실로 들어섰다. 홍식에게 생수병을 내민 뒤 여자부터 소개했다.

"탑승권 발권을 책임지고 있는 강예나 상무님입니다. 이쪽은 출입국 심사를 총괄하는 문현덕 부장이고요. 자, 이제 탑승권과 출국 도장을 받고 싶은 까닭을 말씀해보십시오. 저희가 충분히 듣겠습니다."

홍식이 생수병부터 따서 한 모금 마셨다. 안경을 고쳐 쓰고 시선을 올렸다. 벽에 걸린, 구름 위를 나는 비행기 사진을 보며 이야기를 시작했다.

"새해 첫날 여행 계획을 짰습니다. 자카르타에 근무한 지 3년인데, 그 사이 집사람은 두 번 다녀갔지만, 외아들인 정후는 온 적이 없습니다. 내년이면 고3이니 바쁘겠다 싶어서, 올 여름방학 땐 꼭 인도네시아로 데려가서 구경을 시켜줄 생각이었습니다. 아빠와 아들, 둘만의 여행인 셈이죠. 방학 직전에 제가 귀국했다가 정후를 데리고 자카르타로 들어가려고 했죠. 아내는 그 사이 친정에 내려가서 쉬겠다더군요. 미리 잡은 출국일이 바로 오늘입니다.

4월 16일에 정후를 태운 여객선이 침몰했고, 정후는 돌아오지 못했습니다. 저는 자카르타에서 비보를 듣자마자 공항으로 달려갔고 다음 날 새벽 한국행 비행기를 탔습니다. 그리고 지옥 같은 나날이 시작되었습니다. 팽목항에서 정후를 기다렸습니다. 정후가 수습되어 돌아온 새벽이 얼마나 추웠는줄 아십니까. 정후의 장례를 치르기 위해 안산으로 올라왔지요. 그다음부턴 정후를 비롯한 희생자들이 왜 구조되지 못한 채 죽었는지 밝혀내겠다는 일념으로 버텼습니다. 눈물로 호소하고 주먹질을 해가며 항의해도 달라지는 게 없더군요. 이런 학교였구나, 이런 도시였구나, 이런 정부였구나, 이런 나라였구나! 기대들이 무너지고 무너지고 또 무너졌습니다.

거리에서 열흘씩 노숙하다가 집으로 돌아와 이틀을 꼬박 잤습니다. 아들 방으로 갔지요. 정후 컴퓨터를 켰습니다. 그런데 갑자기 트위터가 뜨는 겁니다. 정후가 자동 로그인 설정을 해둔 모양입니다. 2014년 4월 16일 오전 10시 1분 정후가 올린 글이 제일 위에 있더군요.

'살려달라고요.'

살려달라잖아요. 하나뿐인 내 아들이······."

홍식이 주먹으로 제 가슴을 부서져라 쳤다. 맞은편에 앉은 동민이 자리에서 벌떡 일어나선 홍식의 손목을 쥐고 말렸다. 동민에게서 '차정후 책꽂이'에 관한 사연을 간단히 듣긴 했지만, 강 상무는 손수건을 꺼내 눈물을 훔치느라 바빴고, 문 부장은 시선을 내린 채 평정심을 유지하기 위해 애썼다. 홍식은 생수를 끝까지 마셨다. 세 사람은 홍식이 이야기를 이어갈 때까지 기다렸다.

"그때까진 참사의 진실을 알고 싶어 계속 거리로 나갔습니다. 유가족들과 함께 버티고 또 버텼지요. 그런데 정후 방에 머무니 새로운 것들이 보였습니다. 제가 까맣게 잊고 있던, 참으로 소중한 것들이죠. 정후가 트위터에 마지막으로 올린 말을 봤을 땐 피가 거꾸로 솟았지만, 조금 지나니 다른 생각들이 밀려들었습니다. 함께 싸우는 것도 중요하지만, 정후를 위해 내가 할 일이 더 있지 않을까. 그래서 정후 엄마랑 의논을 했습니다.

아내는 조심스럽게 정후의 책들을 기증하고 싶단 이야길 꺼냈습니다. 글쓰기를 즐긴 정후는 특히 소설을 탐독했습니다. 정후 책장엔 제게는 생소한 책들이 가득하더군요. 아내는 보름 전 간담회를 다녀온 G학교에 대해 설명했습니다. 대안학교인데, 정후의 책들을 기증해준다면 기꺼이 받겠다고 했다는 겁니다. 아쉽지 않겠느냐고, 이렇게 서둘러서 꼭 거기에 정후가 아끼던 책들을 줘야 할까라고 물었더니 아내가 답했습니다.

'간담회를 마치고 학생들과 인사하며 포옹하는 시간을 가졌어요. 아이들이 저를 꽉 끌어안고는, 힘내세요 어머니!라고 하는 거예요. 정후가 그 아이들 속에 있는 것 같았어요. 이 아이는 정후와 눈매가 같고, 저 아이는 정후와 목소리가 비슷하고, 또 그 아이는 정후와 걸음걸이가 흡사했거든요. 그렇게 아이들이 한 명 한 명 제 품에 안길 때 정후를 안는 듯했어요. 어차피 이 책들 우리가 읽을 것도 아니잖아요? 그 아이들이 맘껏 읽으면서 정후를 기억해주는 편이 나을 거예요. 우리, 그렇게 해요.'

아내와 함께 G학교를 방문하여 둘러봤습니다. 품에 안아줬다던 아이들이 먼저 아내를 알아보고 와선 반갑게 인사를 하더군요. 아내 뜻을 따르기로 했습니다. G학교에 가신다면 도서실에 들러주세요. '차정후 책꽂이'에 내 아들 정후의 책들이 가득 꽂혀 있을 겁니다."

문 부장이 핸드폰을 꺼내 자주 시간을 확인했다. 옆에서 훌쩍이는 강 상무와는 대조적이었다.

"G학교에 책을 기증한 것은 그러니까 아내의 의견입니다. 아빠로서 제가 정후를 위해 할 일이 뭘까 더 고민했습니다. 그러다가 생각이 1월에 예약한 인도네시아 여행에 이른 겁니다. 참사가 나고 너무 경황이 없어서 석 달 전에 비행기 예약을 해둔 걸 잊고 있었습니다. 아내에게 들으니 정후도 아빠와 단 둘이 떠나는 인도네시아 여행을 잔뜩 기대했다고 합니다.

그래서 온 겁니다, 내 아들 정후를 위해서! 탑승권과 출국 도장이 찍힌 여권을 정후에게 주고 싶습니다. 탑승권을 받더라도,

출국 도장을 찍더라도, 차정후가 비행기에 탑승하진 않습니다. 그냥 탑승권과 출국 도장만 찍어 달라는 겁니다."

홍식의 이야기가 끝났다. 동민은 잠시 의논을 하겠다며 양해를 구했다. 강 상무, 문 부장과 함께 옆방 소회의실로 자리를 옮겼다가 30분 후 다시 돌아왔다. 홍식에겐 30분이 30시간보다 길었다. 동민이 회의 결과를 홍식에게 간단히 전했다.

"탑승권도, 여권에 출국 도장을 찍어드리는 것도 어렵겠습니다."

홍식의 시선이 강 상무에게 향했다. 강 상무가 젖은 눈으로 겨우 말했다.

"관련 법률을 어길 순 없습니다……."

문 부장이 건조하게 덧붙였다.

"다른 곳도 아니고 여긴 국제공항입니다. 어떤 이유로도 불법은 용납되지 않습니다. 애초에 불가능한 요구였습니다."

실망하는 홍식을 외면한 채, 강 상무와 문 부장이 자리를 떴다. 홍식이 안경을 벗어 탁자에 놓더니 양 손바닥으로 얼굴을 가린 채 긴 한숨을 몰아쉬었다. 동민은 그 숨이 끝나기를 기다렸다가 말했다.

"저희도 심사숙고를 했습니다. 방법이 없네요. 차홍식 씨 심정은 이해합니다만……."

날카롭게 바뀐 홍식의 눈빛을 본 동민이 말을 멈췄다.

"아뇨. 아무리 설명해도 당신은 이해 못합니다. 출국 도장만 찍힌 여권의 의미를……. 사고로 갑자기 가족을 잃은 당사자가 아니고선 짐작조차 못할 겁니다. 도와준 건 고마운데, 여기까지인 것 같네요."

"왜 출국 도장에 그렇듯 집착하시죠?"

홍식은 동민의 물음에 공허한 웃음으로 답하며 일어서려 했다. 동민이 갑자기 손을 내밀었다. 그 손바닥을 쳐다보며 홍식이 물었다.

"뭡니까?"

"정후 여권을 주십시오."

홍식이 잠시 머뭇거리다가 손가방에서 여권을 꺼내 동민의 손에 얹었다.

"1층 8번 출입구에서 기다리십시오."

"왜 이러는 겁니까? 뭘 어쩌려고?"

"집착에 관한 설명을 꼭 듣고 싶어 이럽니다."

홍식이 납득하기 어렵다는 표정을 지은 채 먼저 회의실을 나갔다. 동민은 양복 안주머니에서 다른 여권을 꺼냈다. 옥인의 여권이었다. 여권을 이리저리 넘기다가 멈췄다.

2013년 7월 7일!

출국 도장이 찍혀 있었다. 옥인은 동민이 찍어준 출국 도장을 받고 프랑스로 떠났다가 파리 뤽상부르 공원 앞 도로에서 목숨을 잃었다. 장례를 치른 후 유품을 정리할 때 옥인의 이 여권까지 함께 버릴까 고민했었다. 그러나 여권에 찍힌 출국 도장을 보는 순간 도저히 없앨 수 없어 빼두었고, 다음 날부터 양복 안주머니에 여권을 부적처럼 넣고 다녔다.

동민이 출입국 심사대로 와선 제일 어린 직원의 어깨를 쳤다. 비행기가 연착한 탓에, 다섯 개 심사대 중에서 가장 안쪽엔 대기하는 승객이 없었다.

"팀장님! 아직 교대 시간이 아닌데요."

"잠깐만, 내가 처리할 게 좀 있어서……."

"알겠습니다. 마침 잘 오셨어요. 점심 먹고 커피를 너무 많이 마셨는지, 속이 영 편치가 않던 참이었습니다."

신입 직원이 순순히 자리를 비켜주고 화장실 쪽으로 바삐 갔다. 동민은 자리에 앉자마자 차정후의 여권을 꺼냈고 출국 도장을 찍었다. 검색대를 나와 보안검색 지역을 천천히 벗어났다. 낯익은 검색요원들과 눈인사까지 나눴다. 카운터에서 탑승수속을 하는 승객들의 대기 줄이 보이는 곳까지 왔다. 등 뒤에서 문현덕 부장의 불호령이 들린 것은 바로 그 순간이었다.

"진 팀장! 거기 서."

동민은 힘껏 달리기 시작했다. 문 부장과 출입국관리소 직원들이 뒤쫓았지만, 중학교 때 단거리 선수였던 동민을 잡기엔 역부족이었다. 문 부장이 안전요원을 부르지 않은 것은, 동민을 위하는 마지막 마음이었다. 안전요원이 개입하여 동민을 제압하기라도 하면, 이 문제는 문 부장이 감당할 선을 넘어가는 것이다.

계단을 통해 1층 8번 출입구까지 내달린 동민은 홍식을 보고도 멈추지 않고 바깥으로 나갔다. 홍식도 돌아서서 동민을 따라 달렸다. 건널목을 무단 횡단한 두 사람은 대기 중인 영업용 택시에 올라탔다. 동민이 외쳤다.

"빨리 갑시다."

차가 단숨에 택시 승차장을 빠져나갔다.

공항을 벗어나서 5분 남짓 지난 뒤에야, 동민이 안주머니에서 여권을 꺼내 건넸다. 홍식이 정후의 여권을 받아 출국 도장을 확인했다.

2014년 7월 25일!

동민이 그때까지도 가라앉지 않은 숨을 내쉬며 물었다.

"이제…… 설명해 보십시오. 이깟 출국 도장이 뭔데…… 그토록 죽자 살자 받으려는 겁니까?"

여권을 쥔 홍식의 손이 부들부들 떨렸다. 턱을 들고 긴 숨을 뱉었다. 앞니로 윗입술과 아랫입술을 번갈아 깨물고선 겨우 답했다.

"정후는, 우리 정후는 이 나라를 떠난 겁니다. 그리고 아직 돌아오지 않은 것이고요. 입국 도장이 찍히기 전까진, 정후는 지구를 누비며 여행 중입니다. 나보다 훨씬 많은 곳을 걷고 보고 듣고 느낄 겁니다. 세계 여행 선배가 되는 셈입니다. 이제부터 외국에 나갈 땐 이 여권을 꼭 지니고 갈 겁니다. 근사한 곳을 발견하면, 여권을 꺼내 정후 사진을 보며 이렇게 물을 겁니다. '정후야! 여긴 어떤 곳이야? 네 맘에 들었어? 어디부터 구경하는 게 가장 좋을까?'"

홍식에게 뭔가를 따지려는 듯, 동민의 눈동자가 흔들렸다. 그러나 동민은 더 이상 묻지 않고 택시를 세우도록 한 뒤 혼자만 내렸다. 공항을 향해 터벅터벅 걷기 시작했다. 차들이 쌩쌩 지나갔다. 홍식이 차창으로 고개를 내밀곤 목청껏 불렀지만 돌아서지도 멈추지도 않았다. 동민은 한 시간을 걸어 공항에 도착했다. 건물로 들어가기 전 핸드폰을 꺼냈고, G학교의 강 선생에게 옥인의 책들을 기증하겠다고 전했다.

문 부장은 경위서부터 작성해서 제출하라고 지시했다. 자기 자리로 돌아와 컴퓨터를 켠 동민은 텅 빈 화면을 쳐다보며 읊조렸다. 잔물결처럼 낮게 떨리는 목소리가 홍식을 닮아 있었다.

"옥인! 오늘은 어딜 떠났고 어딜 지나 어디에 닿았어? 우리가 처음 서로에게 들어간 그 밤이었던가. 당신은 죽어 바람이 되고 싶다 했지. 훨훨 어디에도 묶이지 않은 채 떠돌고 싶다고. 책장 두 개를 가득 채운, 당신의 손때 묻은 책들을 읽으며, 당신이 나를 떠나 바람이 되려는 마음을 차츰차츰 키워간 걸 뒤늦게 알았어. 당신이 그은 밑줄들은 모두 돌아오지 않는 여행을 위한 것이었으니까. 영영 입국 도장을 못 받게 되었으니, 하나만 묻고 싶네. 바람의 삶은 과연 멋진가? 아름다워? 정말 그렇다면, 돌아오지 마. 오지 않는 시간만큼 당신은 더 멋지고 아름다워지는 중일 테니까. 그래, 그러자, 우리!"

먹구름이 밀려가자 초가을 볕이 내리쬐었다. 유리창을 통해 쏟아진 햇살은 보이지 않던 움직임들을 선보이는 마술을 시작했다. 책장은 물론이고 정리를 마치지 못해 쌓인 책들 주위로, 우리가 흔히 먼지 알갱이라고 부르는, 작은 회색 점들이 눈송이처럼 떨어지다가 튀어오르고 또 떨어졌다. 문을 열고 학생들이 우르르 몰려들어왔다. 그들은 대부분 '차정후 책꽂이' 앞으로 가선 책들을 뽑느라 먼지를 더 자주 흩날리게 했다. 오직 한 여학생만이 '옥인의 마음'이라는 안내판이 붙은 두 책장 앞에 서서, 오른 검지 끝을 입술에 대곤 책을 고르느라 바빴다. 이윽고 책 한 권을 집은 여학생은, 도서실 의자에 앉아 책 읽기를 시작한 친구들을 쳐다보지도 않고 밖으로 나왔다. 운동장 구석엔 아름드리 느티나무 두 그루가 나란히 서 있었고, 그 아래 나무 그늘엔 의자가 열 개쯤 놓였다. 여학생은 그곳으로 곧장 걸어가선, 의자 둘을 집어 등받이가 마주보이도록 놓았다. 나무를 향해 의자에 앉고선 다리를 쭉 뻗은 다음 두 발을 꼬았다. 그리고 방금 '옥인의 마음'에서 뽑아온 책을 읽기 시작했다.

햇살이 나무와 나무 틈으로 내리비쳤다. 여학생의 눈과 책 사이로도 먼지들이 지나갔다. 여학생은 손을 젓거나 자세를 바꾸지 않고 모든 것이 지나갈 때까지 기다렸다. 왼손으론 턱을 비스듬히 괴곤, 고개를 역시 왼쪽으로 살짝 기댄 채 무릎 위에 놓인 책을 계속 읽어 나갔다. 책 제목이 '길 위의 휴식'이라고 해도 전혀 이상할 것 같지 않은 자세였다. 오른손에 책을 쥔 채 왼손을 이마까지 들곤 햇살을 가렸다. 그 손금을 한참 들여다봤다. 지나온 길 같기도 했고 오래 갈 길 같기도 했다. 실바람이 불어오다 그쳤다.

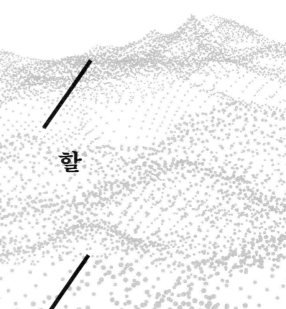

할

나무를 고르기 위해 뒷산에 오른 지도 보름이 지났다. 새벽 운동 삼아 능선을 탈 땐 그 나무가 그 나무였다. 이름도 고민하지 않았고, 줄기의 길이나 가지의 굵기를 가늠한 적도 없었다.

뒷산을 오르기 전 보름 동안은 핸드폰을 끼고 지냈다. 새벽에 눈을 뜨자마자 자살하는 방법을 모바일에서 찾아 읽기 시작했다. 사망에 이르는 시간이나 통증 정도에 따라, 독극물을 하나하나 입에 털어 넣고 목구멍으로 넘기는 상상을 했다. 부드럽게 단번에 넘어가 부지불식간에 죽음에 이르는 독극물은 안타깝게도 구하기가 쉽지 않았다. 다량의 수면제를 떠올리지 않은 것은 아니다. 그러나 진태는 자신의 치사량이 정확히 얼마인지 몰랐고, 왕창 먹고도 죽지 않더라는 회고담을 두 친구에게 들은 탓에 주저하게 되었다. 숫자로 딱 떨어지지 않으면 잠수하지 않는 오랜 습관이 여기까지 이어진 것이다.

길어봤자 10초 이내에 저승으로 건너가기 때문에, 투신은 간편한 구석이 있었다. 그러나 투신하여 사망한 시신 사진과 영상을 본 후 마음을 고쳐먹었다. 머리가 부서지고 눈코입귀를 구별하기 힘든 꼴을 딸에게 보이긴 싫었다. 칼이나 창, 도끼나 몽둥이로 자해하는 방법 역시 마찬가지 이유로 제외되었다.

　결국 나무에 목을 매기로 한 것이다. 목에 상처가 남긴 하겠지만, 투신에 비할 바는 아니다. 인적 드문 깊은 숲으로 들어가 튼튼한 나무를 골라 목을 매면, 수면제를 먹었을 때처럼 위세척이니 뭐니 부산을 떨어 소생하는 불상사는 막을 수 있다.

　목을 매 죽기로 작정한 뒤엔 마지막 숨을 토할 나무를 고르느라 바빴다. 먼저 수목원이나 식물도감 사이트를 돌며 검색부터 했다. 땅에 붙어 자라는 품종을 제외하고 나면 5미터 이상 줄기가 뻗어 올라가는 대부분의 나무가 후보였다. 목매기 적당한 가지를 모바일에서 발견하더라도, 과연 저 나무가 뒷산에도 있는지, 있다 해도 사진과 똑같이 가지를 뻗었는지는, 두 발로 직접 찾아 확인할 수밖에 없었다.

　이것이 그가 보름 동안 새벽부터 오전 내내 뒷산을 오르내린 배경이다. 마음 같아선 오후에도 능선과 숲을 헤집고 싶지만, 하나뿐인 딸이 걱정할까 싶어 참았다. 적당한 산책은 투석(透析)에 도움을 주지만, 무리한 등산은 오히려 몸과 마음을 피로하게 만든다. 산이 온통 나무로 가득하니, 하루 혹은 길어도 이틀이면 적당한 나무를 고를 줄 알았다.

맨 처음 사나흘은 마음에 드는 나무를 찾을 때마다 이름을 확인하려고 들었다. 소나무나 참나무, 은행나무 정도는 보자마자 알았지만, 그 외 나무들은 모바일에 뜬 사진과 대조한 후에야 겨우 비슷한 이름을 웅얼거렸다. 멜로디가 흘러나오면 저절로 곡명(曲名)을 알려주는 검색 기능이 있다던데, 나무 사진을 올리면 곧바로 수명(樹名)이 튀어나오는 프로그램이 없는 것이 아쉬웠다.

사나흘 뒤부터는 이름보다도 나무들의 다양한 가지에 더 관심을 쏟았다. 세상에 똑같은 얼굴이 없듯이 똑같은 가지도 없는 법이다. 아무리 같은 종류에 비슷한 나이의 나무라고 해도, 위치와 주변 환경에 따라 천차만별이었다. 산꼭대기와 능선과 골짜기의 나무들이 모두 똑같다면 그것이 오히려 이상하다.

적당한 높이를 우선 정해야 했다. 3미터 이상의 가지는 우선 피했다. 너무 높은 곳에 매달렸다가는 나중에 시신을 거두다가 땅에 떨어져 추락사하듯 얼굴이나 몸이 상할 수 있었다. 그렇다고 2미터보다 낮은 가지는 원하지 않았다. 발끝이 닿을락 말락 하면, 마지막까지 생의 미련을 버리지 못하고 버둥거릴 듯했다. 2미터에서 3미터 사이가 적당했다.

가지의 길이와 굵기도 고민했다. 175센티미터에 75킬로그램 몸무게를 감당해야 하는 것이다. 목을 매달았는데 가지가 뚝 부러지는 것보다 우스꽝스러운 일은 없으리라. 너무 굵은 가지 역시 피하고 싶었다. 잠수할 때 그가 다루던 호스들은 부드럽고 가벼웠다. 물살에 흔들리면서도 버티는 힘이 강했다. 날카롭고 딱딱하고 무거운 호스는 수중으로 갖고 들어가기도 힘들었다. 그의 몸을 마지막까지 지탱할 가지 역시 가볍고 부드러우면서도 탄력이 넘쳤으면 싶었다. 그래야 삶을 떨치고 죽음으로 들어가는 길이 조금은 더 쉬울 듯했다.

전망도 중요한 고려 대상이었다. 무성하게 겹으로 자란 가지들은 쳐다보지도 않았다. 목을 매달기 직전, 푸른 하늘을 올려다보고 싶었고, 산 아래까지 경치가 한눈에 들어오길 바랐다.

나무 밑에서의 전망이 아니라 나무에 올랐을 때 전망이 중요했다. 밑에서는 그럴듯해 보이는 전망도 2미터에서 3미터 남짓 나무를 타고 올라가면 딴판인 경우가 많았다.

처음엔 간단한 운동복 차림으로 뒷산을 올랐지만, 곧 잘 찢어지지 않고 질긴 청바지와 청재킷으로 바꿔 입었다. 나흘째부터는 손끝이 뚫린 가죽 장갑까지 꼈다. 매일 아홉 그루에서 열 그루 정도 나무에 올랐다. 나무 타는 솜씨는 신통치 않았다. 줄기를 붙잡고 두 발만 버둥거리는 수준은 아니지만, 맨손으로 절벽을 오르는 산악인처럼 능숙하지도 않았다. 한 번 올라갔다 내려오면, 바지나 재킷 중 한두 군데는 나무에 쓸려 보풀이 일거나 색이 바랬다. 운동복이었다면 구멍이 뚫리거나 찢겼을 것이다. 줄기에서 가지가 뻗은 지점까지 올라서면, 잠시 아래를 내려다보며 숨을 몰아쉬었다. 호주머니에 넣어두었던 돌멩이를 꺼내 힘껏 던졌다. 사선을 그리며 날아간 돌멩이는 대부분 가지나 잎에 가려 떨어진 자리가 보이지 않았다. 그럴 때면 혀를 계속 차며 나무에서 내려왔다.

매일 조금씩 더 깊고 험한 숲으로 들어섰다. 아흐레까지는 그래도 산길을 따르다가, 거기서 50미터나 100미터쯤 이동하는 식이었는데, 그 후론 아예 길 없는 숲을 택했다. 비탈이 심하고 쓰러진 고사목이나 잡풀이 시시때때로 발목을 잡았다. 길에서 주운 대지팡이로 방해물들을 이리저리 헤쳐가며 움직였다.

움막을 발견한 것은 열흘째 아침이었다. 산 중턱에 이를 때까진 먹구름만 낮게 깔렸었는데, 숲으로 들어서고 20분이 지나자 기어이 비가 쏟아졌다. 몸을 피할 적당한 바위나 썩은 나무 둥치가 보이지 않았다. 내려갈 것인가 아니면 더 올라갈 것인가 잠시 망설였다. 구름 사이로 햇볕이 살짝 비쳤기 때문에 올라가기로 마음을 정했다. 그러나 비는 그때부터도 30분 넘게 이어졌다. 결국 흠뻑 젖은 채로 휘적휘적 걸을 수밖에 없었다. 그때 이상한 소리가 들려왔다. '할' 같기도 하고 '헐' 같기도 하고 '힐' 같기도 했다. 사람이 내는 소리 같기도 했고 짐승 울음 같기도 했다. 그 소리에 이끌려 살피니, 무덤 서너 개를 합쳐 놓은 것과 같은 낮은 둔덕 아래 움막 하나가 눈에 띄었다. 가까이 다가서자 투명에 가까운 연기도 보였다. 움막으로 들어선 후에야 알았지만, 차를 끓이기 위해 태운 마른 잎과 가지들의 마지막 입김이었다.

회색 면바지에 검은 티셔츠 차림의 승려가 자리를 내주었다. 합장을 하고 비가 들이치지 않는 자리에 앉아 차를 한 잔 얻어마셨다. 승려의 이름은 우각(又覺)이었고, 사찰을 전전하며 깨달음을 구하다가 이 움막에 든 지 사흘째라고 했다. 쉰 살이 넘어 보였다.

"이런 곳에 움막이 있는지 몰랐습니다."

우각이 찻잎을 우려내며 받았다.

"풀과 나뭇가지로 가려두면, 유념해서 보기 전엔 발견하기 어렵습니다. 어찌 찾으셨는지요?"

"소리를 들었습니다. 할? 헐? 사람 목소리 같기도 하고 짐승 울음 같기도 한."

"'할'(喝)입니다. 스스로를 꾸짖고 있었습니다. 석 달 동안 딱 한 번 뱉은 자책을 들으셨군요. 인연입니다."

"전에도 오신 적 있습니까?"

"초행입니다."

"하면 어떻게 여기에 움막이 있다는 걸……."

"알았냐고요? 간단합니다. 두 달 전 해인사에 잠시 머물 때, 이 움막에서 석 달을 머문 스님을 뵀습니다. 고요히 머물며 수행하기 좋은 곳이라 하기에 찾아왔습니다. 그런데 여기까진 어인 일이십니까? 산길도 200여 미터 밖에서 끝나고, 약초 캐는 이들도 쓸 만한 놈이 없다며 이 근처로는 출입하지 않는다 들었습니다."

우각의 깊고 맑은 눈을 들여다보았다. 허투루 둘러댔다간 당장 약점을 찌르고 들어올 날카로움이 숨어 있었다.

"나무를 고르고 있었습니다."

"나무를 고른다면, 직업이……."

"목수입니다."

"그러시군요. 요즈음 목수들은 재료를 돈 주고 받아서 쓴다고 들었습니다만……."

"저는 주문제작만 합니다. 고객이 원하는 단 하나의 나무를 찾는 일부터 시작하지요. 조수 둘을 먼저 보내 찾게 했는데, 영 신통치가 않더라고요. 그래서 제가 직접 나선 겁니다."

"찾으셨습니까?"

"아직……입니다."

"그러셨군요. 어제와 그제, 나무를 계속 오르내리시더군요."

지켜보았는가.

종종 주변을 살폈지만 인기척을 느끼진 못했다.

"하나만 더 여쭤도 되겠습니까?"

고개를 끄덕였다.

"가지에 올라선 후 돌멩이는 왜 던지시는 겁니까?"

넘겨짚는 것이 아니다.

"어린 시절 돌멩이 던지기 시합한 적 없으신가요?"

"물수제비는 몇 번 떠봤습니다만······."

"돌멩이를 가장 멀리 던지는 사람이, 던진 지점에서 돌멩이가 떨어진 지점까지 숨어 있는 요괴들을 부하로 삼는 겁니다."

"요괴를 보신 적 있으신가요?"

"애석하게도 시합에서 이긴 적이 없습니다. 친구들이 요괴들을 만나 숲을 누빈 이야기를 부럽게 듣긴 했죠."

"어제와 그제 돌을 던진 까닭은 뭡니까?"

"요괴들을 불러 물어보려고요. 내가 원하는 나무가 어디 있는지."

우각이 이마에 주름을 잡으며 웃어보였다.

"그딴 걸 왜 요괴한테 묻습니까? 간단히 찾을 방법이 있는데요."

"그 방법이 뭔가요?"

"건너편 산봉우리로 올라가십시오. 거기서 보면 어떤 놈이 적당한지 눈에 띨 테니까."

다음 날, 날이 밝기도 전에 젖은 산길을 걸어 건너편 봉우리를 올랐다. 그 사이 해는 떠서 그가 열흘 동안 돌아다닌 산자락을 훤히 비췄다. 찬찬히 꼭대기에서부터 능선을 따라 나무들을 훑어내렸다. 키 낮은 소나무들 사이에 우뚝 솟은 굴참나무를 발견하기까진 긴 시간이 필요하지 않았다. 수첩을 꺼내 위치를 기록한 뒤 산을 내려왔고, 단숨에 뒷산을 올라 굴참나무 아래로 갔다. 어제도 여기를 지나가긴 했었다. 분명히 이 나무를 보았을 텐데도 마음에 두지 않고 지나쳤던 것이다. 그도 그럴 것이 어젠 비가 너무 많이 내렸다. 굴참나무를 지나치자마자 바로 움막을 발견하기도 했다.

나무 밑에 서니 잎이 무성해서 시야를 가릴 것만 같았다. 그러나 잎이 집중적으로 많이 돋아난 곳은 10미터 이상과 2미터 이하 가지들이었고, 2미터에서 5미터 사이는 가지도 적고 잎도 많지 않았다. 건너편 산봉우리에선 잘 보였는데 나무 바로 밑에선 그런 특징을 확인하기 어려웠다.

그날부터 닷새 동안은 접이식 사다리와 로프를 구하러 다녔다. 이왕이면 목에 상처가 덜 나면서도 절대로 풀리지 않는 놈이어야 했다. 오전엔 호주머니에 줄자를 넣고 굴참나무로 와선 줄기의 두께와 그가 원하는 가지까지의 길이, 줄기에서 갈라진 가지의 각도, 가지의 길이 등을 재어 수첩에 꼼꼼하게 적었다. 어떤 일을 시작하기 전 숫자로 전부를 정리하고 확인하는 것은 오랜 작업 습관이었다.

오후엔 사다리와 로프를 사기 위해 버스를 타고 시장으로 나갔다. 남의 눈에 띄지 않고 휴대가 가능한 접이식이어야 했다. 펼쳐 이으면 4미터는 넉넉하게 나오는 것으로 골랐다. 폭우가 쏟아져 땅이 질퍽거릴 상황까지 대비해서, 사다리 제일 끝단엔 날카로운 표창처럼 쇠가 부착된 물건을 찾았다. 첫날 들른 다섯 군데 가게엔 마음에 드는 사다리가 없었고, 그 다음 날에도 네 번째 가게에서야 겨우 원하던 물건을 발견했다. 그런데 이번엔 색깔이 문제였다. 가게에 있는 사다리는 흰색과 검은색뿐이었는데, 그는 두 색깔 모두 싫었다. 숲에서 눈에 잘 띄지 않는, 옅은 회색이나 진한 녹색을 바랐던 것이다. 사흘째 되던 날에야 40센티미터까지 접히는 회색 사다리를 구입했다.

마지막으로 각종 로프를 만지작거렸다. 로프 파는 가게는 많았지만, 원하는 조건을 충족시키는 물건은 없었다. 결국 그는 자기 집 창고에 모아놓은 잠수 장비 가운데 가장 가볍고 잘 감기는 호스를 쓰기로 했다. 그 호스를 챙겨 한반도 바다는 물론이고 멀리 뉴질랜드까지 다녀왔다.

나무를 고르기 시작하고 보름이 지난 밤 유서를 썼다. 따로 공책을 사서 첫 페이지부터 차근차근 적었다. 선임 잠수사 류창대 앞으로 먼저 열 줄 가량 적었다.

'형님! 내려오라고 전화하신 것 때문에 미안해하진 마세요. 제 판단으로 결행한 일이니까요.'

2014년 4월 19일 서망항을 출발하여 함께 들어갔던 조치벽 잠수사와 오민재 잠수사 앞으로도 글을 남겼다. 백 번은 넘게 같이 잠수한 아끼는 후배들이었다.

'너희에게 가자고 전화했을 때 흔쾌히 응낙해줘서 고마워. 바지선에서 더 잘 챙겨주지 못해 미안하다. 치벽이는 내 몫까지 잠

수해주고, 민재는 치료 잘 받은 후 새로운 길을 모색하길 바란다.'

외동딸 숙희에게도 유언장을 썼다. 잠수사 동료들에게 남기는 글도 쉽진 않았지만, 올해 대학에 입학한 딸에게 처음이자 마지막으로 글을 띄우자니, 단어도 떠오르지 않았고 문장도 죄다 뒤틀렸다. 검은 줄을 죽죽 긋고 다시 적어도 매끄럽지 않기는 마찬가지였다. 제법 잘 나간다 싶으면 뚝뚝 떨어진 눈물방울 때문에 글자들이 번졌다. 휴지로 눌러도 이미 흐려진 글자를 알아보기 힘들었다.

초고를 세 번이나 찢고 정서를 마치니 새벽이었다. 이승에서의 마지막 밤을 뜬눈으로 보낸 것이다. 서재에 머물다가 새벽 산책을 나가는 아버지를 숙희는 이상하게 여기지 않았다. 수면장애는 골괴사와 신장 투석처럼 침몰선에서 얻은 잠수병 중 하나였다. 해가 지고 어둠이 깔리면 환영과 환청이 더 자주 찾아들었기 때문에, 그는 아예 밤잠을 포기한 채 집을 나서는 날이 많았다. 그날도 그런 날 중 하나였기에, 그녀는 현관문 여닫는 소리에도 나와 보지 않았다.

앞마당을 가로질러 창고로 곧장 들어섰다. 잠수 장비만 따로 보관하는 곳이다. 형광등을 켜고 창고를 둘러보았다. 옷걸이에 걸린 잠수복이 모두 일곱 벌이었고, 그 아래 풀페이스마스크와 각종 호스들, 공기통들, 수중전화기 세트가 있었다. 잠수복들을 손바닥으로 천천히 훑은 뒤, 수중전화기 옆에 끼워둔 검은 가방을 집어들었다. 그 안에 접이식 사다리와 호스가 들어 있었다.

굴참나무로 곧장 가진 않았다. 둔덕 아래 움막을 멀찍이 살폈다. 닷새 동안 아침마다 헛기침을 하며 움막을 열었지만 우각은 없었다. 낡고 둥근 앉은뱅이 탁자에 놓인 찻잔 두 개만이 우각과 나눈 비 속의 대화가 환각이 아님을 증명했다. 움막에 드는 것이 우각의 자유이듯 떠나는 것도 우각의 마음이었다. 왜 그곳을 떠나야 하며 왜 그곳에 머물러야 하는지 설명할 의무가 없었다.

덕분에 마음에 드는 굴참나무를 찾았지만, 자살 시도를 방해할 가능성이 가장 큰 인물이 우각이기도 했다. 우각이 움막에 머물거나 근처 숲을 산책하기라도 하면, 진태는 사다리를 굴참나무에 기대어 세울 수도 없고 호스를 매달 수도 없는 것이다. 다행히 수행승은 엿새째 움막을 비웠다. 주변을 100보 남짓 걸었지만 수상한 발자국은 없었다. 이미 움막을 떠나 깨달음을 구할 다른 처소로 이동했는지도 몰랐다.

우각이 마셨던 잔을 뒤집어놓곤 움막을 나왔다. 뒤돌아서서 양손을 모아 합장했다. 우각이 아니었다면 건너편 산봉우리로 올라가지 않았을 테고, 최적의 나무를 찾기까지 며칠 더 걸렸을 것이다. 오늘 생을 마감할 수 있는 것은 우각의 적절한 충고 덕분이다.

굴참나무를 향해 비탈을 올라갔다. 멀리서 새가 울었다. 그도 이제 모바일을 뒤져 나무들을 어느 정도는 찾지만, 울음소리만 듣고 새 종류를 맞히는 것은 범접하기 힘든 또 다른 경지였다. 굴

할

참나무 아래에 도착하자마자, 오른팔을 뻗어 손바닥으로 줄기를 어루만졌다.

"부탁해. 마무리 잘하자고."

줄기에 등을 기대고 앉았다. 미리 잘라둔 호스를 꺼내 매듭을 묶기 시작했다. 그가 묶을 줄 아는 매듭은 서른 개가 넘었고 열 개 정도는 눈을 감고도 가능했다. 수중 작업 중에 줄을 서로 묶거나 물건을 모아두거나 구조물과 구조물을 이을 땐, 눈으로 하나하나 확인하기보단 익숙한 손놀림으로 그때그때 매듭을 만들어내야 했다. 그가 만든 매듭은 정교하고 튼튼하기로 동료들 사이에서 이름이 높았다. 단번에 매듭을 마칠 생각이었는데 이상하게도 마음에 들지 않았다. 첫 매듭의 둥근 원은 머리를 넣기에 약간 작았고, 다시 묶은 매듭은 헐거워보였다.

세 번째로 매듭을 고칠 때 핸드폰이 울렸다. 보통은 무음으로 돌려놓는데 그 순간엔 벨소리가 요란했다. 새들이 놀라 숲에서 날아오를 정도였다. 급히 통화 버튼을 눌러 귀에 갖다 댔다.

"최진태 잠수사시죠? 저는 배남규 간사입니다. 전화 드린 건 다름이 아니라, 잠수사님을 꼭 뵙고 싶어 하는 분이……."

통화를 중간에 끊고 무음으로 바꿨다. 전화가 다시 걸려왔지만 받지 않았다. 배 간사와 만난 적은 없지만 가끔 전화를 받긴 했다. 초청하여 이야기를 나누고 싶은데 올 수 있느냐는 문의가 대부분이었다. 이 핑계 저 핑계를 대며 거절했다. 삶을 향한 의지가 남아 있는 잠수사가 가야 하며, 자기처럼 눈만 뜨면 죽을 생각 뿐인 잠수사가 낄 자리는 아니라고 여겼다.

　세 번째 매듭은 마음에 들었다. 가방에서 사다리를 꺼내 길게 펴며 마디마디를 고정시켰다. 4미터가 넘는 사다리가 만들어졌다. 사다리 밑단의 창날을 돌린 다음 땅에 박히도록 힘껏 찍어 눌렀다. 줄기에서 가지가 뻗어가는 지점에 사다리를 맞춘 뒤 호스를 쥐곤 올라갔다. 가지는 정확히 3미터 5센티미터에서 15센티미터까지 비스듬히 뻗었다. 매듭으로 늘인 호스가 20센티미터 남짓이고 진태의 키가 175센티미터이니, 가지가 처지는 것을 감안하더라도 땅에서 목을 맨 발끝까진 70센티미터 정도 여유가 있는 것이다. 아무리 버둥거려도 발끝이 땅에 닿긴 어려웠다.

　깊게 숨을 들이마신 뒤 팔을 뻗어 가지에 호스를 묶었다. 때마침 불어온 바람에 늘어진 호스가 조금씩 흔들렸다. 이제 모든 준비가 끝난 것이다. 혹시나 하는 마음에 마지막으로 주변을 훑었다. 우각은 물론이고 멧돼지나 토끼나 꿩의 기척도 전혀 없었다. 주머니에서 돌멩이를 꺼내 가볍게 두 번 검지로 튕겨 올렸다가 쥐었다. 힘껏 산 아래로 던졌다. 목을 빼 돌멩이가 떨어진 자리를 가늠했다. 그 안에 요괴들이 산다 해도, 그들과 만나 즐길 여유가 오늘은 없었다.

　오른팔을 뻗어 매듭을 쥐고 당겼다. 둥근 매듭 안으로 목을, 아무렇지도 않게 쏙 집어넣었다. 오른팔을 떼면서 두 발로 사다리를 밀어버리면, 모든 것이 끝이다. 유서를 쓰는 틈틈이 이 장면을 반복해서 머릿속에 그렸다. 보름 넘게 스스로 목숨을 끊을 방법을 고민한 후 또 그만큼 나무를 찾아 헤맨 보람을 느낄 정도였다. 이렇게 간단히, 또 큰 손상 없이 떠나게 된 것이다. 왼손을 바지주머니에 넣었다. 핸드폰을 꺼내 사진 폴더로 갔다. 사진이라고 해봤자, 숙희가 대학에 입학한 후 교정에서 찍어 보낸 사진 한 장이 전부였다. 사진 속 숙희가 죽은 아내를 빼닮았다는 생각이 새삼 들었다. 딸을 데리고 저승으로 건너갈까 고민한 밤들도 있었다. 적어도 열 번은 그런 마음이 들었고, 일산화탄소 중독 등을 구체적으로 고민한 적도 있었다. 그 후로 그는 숙희를 아끼는 마음을 닫아걸려고 노력했다. 가까이 두고 위할수록 남기고 떠나기가 힘들 것이다. 사진을 보며 이름을 불렀다.

"정애……."

고개를 저었다. 정애는 죽은 아내의 이름이다. 아내가 떠난 후 처음 그 이름을 말했다.

"숙희야!"

이번엔 제대로 불렀다. 딸의 미소가 더 밝아보였다. 그런 숙희를 위해 이승에서 그가 해줄 것이 없었다. 주3회 투석하며 평생 살아야 할 몸. 숙희는 이미 휴학계를 내고 하루에 두 개씩이나 아르바이트를 시작했다. 병든 아비 약값만 벌다가 아까운 청춘을 허비하게 둘 순 없었다. 핸드폰을 천천히 내렸다. 바지주머니에 넣자마자 두 발을 힘껏 허공으로 띄울 작정이었다. 그때 배남규가 문자에 첨부하여 보낸 사진 한 장이 떴다. 누군가의 카카오톡 메시지를 찍은 사진이었다. 그의 시선이 흘끔 사진에 가 닿았다. 사진 속 메시지에 찍힌 글자는 단 한 자뿐이었다.

'할'

할?

마음으로 되뇌며 핸드폰을 바지주머니에 넣었다. 지난 밤 내내 머릿속에서 그린 대로 사다리를 두 발로 동시에 힘껏 밀었다. 줄기에 붙어 있던 몸이 허공으로 튕기듯 떨어져 나와 흔들렸다. 체중이 실리자 매듭이 순식간에 좁아져 목을 옥죄었다. 그렇게 지난 밤 계획대로 모든 것이 끝나는가 싶었다. 그런데 호스를 당겼던 오른손이 여전히 호스를 잡고 있었다. 그 손마저 호스를 놓고 허리 아래로 손끝이 내려왔다면, 정말 모든 것이 끝났을 것이다. 숨이 막혀왔다. 오른손으로 호스를 쥔 채 몸을 흔들어댔다. 그리고 다시 되뇌었다.

할? 할이라고?

오른손 하나로 버티며 두 발을 겨우겨우 사다리에 다시 올려놓은 다음, 왼손까지 동원하여 매듭을 풀고 나무 아래로 껑충 뛰어내려 서너 바퀴 뒹굴었다. 거친 숨을 10분도 넘게 몰아쉬고 일어나선 배남규에게 전화를 걸었다. 사진 속의 '할'이 무엇이냐고 물었다.

"2014년 4월 16일 아침 10시 3분에 온 겁니다. 카톡을 제게 보여주신 분이 최 잠수사님을 만나고 싶어 하십니다."

가슴이 쿵쾅거렸다. 방금까지 자신의 몸이 매달려 흔들리던 가지를 올려다보며 물었다.

"마지막 문자란 겁니까?"

"맞습니다."

허리를 세우고 일어나 앉았다. 턱 밑이 송곳에 찔린 듯 뜨거웠다. 왼손을 대니 피가 묻어났다. 목을 매면서 살갗이 쓸려 벗겨진 것이다. 질문을 이어갔다.

"누굽니까, 문자를 보낸 이가? 여긴 그냥 닉네임만 있군요. '장군손자'"

"장형수 학생입니다."

"그런데 왜 나를 찾죠?"

"형수 군을 수습하여 침몰선에서 모시고 나온 날이 4월 2*일 오전 9시경입니다. 잠수 일지를 확인하니, 그때 최 잠수사님이 침몰선에 들어가셨더라고요."

말꼬리를 붙들고 따졌다.

"그 시간에 배에 들어간 잠수사가 나 하나는 아니지 않습니까? 난 브라보 팀인데, 알파 팀에서도 들어갔고. 또 내 앞에 들어간 잠수사도 9시 전후일 겁니다. 잠수해선 30분밖에 견디지 못하니까."

배남규가 순순히 인정했다.

"맞습니다. 정확히 말씀드리자면 최 잠수사님 외에 두 분이 더 그 시간대에 잠수를 하셨더라고요. 두 달 넘게 바지선에서 같이 생활하셨으니 아시겠네요."

"누굽니까, 두 사람이?"

"조치벽 잠수사와 오민재 잠수사입니다."

역시 그날인가. 말을 아끼며 첫 질문을 상기시켰다.

"아직 내 물음에 답을 안 했습니다. '할'이 뭡니까?"

"형수 군은 할머니와 단 둘이 살았습니다. 할머니에게 핸드폰을 사드리고, 카톡 사용법을 알려드린 것도 형수 군입니다. 할머닌 손자가 보내는 문자 보는 재미로 사셨고요. 이제 아시겠죠? 물론 다른 단어였을 수도 있겠지만, 저 문자의 '할'은 할머니였을 겁니다. 세 글자 중 한 글자밖에 못 칠 만큼 선내 상황이 급박했던 게지요. 상경하셔서 형수 군 할머니를 만나주십시오."

"나는…… 유가족을 만난 적이 없습니다. 형수 군을 데리고 나온 잠수사가 나란 것도 확실하지 않고. 어렵겠습니다. 미안합니다. 이만 끊겠습니다."

"위독하십니다!"

위독. 두 글자가 가슴을 찔러왔다. 되묻진 않고, 배남규의 설명을 듣기만 했다.

"손자를 차디찬 바다에서 데리고 나온 잠수사를 만나는 게 할머니의 마지막 소원이십니다. 민간 잠수사 분들이 유가족과 일대일로 만나길 어려워하신다는 거 잘 압니다. 잠수 상황을 떠올리는 것부터 트라우마가 될 수 있으니 피해야 한다는 것도요. 하지만 남은 시간이 얼마 없습니다. 도와주십시오."

통화를 마친 후 바지를 털며 일어섰다. 사다리를 타고 나무로 올라가선 가지에 매달린 호스를 풀었다. 그리고 다시 내려와 사다리를 접어 호스와 함께 가방에 넣었다. 가방을 어깨에 걸친 채 산을 내려가려다가 걸음을 돌려 움막으로 향했다. 막을 걷고 들어가선 뒤집어놓았던 찻잔부터 원래대로 돌려놓고 둥근 탁자 밑에 가방을 밀어 넣곤 나왔다.

상경 전 숙희와 늦은 아침을 먹었다. 아르바이트 때문에 서두르는 딸에게 며칠 서울에 다녀오겠다고 알렸다.

"투석은?"

숙희는 당장 그것부터 걱정했다.

"병원은 서울이 더 많아. 무슨 일이 있더라도 정해진 시간 어기지 않고 꼬박꼬박 받겠다고 너랑 약속했잖아. 아빠 그 약속 꼭 지킬 거야."

"어딜 가는데요?"

대답 대신 남규가 보낸 카카오톡 문자를 찍은 사진을 보여줬다. 숙희는 사진을 본 후 핸드폰을 돌려주며 물었다.

"장군손자는, 할머니랑 둘이 살았나 봐요?"

"어떻게 알았어?"

"아빠가 바지선에 있을 때, 내가 보낸 카톡 기억나요? 아빤 대부분 답장을 안 했지만, 내가 그래도 부지런히 보냈잖아요? 그때 내가 쓴 첫 단어가 뭔 줄 알아요? '아빠'. 그러다가 어느 저녁엔 아르바이트 하느라 바빠서 그랬는지, 나중에 보니까 '아'라고만 친 거 있죠?"

"'할아버지'일 수도 있잖아?"

슬쩍 확신을 흔들었다. 숙희가 웃으며 받았다.

"장군손자랑 할아버지랑 카톡하는 건 안 어울려요. 백이면 백 다 손자랑 할머니라고 짐작할 거예요. 한데 아빠."

갑자기 손을 잡아끌었다.

"왜?"

숙희가 바짝 당겨 앉았다. 가슴에 닿을 듯 코를 낮추곤 눈을 치뜨며 물었다.

"목은 왜 그래요?"

오른손으로 턱밑을 가리며 둘러댔다. 턱을 당긴 채 숨기려 했는데 들킨 것이다.

"별거 아냐. 새벽에 산책하다 나뭇가지에 긁혔어."

"이리, 누워봐요."

"괜찮대도."

"누워요 어서."

숙희가 팔을 확 잡아끌었다. 못 이기는 척하고 누울 수밖에 없었다. 투석을 시작한 후 딸의 잔소리가 늘었다. 조금이라도 고집을 부리면 딸은 곧 눈물바람이었다. 원하는 대로 최대한 맞춰줬다. 담배도 끊었고, 일요일엔 함께 교회도 나갔다.

천장을 보고 반듯하게 눕자, 숙희의 손이 그의 턱을 가볍게 밀어 올렸다. 목덜미의 상처가 적나라하게 드러났다. 차마 변명을 못한 채 눈을 감고 가만히 있었다. 숙희가 무슨 소릴 하더라도 순순히 받아넘길 작정이었다. 스스로 목숨을 끊으려 했느냐고 묻는다면 그것만은 단호하게 아니라고 할 것이다. 그 순간, 서재에 두고 나온 유언을 적은 공책이 떠올랐다. 혹시 서재에 들어가서 공책을 읽은 것은 아닐까. 뒷산에서 돌아왔을 때 숙희는 아직 자기 방에서 나오지 않았다. 그러나 잠결에 물을 마시거나 화장실에 다녀오다가 서재에 들렀을 수도 있다.

기다렸지만, 추궁은 시작되지 않았다. 이런 침묵이 더 두려웠다. 숙희가 안방으로 갔다가 돌아왔다. 목덜미에 소독용 물약을 바르기 시작했다. 상처 부위에 물약이 닿자마자 허리를 비틀 정도로 따가웠다. 돌아누우려 했지만, 먼저 알고 양 어깨를 두 주먹으로 꾹 눌러댔다. 따가움이 차츰 가라앉은 후 숙희가 결론을 내렸다.

"다음부턴 나랑 같이 가요."

목소리가 예상보단 훨씬 따뜻하고 부드러웠다. 슬그머니 앉았다.

"새벽에 일어나는 거 힘들잖니?"

자정까지 카페에서 아르바이트를 하고 집에 오면 1시였다. 새벽 5시면 집을 나서는 그와 보조를 맞추기엔 숙희의 수면 시간이 너무 짧았다.

"그건 내가 알아서 할게요. 당분간 혼자 뒷산 가는 거 금지!"

이유를 따지면 목덜미의 상처로 화살이 다시 돌아갈 것이다. 이 정도로 타협하고 넘어가는 것이 최선이었다. 어차피 며칠 지나고 나면, 새벽잠에 취한 그녀는 따라 나서기를 포기할 것이다.

숙희가 아르바이트를 하러 나간 후에도, 그는 곧장 시외버스 터미널로 향하진 않았다. 서재로 가서 유언 공책부터 챙겼다. 다행히 새벽에 둔 그 자리에 얌전히 있었다. 차마 읽진 못하고 공책 겉장을 손바닥으로 쓰다듬었다. 유가족과 만나는 자린 피하고 싶다. 더군다나 4월 2*일에 올라온 아이의 할머니라면.

공책을 서류봉투에 챙겨 넣었다. 집 안에 숨겨둘까 생각도 했지만, 오늘 하루는 품은 채 다니고 싶었다. 혹시나 싶어 조치벽에게 안부 문자를 넣었다. 답장이 늦기로 유명한 잠수사였다. 게으름 탓이 아니라, 20대 후반부터 해외로 진출하여 잠수를 해왔기 때문이다. 시차 때문에 이곳의 한낮이 치벽이 일하는 나라에선 한밤이거나 새벽일 때가 많았다. 곧장 답장이 와서 희소식인가 했는데 아니었다.

'진태 형! 나는 아직 아르헨티나야. 올 겨울까진 여기서 일하기로 했어. 내가 한국에 나가는 것보단 형이 오는 게 빠르겠네. 건강 잘 챙기시고.'

아르헨티나에 있는 후배와는 문자로 더 나눌 말이 없었다.

오민재에게도 전화를 걸었다. 민재 역시 신호가 가자마자 반갑게 받았다.

"맘이 통했나 봅니다, 방금 형 생각했는데. 제가 지금 뭘 집어 들었는지 아십니까?"

"뭔데?"

"오징업니다. 엄청 큰 놈입니다."

오징어? 바다 냄새가 핸드폰을 타고 불어오는 듯했다.

"어디냐, 거기?"

"울릉돕니다. 형님."

"거긴 왜 갔어?"

"태동이 형님이 와서 며칠 푹 쉬라 하셔서 큰 맘 먹고 이틀 전에 넘어왔습니다."

장태동은 울릉도 토박이로 참사 현장에서 한 달 남짓 같이 일한 잠수사였다. 어선도 두 척 가진 알부자로 울릉도 근해 잠수론 으뜸이었다. 잠수병이 전혀 없는 치벽은 예외적인 경우였고, 참사 현장에서 일하는 동안 대부분의 잠수사들이 크고 작은 잠수병을 얻었다. 민재는 트라우마가 심하고 무릎 골괴사도 상당히 진행된 상태였다. 얕은 강에선 잠수가 가능하겠지만, 수심을 타야 하는 20미터 이상 심해는 스스로 두려워했다. 민재의 어려운 형편을 알고 태동이 요양도 할 겸 불러들인 것이다. 참사 현장으로 가기 2년 전에 진태와 치벽과 민재와 태동은 울릉도에 모여 함께 잠수하며 일한 적도 있었다.

"무슨 일이십니까?"

"서울에 일이 좀 있는데, 민재 너 거기서 나오긴 어렵겠지?"

"언제요?"

"오늘 당장이라도."

"비는 안 오는데 파도가 꽤 높아요. 일주일 정돈 여객선 운항이 중단될 예정이래요. 오늘 육지행 배도 나가지 못했습니다. 헌데 형님! 서울엔 왜요?"

"아냐. 내 알아서 할게. 이왕 거기까지 갔으니 푹 쉬어. 몸이 근질근질하다고 금방 돌아오지 말고. 태동이에게도 안부 전해주고."

"알겠습니다, 형님! 제가 필요하면 언제든 연락주십시오. 바로 달려가겠습니다."

전화를 끊고 비로소 집을 나섰다. 배남규가 지목한 세 명의 잠수사 중 위독하다는 장형수의 할머니를 오늘 상경하여 만날 형편이 되는 사람은 진태뿐이었다. 서울로 오지도 못하는데, 4월 2*일의 기억을 시시콜콜 끄집어내어 아끼는 후배들을 괴롭히고 싶지

할

않았다.

시외버스 터미널에 도착하여 지갑을 열고서야 만 원권 열 장을 발견했다. 서울 가는 아빠를 위해 숙희가 몰래 넣어준 것이다. 지폐 열 장을 꺼내 엄지와 검지로 집어가며 하나하나 헤아렸다. 아르바이트로 이 돈을 모으려면 열흘은 꼬박 카페에서 서빙을 해야 한다. 지갑을 열기 전까진 신용카드로 차비와 숙박비 등을 우선 지불하려고 했다. 배 간사가 따로 비용을 챙겨줄 수도 있지만 제 앞가림은 하고 싶었다. 그런데 10만 원이면 카드를 쓸 필요가 없을지도 몰랐다.

버스는 한산했다. 진태를 포함해서 승객은 네 명뿐이었다. 평일 오전이 아직 끝나기 전이었다. 좌석을 젖히고 눈을 감았다. 지난밤을 꼬박 새웠지만 잠이 쏟아지진 않았다. 피곤해도 잠이 오지 않는 불면증을 민간 잠수사들은 참사 현장에서 얻었다. 하루 네 번 정조(停潮)에 맞춰, 잠수를 하든지 줄을 잡는 텐더 역할을 한 탓이다. 잠은 정조와 정조 사이, 길어야 두 시간을 넘지 않았다. 잠들지 않고 정조에서 정조로 이어지는 날도 많았다. 정조에 잠수하여 물건을 건져 올리거나 기물을 설치하는 일만 했다면, 바지선에서 물러나자마자 곧장 불면증도 해결되었으리라. 그러나 잠수사들은 지금까지도 불면의 밤과 낮을 보내고 있다. 진태가 수면장애를 앓기 시작한 날이 바로 4월 2*일이다.

그 전에도 희생자를 수습하긴 했다. 저절로 떠오른 시신을 찾아 거두기도 했고, 유리창을 깨고 선내로 진입한 날도 있었고, 통로에서 부유물과 엉킨 시신을 발견하여 모시고 나온 날도 있었다. 그런 날들도 무척 힘들었다. 그해 봄 이전에는 침몰선으로 들어가 시신을 수습하여 나온 경험이 진태도 치벽도 민재도 없었던 것이다. 민간 잠수사가 시신을 모시고 나오면 다른 잠수사들이 모두 다가가서 위로와 격려의 말을 건넸다. 두려워 떨거나 눈물을 쏟으면, 자신들의 잠을 줄여가며 다독여줬다. 이렇게라도 희생자를 찾아 모시고 나오는 것이 다행이라며.

4월 2*일은 달랐다. 그전까진 치벽이 먼저 잠수를 하고 그다음이 진태였는데, 그날은 치벽의 요구로 순서를 바꿨다. 브라보 팀 팀장인 치벽이 알파 팀 팀장과 간단한 회의가 잡혔던 것으로 기억한다. 브라보 팀에선 진태가 들어가고 비슷한 시간에 알파 팀에선 민재가 잠수했다. 복도가 좁고 출구에 부유물이 많은 탓에 알파 팀과 브라보 팀은 진입 루트를 서로 다르게 잡고 하잠줄을 내렸다. 알파 팀과 브라보 팀이 수중에서 만나는 일이 거의 없지만, 다른 통로로 들어왔다가 같은 격실에 드물게 들어가기도 했다. 4월 2*일이 그랬다.

민간 잠수사들은 복도에 부유물과 딱딱한 기물이 많다고 해도, 그것들을 치워 공간을 확보하느라 시간을 쓰는 대신 몸을 가볍게 하여 부유물과 기물 사이로 날렵하게 들어가서 희생자부터 수습하는 방식을 택했다. 수중에서 시신이 부패하는 것을 조금이라도 막아보자는 마음에서였다. 이를 위해 보조 공기통을 떼고 진입하는 경우도 잦았다.

그 역시 풀페이스마스크를 쓰고 바지선에서 생명줄로 내려주는 산소로 호흡하며 좁은 복도로 몸을 구겨 들어갔다. 시야가 겨우 30센티미터에 불과했기 때문에 손을 뻗어 더듬으며 90도로 기운 복도로 나아갔다. 그리고 남학생에게 배정된 객실에 이르렀다. 객실 앞에 도착했을 때 하마터면 비명을 지르며 까무러칠 뻔했다. 손 하나가 쓰윽 나와서 그의 어깨를 짚었던 것이다. 놀라기는 상대도 마찬가지였다. 진태는 방금 어깨를 짚은 잠수사의 얼굴을 헤드랜턴으로 확인했다. 알파 팀 오민재란 걸 확인한 뒤론 마음이 놓였다. 진태와 민재가 각각 다른 출입구로 들어와선 객실 앞에서 만난 것이다. 민재가 오른손을 들어 오케이 사인을 한 뒤 물러섰다. 진태가 먼저 열린 문을 통해 객실로 미끄러지듯 내려갔다.

물갈퀴가 물컹한 물체를 미는 순간 객실 안 전체가 움직였다. 헤드랜턴을 올려 갑작스런 움직임의 정체를 확인했다. 잠수사들이 찾고자 한 남학생들이었다. 스무 명이 넘는 학생들이 좁은 객실에서 어깨동무를 하거나 팔짱을 긴 채 한 몸처럼 뒤엉켜 있었다. 그의 물갈퀴가 그중 한 학생의 옆구리에 살짝 닿자 다른 학생들까지 모두 출렁인 것이다.

분노와 슬픔이 뒤엉켜 밀려들었다.

수장(水葬)!

두 글자가 뒤통수를 쳤다. 시신을 한 구 한 구 수습할 때와는 완전히 다른 느낌이었다. 수학여행을 가다가 이유 없이 바다에 빠져 죽은 학생들의 원통함이 고스란히 전해졌다. 눈물을 쏟으며 욕을 뱉기 시작했다. 따라 들어온 민재가 뒤에서 꼭 안을 때까지, 그는 멈추지 않고 울며 욕했다.

눈을 떴다. 검은 그림자들이 버스가 흔들릴 때마다 천장에서 일렁거렸다. 이리저리 변하는 거무튀튀한 뭉치들이 4월 2*일 객실에서 본 학생들 같았다. 버스 천장뿐만이 아니었다. 명확하게 알아차리기 어려운 검은 물체 혹은 그림자를 접할 때마다 희생 학생들이 한꺼번에 천천히 움직이는 그 객실로 돌아갔다. 이 회귀는 강력하고 갑작스럽고 영원했다. 어둑어둑한 저물 무렵과 뒤이어 밤이 찾아드는 한 그가 피할 방법은 없었다. 때로는 지금처럼 한낮 그늘진 천장이나 어두컴컴한 지하철에서도 그는 또 출렁거렸다. 문득 고개를 들면 거기에 하늘이 아니라, 뭉쳐 떠도는 침몰선 객실의 시신들이 있었다. 컴컴한 배에 영영 갇힌 기분이었다.

죽기 전에는 벗어날 수 없는 절망!

이런 표현을 영화나 소설에서 접했을 때 그는 코웃음을 쳤었다. 노력해서 바꾸지 못할 절망은 없다는 자신감으로 넘치던 시절이었다. 그러나 이젠 '벗어날 수 없다'는 것보다 더 적합한 표현은 없다는 생각이 든다. 그러므로 오늘 새벽 자살 시도는 실패나 포기가 아니라, 스스로 잠시 미룬 것뿐이다. 매듭을 쥐었던 오른손을 펴고 살폈다. 채찍에 맞은 자국처럼 살갗이 벌겋게 부풀었다.

4월 2*일 객실에서 꽉 끌어안고 나온 학생을 떠올리려 노력해 보았다. 신경을 집중했지만 키도 몸무게도 얼굴 생김도 가물가물 했다. 객실 속 상황을 파악한 뒤 너무 흥분하는 바람에 더더욱 수습한 희생 학생을 꼼꼼히 살필 여유가 없었던 것이다. 진태에 이어 민재도 한 명을 수습했고, 둘이 나오고 뒤이어 들어간 치벽도 한 명을 수습했다. 그 셋 중에 장형수 군이 과연 있었을까. 배남규 가 근거도 없이 그에게 전화를 걸진 않았을 것이다. 그의 주장이 옳다면, 숫자를 매겨가며 신원을 확인한 희생자와 잠수 기록을 비교하면, 3배수 정도로 후보자를 좁힐 수 있단 뜻이다.

버스에서 내리자마자 남규가 꾸벅 허리 숙여 인사하며 달려왔다. 내민 손을 맞잡으니 이제 돌이키기란 어렵겠단 느낌이 들었다.

"목소리를 들으며 상상한 것보다 훨씬 젊고 멋있으십니다."

사진이나 영상으로 민간 잠수사 최진태를 여러 번 확인했을 것이다. 형식적인 인사인 줄 알지만 싫지만은 않았다. 사람을 묘하게 끌어당기는 구석이 있었다.

"병세가 더 안 좋아지셨나요?"

시외버스 터미널까지 마중 나온 것은 그만큼 시간을 아껴야 한다는 뜻이다. 남규가 주차장 쪽으로 성큼 앞서가며 답했다.

"형수 군 할머니가 간절히 뵙기를 원하셔서 좀 서둘렀습니다.

서울이란 데가, 잠깐 한눈팔면 하루 이틀이 휙휙 지나가거든요. 오늘 업무는 전부 내일로 미루고, 최 잠수사님과 반나절을 보내려 합니다. 잘 부탁드립니다."

뚱뚱한 남규가 운전석에 앉자 소형차가 더욱 작아보였다. 조수석에 앉은 그에게 비타민 드링크를 하나 따서 내밀었다. 고맙다는 말만 하고 받지 않았다. 대신 가방에서 생수병을 꺼내 목만 축였다. 투석을 시작한 뒤론 술은 물론이고 탄산음료를 비롯한 드링크제도 딱 끊었다.

"의사가 가급적이면 맹물을 마시라고 했습니다."

남규가 뒤늦게 자신의 부주의를 사과했다.

"아, 그러시군요. 죄송합니다."

"일지를 보여줄 수 있습니까?"

"물론입니다."

남규가 허리를 돌려 뒷자리에서 서류철을 들어 내밀었다. 4월 17일부터 7월 10일까지 잠수 일지였다. 남규는 차를 출발시켰고, 그는 빠르게 일지를 넘겨보기 시작했다. 남규가 보충 설명을 했다.

"보시면 아시겠지만, 잠수 일지는 두 군데서 입수한 겁니다. 하나는 타이핑한 것이고 다른 하나는 손으로 직접 썼습니다. 기록수가 그날그날 바뀌는 바람에 글씨체도 제각각이지요. 글자 한두 개 차이는 나지만 잠수 시간이나 잠수사 명단은 동일합니다. 손으로 쓴 걸 타이핑했다고 보는 게 보통이겠지만, 아직 확정하진 않았습니다."

4월 2*일에 시선이 멈췄다. 그날은 희생자가 많이 수습되었기 때문에 기록된 내용이 두 페이지가 넘었다. 잠수사 명단과 수습한 숫자 그리고 수습한 위치가 적혀 있었다. 진태와 민재와 치벽의 이름이 눈에 띄었다. '오민재'를 '오민제'로 기재했지만 큰 문제는 아니었다. 세 사람이 희생자를 수습한 객실 번호가 동일했다.

"배 간사가 잠수사와 유가족을 연결시키는 일까지 하는 줄 몰랐습니다."

아직 남규의 제안을 완전히 받아들이진 않았음을 에둘러 밝혔다.

"일상 업무는 아닙니다. 유가족 중 가끔 당신의 아이를 데리고 나온 잠수사를 만나보고 싶다는 분이 계시지만, 잠수사들은 유가족과 마주 앉는 것만도 힘들어 하시니까요."

"일지에 따른다면, 장형수 군을 데리고 나온 잠수사가 조치벽과 오민재와 나, 셋 중 하나라는 건 부인하기 어렵겠습니다. 하지만 가능성은 3분의 1이지 않습니까? 내가 데리고 나오지도 않은 아이의 유가족을 만나 감사 인사를 받는다? 도리가 아닌 것 같습니다."

남규가 난처한 표정을 지으며 좌회전 깜빡이를 넣었다.

"희생자 신원 확인이라면 DNA 검사라도 하겠지만, 지금으로선 이 일지가 전부입니다. 조치벽 잠수사는 아르헨티나에 계시고,

오민재 잠수사는 울릉도에서 요양 중이시라 들었습니다."

이미 다른 잠수사들 근황까지 파악한 것이다. 차가 터널로 들어갔다. 불빛들이 일렁거리며 어둠을 흩었다. 그렇게 부서지는 어둠이 헤드랜턴을 들이댄 심해의 객실 같았다. 눈을 질끈 감고 물었다.

"지금이라도 가지 않겠다고 버티면 어찌 됩니까?"

남규는 즉답을 않고, 터널을 나온 뒤 갓길에 차를 세웠다.

"강요하진 않습니다. 부탁할 일도 아니고요. 잠수사님이 거절하시면, 형수 군 할머니와의 만남은 중단되겠지요. 할머니 마지막 소원을 이뤄드리고 싶긴 하지만, 형편껏, 유가족과 잠수사가 모두 동의해야만 가능한 일입니다."

"강요나 부탁이 아니라고 하지만, 전화를 내게 건 것 자체가 짐을 지우는 겁니다. 아니라고 하진 마세요. 전화를 걸기까진 배 간사님이 일방적으로 진행한 일이니까요. 내 상황을 먼저 챙기지도 않았잖습니까? 할머니의 위중한 병세만 내게 알리고, 최진태, 나란 잠수사가, 이젠 잠수를 못하니 잠수사도 아니지만, 하여튼 내가 어떤 맘을 먹고 하루하루를 보내고 있는지 확인하지 않았습니다. 맞죠?"

남규의 두툼한 볼이 순식간에 경직되었다. 이와 같은 비판을 예상 못한 것이다.

"할머니를 돌봐드리는 복지사가 새벽에 다급하게 전화를 했습니다. 저도 부랴부랴 잠수사님께 연락을 드린 것이고요. 물론 몇 달 전부터 미리 잠수 일지나 민간 잠수사 관련 기사들을 찾아 보긴 했습니다. 최 잠수사님 병세가 나빠지셨다는 것도 알았고요. 다음 주쯤 연락을 드려도 드리려고 했습니다. 할머니가 거동은 못하시지만, 아직 정신은 또렷하시고 말도 또박또박 하시니까요. 그런데 잠수사와 만나게 해주지 않으면 곡기를 끊겠다고 새벽에 단언을 하셨답니다. 지금 상황에서 끼니를 잇지 않으면 금방 병세 가 악화된다는 담당 의사 소견을 듣고, 최 잠수사님께 급히 연락 을 드린 겁니다. 잠수사님 상황을 먼저 확인하지 않은 것은 제 불 찰입니다. 사과드리겠습니다."

솔직담백함은 남규의 또 다른 장점이었다. 여기서 차를 돌릴 것인가 아니면 할머니를 만날 것인가. 남규가 절충안을 냈다.

"형수 군 집 앞까진 우선 가시죠. 그 집에 도착했는데도 할머 니를 만나는 것이 힘드시면 그때 돌아 나와도 늦지 않습니다. 여 기까지 오신 것만도 감사드립니다만, 이왕이면 한 걸음만 더……."

"그럽시다."

짧게 답한 후 고개를 창 쪽으로 돌렸다. 남규의 차는 가던 길 을 다시 달렸다. 햇살이 이마를 비췄지만 머리를 젖히거나 차단막 을 드리우진 않았다. 심해에 들어가면 손톱만 한 불빛도 소중한 법이다.

한 시간 후 차가 멈췄다. 그때까지 둘은 대화를 나누지 않았다. 남규는 그가 잠시 낮잠에 빠졌다고 여겼다. 그러나 진태는 눈을 감고 있었지만 잠들진 않았다. 침묵 속에서 앞으로 펼쳐질 상황들을 그려봤을 뿐이다. 오래 전 심해 잠수를 시작할 때 류창대가 건넨 충고 한마디가 최진태의 작업 수칙이 되었다.

'머리로 반드시 먼저 그려볼 것. 머릿속에서 불가능한 일은 심해에서도 불가능하다.'

남규가 좁은 골목길 입구 마트에서 생수를 네 병 샀다. 두 병을 내밀며 설명했다.

"한 시간 남짓 올라가야 합니다. 힘들면 언제든 말씀하십시오."

진태는 등산을 즐기는 사람이 아니었다. 스스로 목숨을 끊을 나무를 고르기 위해 뒷산을 오르내린 보름이 특별했던 것이다. 삶의 대부분을 바닷가나 바다 위나 바다 밑에서 지냈다. 땅이 주는 단단함보다 물이 주는 자유로움이 좋았다. 투석하러 병원에 갈 때마다 의사는 유산소 운동을 권했다. 달리진 말고 천천히 약수터를 오가는 운동을 꾸준히 하라는 것이다. 몇 번 뒷산 약수터에 올랐지만, 산이 자신과 어울리지 않는다는 생각만 굳혔다.

길이 점점 좁아지자 시궁창 냄새가 역하게 올라왔다. 골목을 이룬 벽들은 실금이 가거나 손가락이 들어갈 정도로 틈이 벌어졌다. 나무는 골목 입구에서 서너 그루 본 것이 전부였다. 색이 바랜 대문들은 사각형으로 치자면 밑변 모서리 쪽 어딘가가 우그러졌다. 길고양이가 나고들 만한 구멍이었다. 오가는 사람은 없었다. 낮은 담 너머 들여다본 집 마당에도 인기척은 없었다. 남규가 손수건으로 땀을 닦으며 설명했다.

"이 동네 절반이 빈집입니다. 철거 명령이 진작 내려왔고, 용역들이 철거를 집행한 적도 두 번 있습니다. 남은 주민과 시민 활동가들이 힘을 합쳐 겨우 막긴 했는데, 올해를 넘기긴 힘들다고들 합니다. 집들이 비어 있으니 강력 사건이 종종 일어나나 봐요. 빈집을 범죄 장소로 삼는 거죠."

생수병을 열고 물을 세 모금 마신 후 물었다.

"왜 철거를 하죠?"

"싹 밀어버리고 대단지 아파트를 지으려나 봐요. 올라오긴 힘들지만, 여기가 전망이 끝내주긴 하죠. 특히 야경이 아주 좋습니다. 형수 군이 그림에 재능이 있었단 건 모르시죠? 저기 아래 달리는 자동차들을 담은 풍경을 꽤 그럴 듯하게 그렸더라고요. 월세 사는 형수 군 같은 경우야 재개발 아파트를 짓든 말든 누릴 권리가 없지만."

그리고 30분을 더 걸어 올라갔다. 진태는 두 번이나 허리를 잡으며 주저앉았다. 되돌아 내려온 남규는 그가 숨을 돌릴 때까지 기다렸다.

"언제부터 형수 군이 이 마을에 살았습니까?"

"형수 군이 두 살 때 부모님이 교통사고로 돌아가셨답니다. 그

전까진 형편이 넉넉했다더군요. 아버지가 전기 관련 사업을 했는데, 사고 직후에 은행 차압이 들어와서 집이 곧바로 넘어갔답니다. 형수 군 할머니가 미리 돌려둔 돈이 조금 있어서 겨우 이곳으로 이사를 왔대요."

"이렇게 비탈진 길을 노인네가 어찌 오르내립니까?"

"나중에 만나보면 아시겠지만, 형수 군 할머니는 왼 무릎에 관절염을 오랫동안 앓으셨어요. 지팡이를 짚어도 겨우 걸을 정도였습니다. 형수 군이 초등학교에 입학한 후론 잔심부름을 도맡아 했다는군요. 집이 있는 산꼭대기에서 우리가 처음 출발한 골목 입구까지를 하루에도 서너 번씩 오르내렸다고 합니다. 형수 군이 집에서 학교까지 가는 것만도 먼 길이죠. 비탈을 20분 넘게 뛰어 내려가야 하니까요. 버스를 타면 열두 정거장인데, 버스비 아낀다고 그 길도 또 뛰어갔대요. 비가 오나 눈이 오나."

꼭대기가 가까워졌다. 땅은 아예 포장된 적이 없는 흙길이었고, 집들도 벽에 구멍이 숭숭 뚫렸다. 비닐이나 신문지로 대충 막아놓긴 했지만, 바람이나 벌레들이 수시로 드나들 정도였다. 슬레이트 지붕을 겨우 인 집들이 연이어 나타났다. 그 지붕도 마찬가지로 구멍이 군데군데 났다. 비가 오면 구멍 아래로 빗물 담는 통을 따로 둬야 할 것이다. 철거 예정임을 알리는 빨간 계고장만이 유일하게 새것이었다.

수명이 다한, 진작 허물어지고 사라졌어야 할 것들로 가득한 골목이었다. 여기서 한 시간만 있어도 한두 살은 훌쩍 더 먹을 듯했다. 막다른 끝집에 도착한 남규가 뒤돌아서서 그가 가까이 올 때까지 기다렸다가 물었다.

"마음을 정하셨습니까?"

대답 대신 반반한 돌판에 엉덩이를 대고 돌아앉아선 풍경을 내려다보며 숨을 골랐다. 대답을 기다리던 남규가 곁으로 와서 나란히 앉았다. 담배를 꺼내 입에 물었다가 표정을 살피곤 다시 담뱃갑에 꽂아 넣었다.

"형수 군은 꿈이 뭐였습니까?"

"장사를 하겠다고 했답니다. 고등학교만 졸업하면, 야채 가게에 취직해서 몇 년 배운 뒤 독립하겠다는 계획을 친구들에게 종종 이야기했대요. 어려서부터 고생을 심하게 해서 철이 일찍 든 겁니다. 선생님들은 그림 솜씨를 아까워했지만, 형수 군은 어서 돈을 벌어 할머니를 편히 모실 마음뿐이었대요."

숙희 얼굴이 떠올랐다. 일찍 철드는 것이 꼭 좋은 것만은 아니란 생각이 들었다. 장사를 하든 취직을 하든, 돈을 벌어 병든 조부모나 부모를 편안히 모시겠다는 바람을, 갓 스무 살 청춘이 갖는다는 것은 안쓰러운 일이다.

"들어가 봅시다."

엉덩이를 털며 일어섰다. 남규의 표정이 순식간에 밝아졌다. 대문은 아예 떨어져나가고 없었으며, 현관문 역시 반쯤 열린 채

달히질 않았다. 깨진 유리창 위에 붙여놓은 도화지엔 밤하늘 별들이 고왔다. 남규가 그것들을 눈짓으로 가리켰다.

저것도 형수 솜씨에요.

"저 왔습니다. 할머니!"

남규가 일부러 목소리를 높였다. 파마를 한 여자가 문을 밀고 나왔다. 할머니를 돌보는 사회복지사 길영란이었다. 둥근 안경을 고쳐 쓰며 남규에게 짜증 섞인 눈짓을 보냈다.

"이렇게 늦게 오시면 어떻게 해요? 벌써 두 끼나 드시질 않으셨어요. 링거를 꽂아드리려고 간호사가 오긴 했는데 그냥 갔어요. 핏줄이 너무 가늘고 약해서 보이질 않는대나…… 내 참 기가 막혀서."

그가 나서서 남규를 옹호했다.

"배 간사는 서둘렀는데, 저에게 좀 문제가 있어서, 그래서 늦었습니다. 미안합니다."

영란이 남규에게 눈으로 물었다.

잠수사님?

남규가 고개를 끄덕였다. 그녀는 초면에도 스스럼없이 손부터 잡았다.

"형수를 데리고 나온 잠수사님이시죠? 반갑습니다. 어서 오세요. 할머니가 얼마나 기다리셨다고요."

확률이 3분의 1이라고 정정하고 싶었지만, 그는 형수가 그린 별들을 손바닥으로 쓸며 우선 집으로 들어섰다. 부엌 하나에 방 하나가 전부였다. 부엌은 한 사람이 들어가 앉으면 꽉 찰 정도로 작았고, 방은 두 사람이 나란히 겨우 누울 정도였다. 그 흔한 책상도 옷장도 없었다. 벽에 박힌 녹슨 못에 싸구려 옷들이 걸렸고, 작은 창 아래 벽을 따라 책들이 쌓여 있었다. 형수의 교과서와 친구들이 구해 준 참고서들이었다. 그 책들을 머리맡에 두고 늙은 여인이 누워 있었다. 형수의 할머니였다. 이마와 목엔 온통 검버섯이 피었고, 쏙 들어간 볼은 당장이라도 찢길 듯 파르르 떨렸다. 특히 두 눈이 우물처럼 움푹 파였다. 일흔일곱 살이라고 남규에게 들었지만, 그보다 10년은 더 나이 들어 보였다. 어린 손자를 데리고 험한 세상 살아내느라 고생한 흔적이 역력했다. 낯선 사내가 들어왔지만 할머니는 눈을 감은 채 미동도 하지 않았다. 낮잠이라도 주무시는가.

고개 들어 방을 훑었다. 벽은 물론이고 천장까지 그림으로 가득했다. 질서정연하게 붙어 있진 않았다. 그림 위에 그림이 얹혔다. 모서리 구멍을 막기 위해 접히거나 꺾이기도 했다. 그중에는 남규가 자랑한 마을 야경이 많았다. 폭이 2미터는 족히 넘는 큰 그림도 천장에 한 점 벽에 한 점 있었다. 밤하늘에 붓으로 찍은 별들만 헤아려도 천 개가 넘을 듯했다. 대작에서 손바닥만 한 소품까지, 형수는 종이의 질과 크기를 가리지 않고 그려댔던 것이다. 야경 다음으로 많은 그림이 바로 할머니의 초상화였다. 모델을 따로 구할 돈이 없어서이기도 했겠지만, 형수는 할머니의 여러 모습을 스케치하는 걸 즐겼다. 머리를 풀었다가 다시 고쳐 비녀를 꽂는 모습이라거나 부채를 부치며 조는 모습은 너무나도 다정해서 저절로 미소가 피어오를 정도였다. 밥그릇과 앉은뱅이 식탁, 짝이 맞지 않는 젓가락들, 낡은 운동화를 그리기도 했다.

영란이 따라 들어와선 양손을 방바닥에 대고 엎드린 후 할머니 귀에다가 목청을 높였다.

"잠, 수, 사 왔습니다. 잠, 수, 사."

잠, 수, 사를 딱딱 끊어 반복했다. 할머니가 팔을 들어 허공을 휘저었다. 영란이 그 손을 붙들곤 설명했다.

"왼 귀는 완전히 먹었고, 오른 귀만 겨우 이렇게 소리를 쳐야 들립니다. 두 눈은 녹내장 때문에 작년 겨울 시력을 모두 잃었고요. 시력이 많이 나쁘긴 했지만 그럭저럭 10년은 버틸 만하다고도 여겼는데, 형수가 그렇게 가고 나서 매일 눈물만 흘리시다가, 그 겨울에 끝내 이렇게 시각장애인이 되셨습니다. 다른 병균에 감염될 우려까지 있어서 두 눈을 모두 제거하는 수술을 했고요. 그때부터 제가 매일 와서 돌봐드리곤 있는데 여러모로 부족해요……."

할머니가 영란의 손등을 찰싹 때리며 밀어냈다.

"그래도 이렇게 정신은 맑으세요. 의사 표현이 분명하시니, 다행이지요."

"병원으로 지금이라도 옮기는 게……."

치료를 위해서도 그것이 나을 듯싶었다. 영란이 답했다.

"저도 매일 권하지만, 꼭 여기서 죽어야겠다고 입버릇처럼 말씀하세요. 보시다시피 형수 그림으로 가득한 방이니까요. 강제로 모시려고도 해봤지만, 병원에 닿기도 전에 피를 토하고 기절하시는 바람에 돌아왔습니다. 저희로서도 어쩔 수 없어요."

진태가 영란과 자리를 바꿔 앉았다. 할머니의 주름지고 뼈마디가 모두 튀어나온 야윈 손을 쥐었다. 손도 목소리도 함께 떨렸다.

"맞……나요?"

"민간 잠수사 최……."

여기까지 말하다가 멈추곤 허리를 숙여 영란처럼 할머니의 오른쪽 귀에 대고 외쳤다.

"민간 잠수사 최진태라고 합니다."

할머니의 움푹 들어간 눈에 눈물이 차올랐다. 마른 우물에서 갑자기 온천수가 흘러나오는 듯했다. 그녀의 얼굴이 심하게 흔들렸다. 목에 힘을 줘 머리를 들려는 것이다. 그러나 작고 가벼운 머리를 스스로 들 힘도 지금은 남아 있지 않았다. 영란이 다시 들어오려고 했지만, 그가 먼저 할머니의 뒷머리를 손바닥을 넣어 받혔다. 그리고 엄마가 누워 있던 아기를 들어 안듯이, 할머니를 부축해서 일으켰다. 나무에 매달린 매미처럼, 할머니도 양손으로 그의 옆구리를 붙들곤 이마를 가슴에 댔다. 그렇게 할머니를 안은 뒤 천천히 자리에서 일어섰다. 바닥에 끌리는 할머니의 두 다리마저 온전히 그의 힘으로 지탱했다.

병을 앓으며 방에 오래 누워 지낸 환자에게서 나는 악취가 코로 밀려들었다. 살짝 왼발을 들어 옮기려다가 제자리로 다시 놓았다. 악취라면 침몰한 배에서 맡을 만큼 맡았다. 인간이 상상할 수 있는 모든 냄새에다가 상상하기 힘든 냄새까지, 침몰한 배는 품고 있었다. 낮은 천장에 그의 머리가 닿았다. 북극성이 반짝이는 자리였다. 살짝 턱을 당겨 고개를 숙인 뒤, 할머니를 더 꽉 끌어안았다. 할머니가 오래 가슴에 묻어뒀던 문장을 끄집어냈다.

"우리 형수를…… 어떻게 데리고 나왔는지…… 말씀해주세요. 이 늙은이, 마지막 소원입니다."

부엌과 방을 가르는 문지방에 걸터앉아 있던 남규 표정이 딱딱하게 굳었다. 잠수사들이 유가족을 만났을 때 가장 두려워하는 질문을 방금 할머니가 던진 것이다. 그 역시 이 질문만은 피하고 싶었다. 이 질문을 받는 것만으로도 일주일은 속이 더 아프고 잠도 더 오지 않았다. 참고 답을 해줬다는 잠수사도 있지만, 그는 무조건 피하겠다고 했었다. 침몰선 속 장면을 설명하고 나면 수면제를 아무리 먹어도 한 달은 잠들지 못할 것이다. 골목을 오르기 시작할 때만 해도, 이 질문이 나오면 당장 자리를 박차고 나와버리리라 단정했었다. 그러나 할머니를 품에 안은 그는 눈짓으로 우선 남규를 안심시켰다.

괜찮습니다.

마른침을 꿀꺽 삼킨 뒤, 자세를 고쳐 할머니의 고개가 왼편으로 젖혀지도록 했다. 그래야 오른 귀에 이야기를 흘려 담을 수 있기 때문이다. 웅변하듯 목청을 높여, 무덤에 들어갈 때까지 하지 않으려던 이야기를 시작했다.

"4월 2*일 9시 정각에 바닷속으로 들어갔습니다. 해경 잠수사 한 명이 생명줄을 잡고 뒤따라 들어왔습니다. 그 잠수사를 침몰한 배 바깥에 대기하도록 두고, 저 혼자 헤엄쳐 배 안으로 움직였습니다. 좁은 복도를 겨우 통과하여 객실에 도착했습니다. 저와 팀이 다른 잠수사 한 명도 같은 객실에 도착했고요. 우연이었습니다. 제가 먼저 객실로 내려갔습니다. 배가 90도로 기울었기 때문에 출입문을 통해 객실로 들어가기 위해선 내려가거나 올라가야만 합니다. 객실엔, 남학생들이 많이 있었습니다. 스무 명쯤 되는 학생들이 서로 엉켜 있었습니다. 그렇게 서로서로 붙잡은 채 최후를 맞은 겁니다. 저는 그중에서 문에 제일 가까운 남학생의 어깨를 짚었습니다. 그리고 부탁했습니다.

'한꺼번에 다 같이 나갈 순 없어. 차례차례 잠수사들이 너희들을 모두 모시고 나갈 거야. 이 아저씨가 약속할게. 그러니 우선 너부터 나가도록 하자. 친구와 맞잡은 오른손부터 놓아줘. 그리고 친구의 어깨를 두른 왼손도 거둬들여주렴. 친구들에게 먼저 바지선으로 올라가 기다리겠다고 인사할 시간은 줄게. 지금부터 1분

이면 충분하겠지?'

그리고 1분을 어둠 속에서 기다렸습니다. 저는 분명히 느꼈습니다. 객실 안에 있는 학생들의 몸이 동시에 움직이는 것을. 겨우 30센티미터밖에 앞이 보이진 않았지만, 물살의 방향과 세기가 달라졌으니까요. 그 학생의 설명에 다른 학생들이 모두 동의하면서, 서로 밀착된 손과 팔에다가 눈에 보이지 않을 정도로 작은 틈을 냈던 겁니다. 그 틈들이 만들어내는 미세한 움직임을 제가 느낀 것이고요.

저는 학생의 오른손을 다른 학생의 손으로부터 떼어냈습니다. 그리고 그 학생의 왼손이 쥐고 있던 다른 학생의 어깨도 비교적 쉽게 살짝 밀어 더 아래쪽으로 내려보냈습니다. 그리고 학생을 품에 꼭 안고 객실 출입구를 통해 복도로 올라갔고, 배에서 무사히 나왔습니다. 연락을 받고 대기하던 해경 잠수사 두 사람에게 학생을 넘겨줬습니다. 생명줄을 쥐고 기다리던 잠수사의 어깨를 짚은 뒤 함께 바지선을 향해 올라왔습니다……"

여기까지 이야기를 하고 잠시 멈춰 시선을 내렸다.

긴 백발 대신 짧은 흑발이 눈에 들어왔다. 이럴 리가 없는데……. 눈을 질끈 감으며 고개를 가로저었다. 이상한 일은 또 있었다. 품에 안긴 할머니가 점점 무거워진 것이다. 적어도 20킬로그램은 더 무거워지는 바람에, 안고 버티기가 버거울 지경이었다. 몸무게만큼이나 부피도 커졌다. 맨 처음 안았을 때는 작은 아이처럼 품에 쏙 들어오는 느낌이었다. 그런데 침몰선 객실에서 희생 학생들을 발견한 이야기를 들려드리는 동안, 물에 불듯 할머니의 몸이 커졌다. 학생을 안고 객실을 나서는 대목에 이르자, 양팔을 최대한 벌려야 할머니의 등 뒤에서 두 손을 맞잡을 수 있었다. 그는 마음속으로 물었다. 내가 안고 있는 이 사람은 누구란 말인가?

무겁고 커진 짧은 흑발을 떨어뜨리지 않기 위해, 두 팔을 힘껏 튕겨 올리며 자세를 고쳤다. 그 반동에 품에 안긴 사람의 고개가 젖혀졌다.

형수였다.

사진으로 확인했던 바로 그 얼굴이었다. 침몰선에서 남학생을 모시고 나오는 이야기를 하는 동안, 할머니가 형수로 바뀐 것이다. 형수의 젖은 머리에서 물이 뚝뚝 떨어졌다. 진태의 옷도 순식간에 젖어 축축했다. 이 상태로는 잠시도 견디기 힘들 듯했다. 할머니 음성이 들려왔다.

"그 학생이…… 우리 형수였군요?"

두 팔에 힘을 주느라 즉답을 못했다. 할머니가 이어 말했다.

"고맙습니다. 정말 고맙습니다."

그 밤 폭우가 쏟아졌다. 사흘 내내 노아의 방주를 떠올릴 정도로 퍼부었다. 비를 핑계로 서울에 머물며, 맹골수도 근처 바지선에서 함께 일한 잠수사들과 모처럼 회포를 풀었다. 그들은 말술을 마셨지만, 그는 생수 두 통이 고작이었다. 숙희 전화를 받기 전에 병원을 찾아가서 투석을 했다. 어디서나 피를 돌리는 일은 힘겹고 지겨웠다. 그리고 나흘째 아침 형수의 할머니가 세상을 떴다.

장례식장으로 찾아가서 조문을 했다. 문상객을 맞는 남규에게 4월 2*일 잠수 일지만 복사해서 가지고 싶다는 뜻을 전했다. 일지를 챙겨온 남규가 터미널까지 배웅하겠다고 했지만, 손사래를 치고 몰래 빠져나왔다. 정오가 넘어가고 있었다.

집에 도착한 후 청바지와 청재킷으로 갈아입었다. 유언 공책과 4월 2*일 잠수 일지가 든 서류봉투를 이불장 깊숙이 숨긴 다음 등산화를 꺼내 신고 뒷산으로 향했다. 숙희는 오늘 아침에도 서둘러 나간 듯 식탁엔 밥을 차려 먹은 흔적이 없었다. 산길은 발목까지 푹푹 잠길 정도로 질퍽거렸다. 운동화 차림이었다면 벌써 신이 젖어 산행이 어려웠을 것이다. 종종 마주치던 등산객도 그 오후엔 없었다. 빗물이 지하로 스며들 때까지 적어도 이틀은 산을 오르내리는 이가 드물 것이다.

척후를 마친 군인처럼 주저 없이 걸었다. 둔덕 위 굴참나무를 확인하고서야 멈춰 섰다. 폭우 속에서도 나무는 여전히 무성함을 자랑했다. 목을 맸던 가지도 늠름하게 허공을 갈랐다. 둔덕 아래 움막 쪽으로 시선을 틀었다. 그런데 움막은 목을 매던 날 잠시 들른 그때 그 모습이 아니었다. 둔덕에서 쓸려 내려온 흙의 무게를 이기지 못하고 파묻힌 것이다. 산사태였다. 흙더미로 올라서선 양

팔을 벌려 움막이 있던 자리를 가늠했다. 왼쪽으로 네 걸음 디딘 후 주저앉았다. 장갑을 꺼내 끼곤 젖은 흙을 파내기 시작했다.

1미터쯤 파 들어갔을까. 낡은 탁자가 손에 잡혔다. 찻잎이 담긴 두 개의 찻잔과 함께 탁자 밑에 두었던 가방을 끄집어냈다. 가방을 여니, 접이식 사다리와 매듭을 만든 호스가 그대로 있었다.

가방을 들고 굴참나무 아래까지 종종걸음으로 갔다. 사다리와 호스를 꺼냈다. 이번엔 실수하지 않고 단번에 호스의 매듭을 묶었다. 사다리를 길게 편 뒤 창날을 세워 땅에 박았다. 줄기와 가지가 갈라지는 지점에 사다리 윗부분을 댄 뒤 호스를 쥐곤 올라섰다. 팔을 뻗어 호스를 나무에 묶었다. 지난 번 묶었던 자리엔 나무껍질이 벗겨져 있었다. 거기서 한 뼘 정도 더 먼 곳에 호스를 묶었다. 둥근 매듭 속에 오른팔을 밀어 넣었다가 뺐다.

장갑 낀 양손을 비비며 숨을 불어넣었다. 사다리에 얹은 엄지발가락에 힘을 실었다. 줄기에서 껑충 뛰려면 발가락을 구부려 힘껏 당기며 팔을 뻗어야 할 것이다. 둔덕을 바라보며 개구리처럼 튀어나갔다.

사다리가 더 이상 버티지 못하고 땅에 떨어졌다.

마지막 지지대가 사라진 것이다.

둥근 매듭에 머리를 넣진 않았다. 양손으로 가지를 쥔 채 매달렸다. 흔들흔들 몸의 흐름에 따랐다. 구름이 짙게 깔린 탓인지 어둠이 일찍 물드는 중이었다. 몸이 흔들리자 둔덕도 덩달아 움직이는 듯했다. 어떤 부분은 툭 튀어오르는 것 같고 어떤 부분은 위에서 내려다본 짱구 머리처럼 편편하게 파이는 듯했다.

"아!"

낮은 탄성과 함께, 진태는 손을 놓고 날렵하게 떨어졌다. 그리고 움막까지 단숨에 달려갔다. 꺼내놓은 찻잔을 집어들고 살폈다. 찻잎이 두 잔에 모두 담겨 있었다.

지팡이로 삼을 단단한 나뭇가지 하나를 주워 둔덕으로 다시 올라갔다. 지름 10미터 정도의 원을 그리며 돌다가, 갑자기 나뭇가지를 높이 들어 땅에 박았다. 짱구처럼 보였던 자리였다. 착각이 아니라 정말 그곳이 점점 꺼지는 중이었다. 나뭇가지로 두세 번 땅을 찌르자 갑자기 가지가 쑥 들어가버렸다. 무릎을 꿇고 방금 가지가 사라진 곳을 손으로 파헤치기 시작했다. 손톱만 한 구멍이 주먹만 해지더니, 축구공만 해졌다가 사람 하나가 들어가고도 남을 정도로 커졌다.

구멍 옆에 넙죽 엎드렸다. 머리만 구멍으로 내밀어 아래를 들여다보았다. 차고 습한 기운이 한꺼번에 밀려 올라왔다. 트라우마로 인해 불면의 밤을 보내기 시작하면서 결심했었다. 두 번 다시 누군가를 위한답시고 나서지 않을 것이고, 특히 어둠은 쳐다보지도 않겠다고.

바지선에서 철수한 후 처음 맞닥뜨린 발 아래 어둠이었다. 저물 무렵의 붉은 기운을 뺨으로 느끼며 소리쳤다.

"거기, 누구 있습니까?"

답이 없다. 간명하게 다시 불렀다.

"우각 스님!"

역시 무응답이다.

호스를 꺼내 조용히 매듭을 풀었다. 줄잡아 3미터는 넘었다. 한쪽 끝을 오른 손목에 감고 호스를 어둠 속으로 쭉 떨어뜨렸다. 그리고 노를 젓듯이 호스를 휘휘 흔들다가 멈추고 또 휘휘 흔들다가 멈추었다. 보이지 않는 어둠 속 이곳저곳에 호스가 닿았다. 호스를 멈춘 후엔 숫자를 30까지 속으로 헤아렸다. 그렇게 30을 열 번 반복한 다음, 처음부터 다시 세기 시작하려는데 신호가 왔다. 호스를 감은 오른 손목이 살짝 아래로 내려간 것이다. 누군가 어둠 속에서 호스 끝을 잡고 겨우 당긴 것이다.

호스를 끌어올려 땅에 내려놓았다. 양 손바닥을 펴 턱 밑을 어루만졌다. 피딱지가 아직 붙어 있었다. 사다리를 머리 위로 번쩍 들었다가 천천히 구멍으로 내려보냈다. 1미터 2미터 3미터가 내려갔지만 바닥에 닿지 않았다. 10센티미터 20센티미터 50센티미터까지도 자꾸 내려가기만 했다. 여기서 10센티미터 아래도 허공이라면 사다리를 쓸 수 없었다. 그런데 딱 10센티미터를 더 내렸을 때 사다리 끝에 달린 창날이 땅에 박히는 소리가 희미하게 들렸다.

서둘러 청재킷을 벗고 청바지도 마저 벗었다. 몸무게를 최대한 가볍게 하여 사다리를 지탱하는 바닥이 갈라지는 것을 막아야 했다. 팬티 차림으로 잠시 하늘을 올려다보았다. 먹구름 가득한 하늘에서 어둠들이 시위하듯 뭉쳤다. 맹골수도 근처 침몰선 객실이 또 떠올랐다. 고개를 숙여 사다리를 내려둔 구멍 속 어둠을 응시했다. 지금 그가 내려가지 않으면, 저 아래에서 호스를 잡아당겼던, 살려달라 고함도 지르지 못할 정도로 탈진하거나 다친 사람을 구할 길이 없다. 찻잔에 찻잎이 새로 채워진 것을 보면, 우각일지도 몰랐다. 혹은 우각처럼, 다른 도반의 추천을 받고 온 이름 모를 승려일 수도 있었다. 그가 누구든 저 구멍 속 어둠엔 숨이 붙어 있는 사람이 있는 것이다. 움막은 최종 목적지가 아니었다. 움막과 이어진 토굴에서 홀로 용맹정진하는 즐거움을, 오로지 수행승들만 은밀하게 입에서 입으로 나눴던 것이다.

사다리를 잡고 오른발을 지면과 나란하게 먼저 얹었다. 그리고 왼발을 한 칸 구멍 속으로 내렸다. 어둠에 잠긴 굴참나무 줄기와 가지와 잎이 동시에 출렁거렸다. 새들이 멀리서 혹은 가까이에서 울어댔다. 나무에서 구멍에 이르는 땅들이 지진을 만난 듯 꿈틀거렸다. 크고 작은 균열이 일어 사다리와 함께 구멍 속으로 빠져버린다면? 그는 영원히 어둠에 갇히고 말 것이다. 두려움이 짐작으로 짐작이 확신으로 순식간에 바뀌었다. 구멍으로 넣었던 왼발을 살짝 들어올리기까지 했다. 두 발을 사다리에서 떼면, 구멍 속 어둠으로 내려가려던 시도는 없었던 일이 된다. 어떻게 할 것인가. 마른침을 삼키는 그의 시선이 목을 맸던 굴참나무 가지 근처를 맴돌았다.

이윽고 어깨가 흔들렸다. 진태는 왼발을 조심스럽게 다시 구멍 속으로 넣는 것과 동시에, 지금까지 외쳐보지 못한 단 한 글자를 어둠을 향해 내질렀다. 비명일 수도 있었고 바람일 수도 있었고 꾸짖음일 수도 있었고 결심일 수도 있었다.

"할!"

제주도에서 온

온

편지

선생님께

오랜만이죠.

매달 한 번씩은 편지를 쓰겠다고 말씀드렸는데, 5년하고도 한 달이나 그 약속을 지키지 못했어요. 대학 졸업하고 나선 어떻게 시간이 흘러가는지 모르겠더라고요. 가끔 선생님 생각도 나고 봄날 교정에서 함께 찍은 사진도 꺼내 보긴 했지만, 편지까진 쓰지 못했어요. 어쩌면 이제 다신 선생님께 편질 띄우지 못하겠다고 생각할 정도였죠. 무뎌진 건 아닌데, 이상하게 선생님과 둘만 머무는 시간을 피하게 됐어요. 편지를 쓰는 시간만큼은 글을 쓰는 저와 이 글을 받을 선생님만의 것이니까요. 오늘도 제게 사소한 문제가 없었다면, 선생님께 편지 쓸 기회를 얻지 못했을 거예요.

'사소한 문제'라고 해도 걱정하실까봐 여기서부터 시작할게요. 제가 편지를 쓰고 있는 곳은 제주도립병원이에요. 지금은 오후 3시고요. 우도 유채꽃밭에서 기절했던 저는 오후 1시에 응급실에 도착했고 지금은 입원실로 올라왔습니다. 담당 의사가 하룻밤은 병원에 머물며 몇 가지 검사를 받아야 한다고 진단했어요. 단순한 빈혈이라고, 전에도 몽블랑의 하얀 산봉우리가 바라보이는 프랑스 마을에서 한 번, 별들이 이마에 내려앉는 타클라마칸 사막에서 또 한 번 쓰러진 적이 있지만, 한 시간 남짓 쉬곤 거뜬하게 회복하여 남은 여행을 마쳤다고 설명해도, 의사는 제 말을 믿지 않았어요.

그 의사가 누군 줄 아세요? 초중고 같은 학교를 다녔고 또 2학년 때 단짝인 우리 반 반장 박민아의 오빠예요. 태형 오빠가 공부를 아주 잘한다고 민아가 늘 자랑했는데, 의대를 졸업하고 전문의가 됐어요. 오빠가 먼저 저를 알아보곤 심각하게 묻더군요.

"자주 이러니? 어떨 때 정신을 놓쳐?"

빈혈이 심한 편이니 한 달에 두세 번은 그 자리에 주저앉곤 하죠. 매일 약을 먹지만 어지럼을 참지 못하는 순간이 종종 있거든요. 담임이셨던 선생님도 점심시간이 끝나기 직전 문자로 제게 묻곤 하셨어요. 기억나시죠?

— 현진아! 약은 챙겨 먹었고?

선생님!

태형 오빠에겐 아직 말 안 했지만, 아마도 끝까지 비밀로 하겠지만, 저는 고2 때부터 지금껏, 오늘 우도 유채꽃밭까지 합쳐 모두 열네 번 쓰러졌어요. 장소와 시간은 제각각 다르지만, 공통점이 있긴 합니다. 너무 기뻐 가슴이 쿵쿵 뛰면서도, 동시에 이 행복을 함께 나누지 못하는 얼굴들이 저를 덮칠 때였어요. 단짝 친구를 잃는 것은 바다가 달을 잃는 것과 다르지 않다고, 벚꽃 활짝 핀 나무 아래에서 저희 둘에게 하신 말씀이 지금도 생생해요. 맞아요. 오늘도 그 유채꽃밭에서 민아 얼굴이 가장 먼저 떠올랐어요. 그러니 제가 어떻게 이 이야기를 오빠에게 털어놓을 수 있겠어요.

오빠가 방금 전에도 병실로 와서 물었어요. 스물아홉 살, 시집도 안 간 여교사가 어떻게 해외여행을 그리 많이 다녔냐고. 선생님 성함을 밝히지 않았지만, 고2 첫 일본어 수업 시간에 낭랑한 목소리로 들려주신, 선생님이 가장 좋아하는 작가 무라카미 하루키의 문장으로 답을 대신했어요. 어떻게 이 구절을 잊을까요.

어느 날 아침 눈을 뜨고 귀를 기울여 들어보니 어디선가 멀리서 북소리가 들려왔다. 아득히 먼 곳에서, 아득히 먼 시간 속에서 그 북소리는 울려왔다. 아주 가냘프게 그리고 그 소리를 듣고 있는 동안, 나는 왠지 긴 여행을 떠나야만 할 것 같은 생각이 들었다.

— 무라카미 하루키, 『먼 북소리』 문학사상사, 2004.

수업이 끝난 후 민아랑 둘이 약속했어요. 대학에 들어가면 아르바이트 열심히 해서 돈을 모아 배낭여행 떠나자고. 보름달과 같았던 민아와 함께 가진 못했지만, 어쨌든 저는 대학에 입학하자마자 아르바이트를 했고 돈이 모이면 여행을 떠났습니다. 낯선 곳에 도착해서 불안하거나 쓸쓸할 때마다 선생님이 가르쳐주신 저 문장을 소리 내어 외웠고, 그다음엔 선생님 생각을 했어요. 어느새 마음이 편안해지면서 처음 보는 현지인에게 말 붙일 용기가 생겼지요. 먼저 다가서지 않으면 세상의 친절을 맛볼 수 없다고, 물러나 책 읽기를 즐기던 제게 말씀하셨죠. 아, 그리고 미소와 함께 이런 말도 덧붙이셨어요. 나도 네 나이 땐 그랬어.

스물아홉 살. 저도 어느새 그 나이가 되었네요. 선생님의 나이. 선생님이 고2 제 담임이셨을 때 나이. 그땐 선생님이 참 아름답고 커보였습니다. 저도 언젠가 나이를 먹으면 스물아홉 살이 되겠지만, 선생님과 같은 스물아홉 살이 되긴 불가능하다고 여길 정도였어요. 그런데 막상 스물아홉 살이 되니, 부족한 것이 너무도 많은 나이네요. 무엇인가를 이뤘다고 말하기에도 부끄러운, 이제 겨우 첫발을 떼었다고 말하는 것이 어울리는 나이이기도 하고요. 선생님도 스물아홉 살의 막막함을 말씀하신 적이 있어요.

"만만치가 않아, 하루하루를 산다는 게. 최선을 다해도 제자리걸음이거나 오히려 후퇴한 날엔, 이게 뭔가 싶기도 해. 나도 너희랑 다르지 않아. 꼭꼭 채운 자리보다 아직 손도 못 댄 부분이 훨씬 많거든. 어리석고 서툴고 부끄러워!"

우리는 모두 볼 바람을 불며 항의했었죠. 어떻게 열여덟 살 여고생과 스물아홉 살 담임 여교사가 같을 수 있느냐고. 은근슬쩍 우리에게 옮겨 타지 말라고. 지금은 그때 말씀이 여고 2학년 학생들을 부러워해서도 아니고, 추억에 젖고 싶어서도 아니란 걸 압니다. 선생님도 막막한 순간이 많으셨던 거예요. 길이 보이지 않더라도 움츠려들지 않고, 일상의 소중한 순간을 놓치지 않으려 애쓰기도 하셨고요.

스물아홉 살도 불안한데, 학생을 가르치는 스물아홉 살의 교사는 더욱 그렇지요. 담임은 거기서 몇 발자국 홀로 나가 있는 꼴이고요. 더군다나 제게는 모교. 너무 일찍 모교로 가는 건 좋지 않다는 선배 교사들의 충고를 여러 번 들었습니다. 그러나 제겐 모교로 빨리 돌아가야 할 저만의 이유가 있었어요. 스물아홉 살에 모교 교사가 되는 것은 제 인생에서 꼭 이루고 싶은 바람이니까요. 다행히 여러 번의 우연이 겹쳐 관문을 무사히 통과했고, 또 몇 번의 행운으로 올 3월 모교로 부임할 수 있었습니다.

그런데 스물아홉 살에 모교 교사가 되겠다는 바람만 있었지, 모교로 발령을 받고 나서 이것만은 반드시 하겠단 구체적인 계획은 없었네요. 선생님의 빈자리를 제 삶으로 채워가며 알아 나가겠단 막연한 바람만 컸을 뿐. 모교로 발령을 받고 나서 선생님과 저를 잇는 우연들이 더 생겨났어요. 놀라지 마세요. 저는 2학년 1반 담임이 되었고, 그 반은 그 해처럼 여학생반입니다.

11년 동안 선생님 흔적을 찾아다녔어요. 사람들은 대부분 크고 중대한 성공이나 또 그만큼의 뼈저린 실패에 눈을 돌리죠. 하지만 때론 아주 작은, 자기 자신조차 명백하게 이유를 몰랐던 판단이 인생을 바꾸기도 합니다. 선생님이 다닌 초등학교, 중학교, 고등학교, 대학교를 방문했어요. 경상남도의 작은 도시에서 학창 시절을 모두 보냈으니, 그곳은 오로지 선생님의 도시더군요. 정말 선생님을 닮은, 알차면서도 어여쁘고 고요하면서도 할 일은 다 하며 나아가는 도시.

사범대 뒷마당 벤치에 앉아 선생님의 학창 시절을 기억하는 분들도 만났고 긴 이야기도 들었어요. 솔직히 고백하자면, 처음엔 절반도 알아듣기 힘들었어요. 경기도에서 나고 자란 제게 경상도 서부 내륙의 사투리는, 더군다나 선생님에 관한 일화를 다투어 꺼내놓는 분위기에서 들려오는 말들은, 일본어를 전혀 모르는 사람이 일본 애니메이션을 자막 없이 감상하는 것과 비슷한 수준이었습니다. 집에 와서 녹음한 대화를 거듭 들어도 어렵기는 마찬가지였죠. 결국 선생님의 도시와 가까운, 박경리 선생님의 묘소가 있는 통영에서 나고 자란 지인의 도움을 받아야만 했어요.

선생님도 가끔 경상도 사투리를 쓰셨지요. 몹시 기쁜 일이 있거나 마음이 급할 때, 우리가 알아듣기 힘든 단어나 문장을 한두 마디 뱉으시고는 금방 입술을 새침하게 붙이곤 아무 말도 하지 않은 것처럼 구셨죠. 하지만 두 눈은 작은 실수로 인한 놀라움이 찰랑거렸어요. 이 도시에 와서 선생님 지인들을 뵙고 나니, 선생님이 얼마나 표준말을 구사하시려고 노력했는가를 알겠어요. 약간 어색한 구석이 있긴 했지만, 선생님의 이야기를 알아듣지 못한 경우는 한 번도 없었으니까요.

선생님 부모님도 찾아뵈었지요. 올해 2월 말이에요. 은퇴 후 마련한 매화나무 과수원에서 일을 마치고 돌아오신다고 하셨죠. 선생님이 직접 심은 나무엔 물을 더 듬뿍 주었다며 웃으셨어요. 경기도에서 교편을 잡은 후에도 선생님이 방학은 물론 주말에도 내려와서 일을 거들었다고 하셨습니다. 매화꽃이 하얗게 필 때마다 선생님이 사무치게 그립다고, 그럴 땐 매화나무를 꼭 끌어안는다고.

선생님이 어렸을 때부터 종종 함께 거닐었다는 강가를, 부모님을 따라 걷다가 식당에 들어갔습니다. 제가 비빔밥 한 그릇을 뚝딱 비우는 사이 선생님 어머님과 아버님은 숟가락을 들지도 않고 저를 쳐다보기만 하셨어요. 선생님 제자라고 전화로 말씀드렸을 때, 어머님이 무척 반기셨지요. 가끔 제자들로부터 전화가 걸려온다고도 하셨어요. 그런데 11년 전, 2학년 담임을 맡으셨을 때 학생이었다고 좀 더 자세히 말씀드리니, 어머님 대신 아버님의 목소리가 들려왔어요. 짧게 물으셨지요.

"이름이?"

"현진, 윤현진이에요."

아버님 목소리가 금방 밝아졌어요.

"그렇구나. 네가 현진이구나."

우리 반에서 살아 돌아온 학생은 모두 19명이에요. 열 개 반 중에서 가장 많이 탈출했지요. 저만 빼고 나머지 친구들은 적어도 한 번씩은 선생님 부모님께 인사를 드렸습니다. 11년 전엔 안산과 광화문을 오가다가 우연히 마주치기도 했지요. 대학에 진학한 뒤론 스승의 날이 다가오면 친구들에게 문자가 왔어요. 선생님 부모님을 뵙기로 했는데 같이 가자고요. 경상남도의 도시라 하루 만에 다녀오는 게 만만한 거리는 아니지만, KTX를 타거나 항공편을 이용하면 불가능한 일도 아니었어요. 그렇게 다른 친구들이 모두 다녀오는 동안 저만 계속 빠졌죠. 함께 가자는 권유가 이어지다가 어느 해부턴가 끊겼어요. 제가 자꾸 핑계를 대자 아예 제쳐둔 겁니다. 그래서 아버님이 제 이름을 듣자마자 알아보신 것이지요. 탈출한 학생 중 마주 앉아 이야기를 나누지 못한 유일한 사람이 바로 저였으니까요.

11년이나 걸린 이유를 묻는다면, 명확히 답하긴 어려워요. 선생님! 다만 저도 제 방식대로 노력해왔다고는 말씀드리고 싶습니다. 누구에겐 하루 만에 될 일도 누구에겐 평생을 바쳐야 가능하니까요. 선생님 댁에 가서 부모님을 뵙고 함께 잠시 울다가 돌아오는 여정인데 11년이나 망설일 까닭이 없지 않느냐는 지적은 절반은 맞고 절반은 틀린 거예요. 같이 슬퍼하는 것도 중요하지만, 감히 말씀드리자면, 저는 스물아홉 살 선생님을 '이해'하고 싶었어요.

이해하기 위해선, 제가 사범대로 진학하고, 교사가 되고, 스물아홉 살이 되고, 더하여 모교에 부임할 때까지 기다려야 했지요. 교사는 3년 전에 되었지만, 모교 부임은 올 3월로 결정이 났어요. 조금 더 기다렸다가, 그러니까 모교에서 봄이라도 보낸 후 내려갈까 고민한 것도 사실이에요. 부임 전에 모교로 가서 교장 선생님과 여러 선생님께 인사를 드렸습니다. 3월부터 당장 2학년 1반 여학생반 담임을 맡으라고 하셨어요. 이 결정이 저를, 봄이 시작되기도 전에 선생님의 도시로 이끈 거예요.

비빔밥을 먹고 나선 강을 따라 우뚝 솟은 고성(古城)에 올랐지요. 2월 말 강바람이 제법 차더군요. 선생님이 중고등학교 6년 동안 개근을 했고, 책상과 책장은 물론이고 벽과 천장까지 일어 단어를 붙여 두고 외울 만큼 악착같고 공부 욕심이 많았다고 부모님이 말씀하셨어요. 그 봄에도 3학년 담임을 배정받았는데, 대학원으로 진학할 마음에 담임을 2학년으로 바꿨다고 하셨어요. 선생님은 이미 그 전 해에 배를 타고 제주도 수학여행을 다녀오시기도 했지요. 3학년 담임을 맡으셨다면, 그 봄에 그 배를 타지 않으셨겠지요. 제가 11년이 지난 뒤 선생님 부모님을 뵙기 위해 이 도시로 내려올 일도 없었을 거구요. 만남과 이별엔 정말 운명이 있는 걸까요.

선생님이 좋아하셨다는 바위를 보기 위해, 강 쪽 절벽을 따라 쌓은 성벽을 걷다가 작은 문을 통해 돌계단을 내려갔어요. 선생님이 중고등학생 시절 힘들 때마다 걸으셨던 길이지요. 도도한 강물이 평평한 바위를 감싸고 돌았습니다. 강가에서 껑충 뛰어 올라서긴 어른도 쉬운 일이 아닌 듯해 보였어요. 선생님은 바위에 오를 욕심 따윈 부리지 않고, 그저 이 자리에 서서 바라보는 것만으로도 만족하셨다지요. 바위를 향해 손바닥을 들어 보인 뒤 선생님 부모님께 말씀드렸어요.

"아직 선생님을 완전히 이해하진 못했지만, 하루도 선생님을 잊은 적이 없습니다. 뭔가 선생님에 대해 말씀드릴 것이 생기면 다시 올게요. 꼭 오겠습니다."

아버님도 어머님도 더 묻지 않으셨어요. 선생님의 손을 쥐듯 제 손을 꼭 쥐어주셨죠. 언제든 오라고, 선생님에 관한 이야기를 하지 않아도 좋으니, 와서 스물아홉 살 여교사의 하루하루를 들려달라고 하셨어요. 저는 씩씩하게 웃었지만, 두 분께 제 일상을 들려드릴 자신은 없었습니다. 제가 스물아홉 살에 모교 2학년 1반 여학생반 담임이 되었다고 해도, 2025년의 저는 결코 2014년의 선생님이 아니니까요. 두 분껜 죄송한 말씀이지만, 저를 통해 선생님을 보려는 어떤 시도도 받아들이지 않을 거예요. 선생님도 4월 14일 종례 시간에 그러셨잖아요.

　"사람은 모두 한 그루 나무란다. 각각의 자리에서 각각의 방식으로 자라는 나무. 이 나무가 결코 저 나무가 될 수 없고, 저 나무가 또한 이 나무가 될 수 없지. 그 둘을 하나로 만드는 모든 시도가 인류를 불행하게 만들어왔어. 우리는 하나가 아니라 둘이야. 우리 둘!"

　실망하는 학생들을 보며 이렇게 살짝 희망도 주셨지요.

　"각각의 자리를 지키며, 저마다의 가지를 뻗고 꽃과 열매를 맺지만, 땅속 깊은 곳에선 두 나무의 뿌리가 만나 인사 나누고 엉켜 평생을 보내기도 한단다. 내게 '사랑'은 땅속 그 뿌리들과 같아."

　이제 그 이야기를 해야 할 듯해요. 어쩌면 선생님도 11년이나 기다렸던 이야기인지 모르겠어요. 4월 15일엔 안개가 짙었죠. 버스에서 내리자마자 짠내와 함께 자욱한 안개가 우리를 덮쳤어요. 수학여행의 기쁨은 저만치 밀어두고, 부두는 원래 이렇게 음습한 곳이냐고 민아가 묻더군요. 우리 중 누구도 선뜻 답하지 못했어요. 모두들 연안부두가 처음이었고 여기서 여객선을 타고 제주로 간 적도 없었던 거죠. 어느새 우리 곁으로 오신 선생님이 낯선 지명 하나를 꺼내셨어요.

　"후쿠오카의 봄밤도 가끔 이랬어. 겨울밤은 더 쓸쓸했겠지?"

후쿠오카? 그곳이 어딘지 머릿속에 그려지지 않았어요. 선생님께 일본어를 배우기 시작했지만 아직 일본 지리엔 어두웠지요.

물론 지금은 잘 아는 지명입니다. 5년 전 봄에 혼자 규수 후쿠오카 현 후쿠오카 시에서 3박 4일을 걷다가 돌아왔으니까요. 선생님께서 1년 동안 교환학생으로 머문 도시이기도 하지요. 늦은 아침을 먹고 정오 무렵 집을 나서서 밤 10시까지 걷기만 했어요. 바닷가 산책로가 지금도 눈에 선하네요. 맘에 드는 풍경이 나오면 잠시 멈춰 하늘을 올려다봤어요. 안개라도 깔리는 날은 을씨년스럽다는 표현이 딱 맞더군요. 그런데 선생님은 이토록 처연한 봄밤보다 더 쓸쓸한 겨울밤을 말씀하신 겁니다. 1945년 2월 후쿠오카 감옥의 겨울밤을. 창살 너머로 그 밤을 올려다봤을 시인의 시를 꺼내 조용히 읽기도 했어요. 4월 15일, 선생님은 시인의 이름 석 자를 우리에게 알려주시진 않았지만, '겨울밤은 더 쓸쓸했겠지?'란 물음 앞에 '윤동주 시인의'라는 여섯 글자가 생략되어 있었음을, 이젠 알아요. 봄이 되기도 전에 죽음을 맞은 시인의 마지막 눈망울 같은 겨울밤. 더군다나 그는 밤하늘 별들을 아프게 우러른 시인이었죠.

여객선은 예정 시각인 저녁 6시 30분에 출발하지 못했지요. 친구들은 문자나 통화로 이 소식을 집에 알렸어요. 저는 핸드폰 대신 책을 꺼냈습니다. 주말에 서점에 들렀다가 제목에 이끌려 집어든 책이었죠. 두 권짜리 장편인데, 돈이 없어 첫 권만 샀습니다.

두 권으로 나뉜 장편일 경우, 첫 권을 두 번 읽으면 둘째 권을 읽는 기쁨이 열 배라고 가르쳐준 이도 선생님이셨어요.

승선하여 저녁을 먹고 기다렸죠. 배는 두 시간 반이나 늦게 떠났어요. 우린 배정받은 객실로 들어갔어요. 작은 객실로 뿔뿔이 흩어진 반도 있지만, 우리 반은 넓은 방을 함께 썼지요. 저마다 마음에 드는 나무 캐비닛에 여행 가방을 붙이곤 세상에서 가장 편한 자세로 기대앉거나 누웠지요. 그때 방을 살펴보려 선생님이 들어오셨어요. 우린 후다닥 일어서려 했는데, 선생님이 먼저 편히 있으라며 환하게 웃어주셨죠. 학생들이 모두 짐을 푼 것을 확인한 뒤에도 선생님은 곧바로 나가지 않고 머무셨어요. 이리저리 옮겨 다니며 툭툭, 그렇지만 다정함이 가득 담긴 질문을 던지셨지요. 담임 교사라기보단 우리들 마음을 누구보다 잘 헤아리는 친언니 같았어요.

"『댄스 댄스 댄스』네."

이불 밖으로 책 모서리만 살짝 나왔을 뿐인데도 선생님은 제목을 알아맞히셨죠. 책을 뽑아들진 않고 뜻밖의 질문을 던지셨어요.

"너 그거 알아? 이 작가가 지은 소설 속 여주인공은 늘 갑자기 사라져."

"······그런가요?"

몰랐던 이야기였어요. 같은 작가의 소설을 세 작품 읽었지만, 여주인공 행적을 심각하게 따져보지 않았으니까요. 선생님은 제 질문에 답을 하는 것인지, 아니면 원래부터 하고 싶던 것인지, 이어서 말씀하셨어요.

"그리고 사라진 여주인공이 갑자기 나타나. 남자는 두 번 충격을 받지. 갑작스런 이별 갑작스런 재회. 그 충격이 한 남자를 어떻게 바꿀까? 그 남자의 가장 큰 불안은 이걸 거야. 이 여자가 또 사라지는 건 아닐까?"

2015년 가을, 사범대학 일어교육과에 진학하기 위해 수시면접을 봤습니다. 면접관인 교수님들 중 한 분이 왜 일어교육과를 희망하느냐고 물으시더군요. 준비한 답이 있긴 했지만, 그 순간 엉뚱한 대답이 튀어나왔어요. 좋아하는 일본 작가의 소설을 원서로 읽어보고 싶어서라고, 일본어와 일본문학에 전혀 관심이 없던 저를 이렇게 바꿔준 선생님이 계시다고, 저도 그분처럼 좋은 일본어 교사가 되고 싶다고 답했어요. 모든 교사가 학생의 삶에 깊은 영향을 끼치진 않겠지만, 어떤 교사는 좋은 의미든 나쁜 의미든 학생의 미래를 바꿔놓는답니다. 그러니까 그 작가의 소설에선 여주인공이 갑자가 사라졌다가 또 갑자기 나타나지만, 학생 입장에선 선생님이 갑자가 나타난 거죠. 그 선생님이 갑자기 사라진다는 건 상상도 못한 채.

평생 되새기는 하루가 있어요. 한동안은 떠올리고 싶지 않아 여러 방식으로 겹겹이 봉인했지만, 결국 다시 제 심장 근처에 스며들어 있더군요. 15일 저녁 부두의 안개처럼.

　15일은, 안개와 늦은 출항으로 짜증이 나긴 했지만, 그 외엔 즐거움으로 가득한 밤이었어요. 친구들은 무엇보다도 불꽃놀이를 기대했죠. 불꽃이 피어오를 때마다 환호성을 지르고, 핸드폰으로 동영상과 사진을 찍고, 누군가의 이름을 외치기도 했어요. 저는 솔직히 말씀드리자면, 불꽃놀이를 좋아하는 편이 아니에요. 불꽃을 쏘아 올리는 포 소리가 너무 크다든가 친구들의 고함과 과장된 몸짓이 불편해서라고 오해하진 마세요. 그 정도는 충분히 감수할 만큼 불꽃이 아름다우니까요. 맞아요, 너무 아름다워서 그래요. 아름다운 불꽃이 순식간에 사라져버리니까, 기쁨은 짧고 상실의 아픔은 오래 이어지고. 소멸을 다른 불꽃이 채우려 들지만, 그 불꽃마저 사라지죠. 그렇게 수십 개의 불꽃이 피어오르면, 제 가슴엔 수십 개의 상실이 검은 눈물로 모입니다. 그래서 불꽃놀이는 되도록 가지 않으려고 해요. 저는 민아 곁에 있었어요. 민아가 불꽃놀이를 꼭 보고 싶다고 하니까, 객실을 나와 불꽃을 구경하러 간 거예요. 불꽃이 피어오르고 터지고 사라지는 모습을 보진 않았어요. 저는 대신 민아의 활짝 웃는 얼굴만 봤지요. 불꽃은 사라져도 민아 얼굴은 최소한 50년 제 곁에 머물 거라고 믿었으니까요. 불꽃을 바라보며 환호하던 민아가 제 시선을 알아차리곤, 눈으로 물었어요.

　왜 그래?

불꽃 대신 자기 얼굴을 보는 까닭을 묻는 것이겠죠. 민아는 답을 기다리진 않고 맞잡은 손을 당겼어요. 함께 불꽃을 쳐다보자는 뜻이죠. 그 바람에 제 이마가 민아 어깨에 닿았어요. 살짝 그 어깨에 이마를 비비며 마음을 바로잡았어요. 민아를 위해서라면 이 정도 상실감도 나쁘진 않아! 그리고 천천히 고개를 들었죠. 그 순간 큰 소리가 울렸고 환호도 마찬가지였죠. 그 밤의 마지막 불꽃이었어요. 가장 높이 올라가선 큰 원을 그리며 다양한 빛깔로 흩어지는 불꽃, 그걸 민아와 둘이 본 거예요.

불꽃놀이보다도 반 전체가 한 방에서 잔다는 사실이 더 신났어요. 고정된 뭍이 아니라 움직이는 바다의 하룻밤이니까요. 많은 이야길 나눴어요. 한꺼번에 까르르 웃은 것만도 열 번이 넘어요. 그런데 고백하자면, 그 밤에 들은 이야기가 기억나지 않아요. 다른 친구들은 16일 아침의 기억이 군데군데 없다던데, 이상하게도 저는, 16일은 또렷한 대신, 15일 불꽃놀이 이후에 들은 이야기들이 전혀 떠오르질 않네요. 민아랑은 이불 뒤집어쓰고, 어둠 속에서 두 손 꼭 잡고 한 시간 넘게 이야길 나눈 것 같은데, 언제나처럼 저는 주로 듣고 민아가 저보다 열 배는 더 많이 이야길 했을 텐데, 그 이야길 전부 까먹었으니 무척 답답하고 민아에게 많이 미안해요.

그 밤에서 두 달쯤 뒤였을 거예요. 우연히 동네에서 민아 엄마를 만났어요. 그 전에도 민아 엄마가 제게 여러 번 전화와 문자를 하셨어요. 부담 주진 않을 테니까, 꼭 한 번만 만나달라고요. 이 핑계 저 핑계를 대며 번번이 거절했어요. 16일의 또렷한 기억도 힘들지만, 15일 밤 민아가 제게 들려준 이야기가 단 한 줄도 떠오르지 않는다는 사실을 털어놓긴 정말 싫었어요. 민아 엄마는 제 손을 꼭 쥐었고, 우리는 잠시 편의점 앞 둥근 테이블에 마주 앉았어요. 민아 엄마가 물으셨어요. 제가 꼭 피하려던 바로 그 질문이었죠. 15일 밤 오랫동안 민아랑 얘길 나눴다고 들었는데, 무슨 얘길 했느냐고. 그 배에서 민아가 친구들과 나눈 이야기들을 대부분 모았는데, 저랑 나눈 이야기만 듣질 못했다고 하셨어요. 그 이야기들을 꼭 알고 싶다고. 현진이랑은 비밀이 전혀 없다고, 모든 고민을 공유한다며 민아가 늘 자랑했다고. 저는 울기만 했어요. 대화를 오래 나누긴 했는데, 기억나는 이야기가 전혀 없다고, 말씀드릴 순 없었으니까요.

선생님!

이제 이야기할게요.

이러다간, 편지가 끝날 때까지 그 하루를 한 글자도 옮기지 못하겠네요. 심호흡부터 크게 하고 또박또박 숫자부터 적어요.

4월 16일. 배가 기울기 시작했을 때, 저는 3층 식당에서 아침을 먹고 4층으로 막 올라오던 참이었어요. 민아랑 손을 꼭 잡은 채였는데, 배가 기울자 잡은 손에 더 힘을 실었지요. 남학생 한 명이 엉덩방아를 찧었어요. 우린 잡은 손 덕분인지, 비틀거리긴 했지만 쓰러지진 않았습니다. 민아와 저는 그 남학생을 일으켜 세웠어요. 대화를 나눠보진 않았지만 얼굴은 아는 사이였죠. 그 친구도 배에서 나오지 못했어요. 나중에 분향소에서 그 친구 영정 사진을 보는데 눈물이 쏟아졌지요. 전해 들으니, 엉덩이에 시퍼렇게 멍이 들어 있었다고 해요. 혹시 그때 다친 게 아닐까요. 일으켜 세우는 것만으론 부족하고, 응급처치를 받도록 했어야 하는 게 아닐까요. 다리가 불편해서 못 나온 건 아니겠지요.

무전기를 들고 지나가는 승무원에게 제가 물었어요.

"아저씨, 배가 왜 이래요?"

승무원이 민아와 저를 보며 굳은 얼굴로 말했어요.

"객실로 빨리 돌아가요! 가만히 있어야 합니다."

가만히 있으란 지시가 그때부터 들려오기 시작했어요. 우리가 겨우 객실로 들어섰을 때 안내 방송이 나왔어요. 가만히 있으라. 지겹도록 반복해서 그 방송이 나오고 또 나왔어요. 가만히 있으라, 현재 위치를 이탈하지 말라, 움직이면 훨씬 위험해진다!

그렇게 승객에겐 가만히 있으라 지시해놓고, 선장을 비롯한 선원들은 가만히 있지 않았죠. 언제 구조하러 오는지 관제소에 연락하고, 또 해경 함정으로 옮겨 타기 위해 움직였어요. 침몰 중인 여객선 안에 가만히 있으면 위험하다는 것을 선원들은 누구보다도 잘 알았던 거예요.

우리는, 가만히 있으라고 하니까 가만히 있었어요. 객실에 가만히 있으니 할 일이 무엇이겠어요? 기울어진 배에서 『댄스 댄스 댄스』를 읽을 수도 없고, 또 둥글게 모여 앉아 잡담을 할 수도 없었어요. 가장 많이 한 일은 문자와 전화였죠. 울음을 터뜨리는 친구가 하나둘 나오기 시작했어요. 안 듣는 척했지만, 우린 모두 그 울음을 듣고 있었죠. 우는 친구들을 탓하진 않았어요. 저도 솔직히 두려웠거든요. 배가 기우는 장면은 영화 <타이타닉>에서 봤어요. 그 영화에선 결국 엄청나게 큰 여객선이 침몰하잖아요? 배가 두 동강이 나고, 뱃머리가 수직으로 들린 채 수면 아래로 사라지죠. 마지막 침몰 장면에 앞서서 배 안으로 바닷물이 밀려들어와요. 선장도, 그 배를 설계한 사람도, 초호화 객실에 탔던 늙은 귀족도, 값싼 객실에서 두 아들에게 이야기를 들려주던 평민 어머니도, 모조리 휩쓸려 목숨을 잃지요. 바닷물은 유리창을 깨뜨리고 문을 부수며 가구들을 쓰러뜨리며 객실들을 순식간에 삼킵니다. 그런데 제가 탄 여객선이 기울고 있는 거예요. 어떻게 두렵지 않을 수 있겠어요. 눈물과 울음은 당연한 거예요.

모여서 두 손 잡고 기도하는 친구들도 있었어요. 힘든 일을 만나면 기도하라고, 기독교 천주교 불교 모든 종교에선 가르치니까요. 신은 제각각이지만, 기도 내용은 하나였죠. 무사히 집으로 돌아가게 해달라고요.

문자와 전화의 응답들이 오기 시작했어요. 친구들은 열심히 여객선 사정을 알렸죠. 기울고 있어요…… 가만히 있으래요……우리 반은 모두 큰 객실에 모여 있어요…… 점점 더 수면 가까이 내려가요…… 또 방송을 해요, 가만히 있으라고……… 창으로 바닷물이 보여요, 바다 위 풍경이 아니고 넘실거리는 바닷물들이…… 가만히 있으라는 방송…… 방금 나무 캐비닛이 넘어갔어요…… 담임선생님이 문자를 주셨어요. 침착하라고 하시네요…… 친구가 울어 위로해줬어요…… 이제 지겨워요, 저 방송, 가만히 있는데 가만히 있으래요. 지금보다 어떻게 더 가만히 있으라는 건지…… 담임선생님 문자가 또 왔어요…… 민아랑 객실로 나왔어요. 다른 반은 어떻게 하고 있는지 살펴보자고 민아가 말했거든요…… 5층에서 4층으로 내려온 선생님과 복도에서 눈이 마주쳤어요…… 다들 괜찮아?…… 선생님 질문에 민아가 답했어요…… 경심이가 보이질 않아요. 핸드폰을 3층 식당에 두고 왔다고, 아까 가지러 간다고 했는데…… 선생님이 검지로 아래층을 가리킨 후 황급히 돌아서셨어요…… 선생님! 잠시만요…… 선생님은 멈추지 않으셨어요…….

우리는 더 이상 기다리지 못하고 움직였어요. 기울어진 객실을 벗어나 복도로 나갔고, 복도에서 또 4층 선미로. 그리고 19명이 탈출했고 18명은 희생되고 말았습니다.

이렇게 쓰고 넘어가려 했는데, 마지막 순간을 정말 마지막으로 딱 한 번만 더 적어야겠어요.

갑자기 물이 불어났어요. 우리 반 친구들은 복도에 길게 한 줄로 앉아선, 천천히 4층 선미로 빠져나가는 중이었어요. 차오르는 물은 정말 영화에서보다도 더 빠르고 강력하고 무서웠어요. 틀림없이 민아의 손을 꼭 쥐고 움직였는데, 출구에 가까이 와서 보니 민아가 없었어요. 민아는 어느새 제 손을 놓고 다시 객실 쪽으로 기어가고 있었어요. "민아야!" 이름을 불렀죠. 민아가 돌아봤어요. 눈이 마주쳤답니다. 민아의 입술이 움직였어요.

애들 더 찾아서 데리고 나올게.

얼마 지나지 않아서였어요. 꽝음과 함께 물이 복도까지 쏟아져 들어왔어요. 저는 민아를 기다리고 또 기다렸지만 결국 출구를 향해 온몸을 던져야 했습니다.

제 손을 굳게 잡았던 민아의 체온만이 남아 있어요. 요즘도 민아가 보고 싶을 때면 오른손부터 펼쳐 든답니다. 민아가 마지막으로 잡았던 손, 민아와 많은 것들을 함께 나눈 손, 죽을 때까지 이렇게 손을 꼭 잡고 다니자고 맹세했던 손, 그렇지만 민아를 놓쳤는지도 몰랐던 손. 미운 손.

민아와 불꽃놀이를 보지 않았어야 했을까요.

제가 민아를 불꽃처럼 쳐다본 것이 잘못이었을까요.

침몰선에서 탈출한 후부터 줄곧 선생님 생각을 했어요. 처음엔 선생님도 나오셨으리라고 기대했지요. 그런데 진도 팽목항에 도착한 후에도, 체육관으로 이동한 후에도, 그곳까지 내려와 기다리시던 부모님과 함께 올라온 후에도, 선생님이 살아 나오셨단 소식은 들리지 않았어요. 선생님은 우리 반 친구들이 모두 탈출에 성공한 다음에, 임경심까지 3층 식당에서 찾아 함께 나오려고 하신 것이죠?

교사가 되고, 스물아홉 살에 가까워지니, 더 확실해지더군요. 그 봄 여객선에선 학생은 물론이고 교사도 정확한 판단을 내리기 어려웠습니다. 그땐 대부분 전문가의 의견을 따르죠. 여객선에서 전문가는 선원이고 승무원이며, 또 우리를 구조하기 위해 헬기를 띄우고 함정을 몰고 온 해경입니다. 선원과 승무원과 해경 중에서 우리에게 객실에서 나가라고 말한 이는 단 한 사람도 없었어요. 가만히 있으라는 선내 방송만 귀가 따갑게 들려왔지요. 그때 문자나 통화가 되었지만, 당장 나오라고 말하지 못한 부모님들이 너무 깊은 죄책감에 빠지지 않으셨으면 해요. 사고가 일어난 곳은 모교에서 차로 다섯 시간을 달리고 거기서 다시 배로 한 시간을 가야 하는 멀고 낯선 바다입니다. 전문가 지시에 따르라는 것이 상식적인 판단이에요.

한 가지 궁금해지더군요. 해양재난사고가 발생했을 때 교사는 전문가 그룹에 속하는 걸까요. 학교에서 수학여행을 간 것이니, 부모님들 충고는 대부분 이런 식이었지요. 승무원이나 선원들 지시 잘 듣고, 선생님 말씀 잘 따르도록 해!

여객선을 타고 하룻밤을 꼬박 달려 인천에서 제주까지 가는 건

학생이나 교사나 마찬가지였어요. 저도 선생님들이 그때 침몰선에서 최선을 다하셨다는 걸 알아요. 11명의 선생님들이 학생들 곁에 머물며, 학생들을 탈출시키려 노력하다가 희생되셨으니까요.

스물아홉 살이란 나이는 많다면 많지만 적다면 매우 적은 나이에요. 제가 그 나이에 이르고 나니, 과연 제가 선생님과 같은 상황이었다면, 선생님처럼 끝까지 배에 남아 학생을 찾아다녔을까 스스로 묻곤 한답니다. 이 차이가 학생들을 살리기도 하고 죽이기도 한다는 사실이 또한 두려워졌어요.

지난 2월, 선생님의 부모님을 뵙고 올라오는 기차에서 두 가지 추측을 해보긴 했어요. 제 부족한 생각일 뿐이니, 혹시 선생님 마음에 들지 않는대도 속상해하진 마세요.

먼저 '사소함'에 대한 선생님의 관심과 그 사소함들을 알아차리는 선생님만의 예민한 감각이 배에서 어떤 역할을 하지 않았을까 하는 생각이 들었어요. 우리 반을 맡고 겨우 한 달 반이 흘렀는데, 선생님은 우리들 한 사람 한 사람의 취미와 장래희망은 물론이고, 식성과 좋아하는 아이돌그룹 멤버까지 아셨어요. 그래서 우리 중 누군가가 평소와는 다른, 아주 조금 다른 말투와 걸음걸이와 눈빛을 보내도, 선생님은 금방 알아차리셨죠. 그리고 표시나지 않게 그 학생에게 다가가선 관심을 드러내셨어요. 무슨 일 있냐고 묻는 것이 아니라, 그냥 관심이죠. 언제 한번 같이 네가 좋아하는 쫄면 먹으러 가자는 관심, 다음 달에 네가 좋아하는 보이그룹이 컴백한다는데 혹시 알고 있느냐는 관심.

이런 말씀을 하신 적도 있어요. 매일 이 교실에서 같은 공부를 반복하지만, 자세히 들여다보면 하루하루가 모두 다르다고. 완전히 일치하는 똑같은 반복은 이 세상에 없다고. 오늘과 내일이 다르고 내일과 모레가 다른 법이라고. 그러니 누군가 반복이라서 시시하고, 반복이라서 관심 두지 않아도 잘 안다고 하면, 그렇지 않다는 걸 알려주라고. 우리가 죽는 날까지, 완전히 겹치는 날은 단 하루도 없다고.

가만히 있으라는 반복 속에서, 혹시 선생님은 사소하지만 중요한 차이를 발견하신 건 아닐까요. 15도 배가 기울었을 때 가만히 있으라는 것과 45도 기울었을 때 가만히 있으라는 것, 75도 기울었을 때 가만히 있으라는 것은 같은 의미일 수 없으니까요. 겉으로 보기엔 똑같은 여섯 글자라고 해도, 상황이 바뀌면 의미가 달라지는 법입니다. 배의 각도에 따라, 우리 반 객실의 유리창에 비친 바닷물의 출렁임과 색깔이 달라지듯이. 15도는 객실을 벗어날 수 있어도 가만히 있는 것이지만, 45도가 넘어가면 가까스로 움직여야 나갈 수 있는 것이며, 75도를 넘겼을 땐 필사적으로 노력해도 나가기가 무척 어렵습니다.

사소함은 사소하니까 흔히 지나치죠. 저는 지금도 그래요. 교사가 되고 나선, 학생들 하나하나에게 관심을 쏟으려 하지만, 잠깐만 딴생각을 해도 사소함을 놓치거든요. 사소함에 대한 관심과 예민한 감각을 늘 열어두고 지내신 선생님이니까, 반복되지 않는 차이로부터 비롯된 오해나 갈등 혹은 화해를 문장으로 옮긴 작가들을 제게 권하기도 하신 선생님이니까, 어쩌면 그 긴박한 순간에 전문가들 판단보다 선생님이 느낀 사소한 그렇지만 중요한 차이를 움켜쥐셨는지도 모르겠어요. 그래서 우리들이 어떻게 대처하고 있는지, 자꾸만 확인하고 또 확인하셨던 것이고요. 배에서 당장 나가라고 말한 사람은 아무도 없어요. 단 한 사람만이라도 그렇게 외쳤더라면, 더 많은 친구들이 살았을 거예요. 선원들은 왜 그렇게 하지 않았을까요. 해경들은 왜 그렇게 하지 않았을까요. 교사들을 비판하는 목소리도 있지만, 저는 선생님까지 원망할 마음은 없어요. 선생님은 구명조끼도 입지 않고 바삐 경심이를 찾으러 3층 식당으로 향하기 직전, 제게 눈길을 주셨어요. 그리고 고개를 끄덕이셨죠. 말은 하지 않으셨지만 느낄 수 있었어요.

나는 널 믿어!

또 하나는 선생님 부모님을 뵙고 밥을 먹고 산책을 하며 깨달은 거예요. 선생님이 어려서부터 이야기를 시작하면, 그 이야기가 마음에 들지 않거나 지적해주고 싶은 부분이 있더라도, 끝까지 이야기하도록 뒀다고 하셨어요. 혹시 잘못되거나 바꿔야 할 부분이 있다면 그건 이야기가 끝난 뒤에 해도 늦지 않다고요. 중요한 건

자기가 옳다고 믿는 것들을 이야기하고 싶을 때 이야기하는 것이라고요.

고요히 흐르는 강물을 쳐다보며 그 말씀을 듣고 있자니, 한 달 반 동안 선생님과 나눈 특별한 오후가 떠올랐어요. 선생님께 하고 싶은 이야기가 있는 학생은 종례 후 남으라고 하셨죠. 그리고 한 사람씩 차례차례 이야기를 들으셨어요. 비밀 이야기라고 하면 단 둘이, 딴 사람이 들어도 상관없다고 하면 함께 둘러앉아서. 학생은 이야기를 하고 선생님은 들으셨죠. 저도 두 번 그 자리에 참석한 적이 있어요. 딱히 이야기할 것이 있었다기보다는 도대체 선생님이 방과 후에 학생들과 어떤 시간을 보내는지 궁금했답니다. 친구들 이야긴 솔직히 지루했어요. 꼭 선생님 앞에서 할 이야기일까 고개를 젓게 되는 이야기도 있었죠. 선생님은 무슨 이야기든 끝까지 들으셨어요. 제 차례가 되었을 때, 저는 거짓말을 했어요. 부모님은 제게 교사가 되라고 하는데, 저는 교사가 되고 싶은 마음이 전혀 없다고요. 교사란 직업은 너무 따분해 보인다고, 그래서 저는 여행가가 되고 싶다고요. 이야길 하면서도 선생님 표정을 계속 살폈어요. 혹시 선생님의 이마에 주름이 잡히거나 눈귀가 올라간다면, 그 순간 이야기를 중단하거나 방향을 틀었을 거예요. 그러나 선생님은 끝까지 듣고만 계셨어요.

그날 바로 의견을 주시진 않았어요. 짧게는 이틀 길게는 일주일 안에 반드시 의견을 주시긴 하셨죠. 길지는 않지만 핵심을 찌르는 의견이었습니다. 제게도 열 줄 정도 문자를 주셨어요. 그중에서 제 가슴을 찌르는 문장은 이것이에요.

— 여행하는 교사는 어떨까?

나중에 안 사실이지만, 선생님은 우리 반 담임을 맡기 전에 일본과 스페인을 여행하셨더군요. 교사와 여행가를 대립시킨 제 한심한 이야기에 대해서도, 날카로운 지적 대신 유쾌한 절충안을 제시하셨고요. 여행하는 교사. 그렇게 살다가 어느 순간 교사를 그만두고 여행가의 길로 나설 수도 있겠죠. 혹시 선생님도 이런 미래를 그리신 건 아닌가요.

부모님이 단 한 번도 선생님의 이야기를 막은 적이 없다는 사실은 제게 많은 걸 생각하게 만들었어요. 함께 생활하는 교사들도 천차만별이에요. 학생을 공평무사하게 대하는 것이 원칙이지만, 교사도 또한 인간이니까요. 상처를 치유하고 넘어서는 방식은 제각각일 수밖에 없어요. 가령 저는 고등학교 2학년 봄에 침몰선에서 탈출했고, 민아를 비롯한 많은 친구들을 그 배에서 잃었으며, 담임선생님과도 재회하지 못하는 상처를 평생 지닌 교사죠. 이런 참혹한 경험이 있는 교사와 없는 교사가 어떻게 같을 수 있겠어요.

사소함에 대한 관심과 그 사소한 차이를 예민하게 알아차리는 능력, 그리고 마음에 담긴 이야기를 언제 어디서나 누구 앞에서라도 거리낌 없이 하는 성격. 이것들을 선생님은 지니셨던 겁니다.

　오늘 제게 벌어진 일을 마저 말씀드릴게요. 정말 별일 아닐 수 있지만, 제게는 오래 잊히지 않을 듯하고, 선생님이라면 이런 이야기도 끝까지 들어주실 테니까.

　학교에 말은 안 했지만, 지난 11년 동안 배를 탄 적이 한 번도 없었어요. 비행기로는 일본과 프랑스와 스페인도 다녀왔지만, 배는 시도도 못했지요. 수학여행 계획을 보니, 비행기로 김포에서 제주까지 간 후 다음 날 우도 관광이 잡혔더군요. 그곳 유채꽃이 무척 아름답다는 2학년 주임 교사의 설명을 진작 듣긴 했습니다. 미리 확인해보니 제주도에서 우도까진 겨우 20분밖에 걸리지 않더라고요. 그 정도면 제가 이제 배를 타도 괜찮은지 시험하기에 적당한 거리와 시간입니다.

　4월 15일은 한라산이 훤히 보일 만큼 하늘이 푸르렀어요. 그런데 성산에서 하룻밤을 묵고 나니, 아침부터 안개가 끼고 파도가 높더군요. 운항을 못할 정도는 아니었어요. 우리 반 학생들을 선내에 앉혔습니다. 파도가 심하니 괜히 갑판을 돌아다니다가 사고라도 날까 염려가 되었거든요. 어젯밤 늦게까지 재잘재잘 이야기꽃을 피운 탓인지, 꾸벅꾸벅 조는 학생도 여럿 보였어요.

　길게 심호흡을 하곤 구명조끼를 넣어둔 곳부터 확인했어요.

기적과 함께 배가 출발했지요. 저는 제일 앞쪽 창가 의자에 앉아 고개를 창 쪽으로 돌렸어요. 바다는 보이지 않고, 안개 낀 허공만 눈에 들어왔어요. 심장이 빠르게 두근거렸습니다. 학생들만 아니라면 일어나서 내리고 싶단 생각도 들었어요. 길게 그리고 천천히 심호흡을 하며 참았죠. 오른손을 슬쩍 내려다봤어요. 나지막이 민아의 이름을 입술로만 만들기도 했지요.

배가 심하게 흔들렸어요. 졸던 학생들이 잠을 깨고, 벽에 기대 놓은 여행 가방이 쓰러지고, 놀란 아기들이 울음을 터뜨릴 정도였죠. 저는, 저도 모르게 자리에서 벌떡 일어섰어요. 그리고 학생들을 향해 돌아섰죠. 학생들 시선이 한순간 제게 향했어요. 제가 하는 말을 무조건 믿고 따르겠다는 눈빛, 선생님도 아시죠? 머릿속이 하얗게 변하더니 아무 생각도 나지 않았어요. 미리 봐둔 구명조끼함으로 시선이 가지도 않았고, 안내 방송이 나올 때까지 가만히 앉아 기다리라는 말도 나오지 않았고, 승무원들에게 가서 현재 상황을 파악해야겠다는 마음도 들지 않았어요. 저는, 그냥 서 있었어요. 겨우 서서 버티고 있었던 거예요. 20초 어쩌면 10초쯤 지났을 거예요. 그때 안내 방송이 나왔어요. 높은 파도를 만나 잠시 배가 흔들렸지만 큰 문제는 아니라고. 갑판에 나가지 말고 선내에 머물라고. 곧 배가 우도에 도착한다고.

저는 겨우 눈웃음을 지었고, 학생들은 잠깐 동안의 침묵을 깨곤 다시 시끄럽게 떠들기 시작하더군요. 제 자리로 돌아가서 앉았어요. 그리고 선생님을, 오직 선생님만을 떠올렸어요. 저 참 느리고 둔하죠?

유채꽃밭에서 쓰러질 줄은 몰랐어요. 배에서 내리니 살 것 같았거든요. 뱃멀미를 살짝 했는지도 모르겠어요. 처음엔 꽃밭에 들어가지 않고, 벤치에 앉아 바다를 바라보았습니다. 그런데 학생들이 단체 사진을 찍자고 손을 잡아끄는 거예요. '유채꽃밭에서 단체사진 찍기'가 수학여행 프로그램에 포함되어 있었는데, 배에서 잔뜩 긴장하는 바람에 잊었던 거죠. 제가 가운데 서고 학생들이 좌우와 뒤에 줄줄이 뭉쳐 섰어요. 옆 반 교사가 사진기를 머리 위로 들고 흔든 뒤 눈으로 가져가서 찍을 준비를 하더군요. 그때 제 오른손을 누군가 꼭 쥐었어요. 너무 놀랐죠. 엄지에서부터 약지까지, 이렇듯 부드럽고 따듯하게 깍지부터 꼈다가 다시 풀어 손등을 감싸고, 그다음에 손을 쥐는 이는 세상에 단 한 사람뿐이거든요. 민아, 박민아! 귓불을 간질이는 속삭임이 이어졌어요.
"왜 이제야 왔어? 다들 현진이 널 얼마나 기다렸는데."

환청이 아니에요. 선생님은 아시죠? 소리는 꾸며내더라도, 제 손을 쥔 민아의 온기는 결코 만들 수 없으니까요. 우도 유채꽃밭에서 민아와 친구들을 만났으니, 퇴원해서 돌아가면 효원 추모공원으로 선생님 뵈러 갈까 해요. 가서 이 편지를 또박또박 읽어드릴게요. 언젠가 선생님이 그러셨죠. 편지를 손으로 써서 우표를 붙여 보내는 것도 좋지만, 그 편지를 직접 가져가 단 한 사람의 귀에 대고 가만히 읽어주는 것 또한 무척 특별하다고. 읽는 사람도 듣는 사람도 그 행복을 잊기 힘들다고.

　　스물아홉 살 여교사의 모습을 제게 보여주셔서 고맙습니다. 선생님이 언젠가 또 그러셨죠. 누군가에겐 '고맙습니다'란 말이 '사랑합니다'란 말보다 더 사랑스러운 법이라고. 제겐 봄꽃과 같은 선생님이 그래요. 정말 고맙습니다.

2025년 4월 16일

제주에서

윤현진 올림

이기는

/

사람들

/

"병대야, 너는 인생이 정말 아름답다고 생각해?"

이상한 동네 작가 형이다. 필명이 '모독'이라서 하는 얘긴 아니다. 1년 만에 전화해서 다짜고짜 인생이 아름답냐고 묻는 사람이 이 형 외에 또 있을까. '인생은 아름다워'는 내가 매주 출연하는 <개그마당>의 코너 제목이기도 하고, 또 가장 좋아하는 영화 제목이기도 하다. 이런 영화 하나 만들고 죽는 게 소원이란 얘길 형에게도 입버릇처럼 했었다. 그럴 땐 가만히 죽치고 앉았다가, 1년이나 2년 뒤 불쑥 질문을 던지는 것이 이 형의 장기다. 그렇다고 딱히 내게 답을 기대하는 눈치는 아니지만.

"뭔 소리야, 그게?"

이렇게 받아치면, 웃고 넘기는 것이 또 이 형이다. 형이 이상하다는 데는 다른 이유가 더 있다. 동네에서 의리로 뭉치면, 한 달에 한두 번은 모여서 술도 마시고 당구도 치고 담배도 나눠 피는 것이 보통이다. 그런데 이 형은 한두 달 뭉쳐 놀다가도 어느 날 갑자기 잠수해버린다. 장편을 시작하면 흰수염고래처럼 작품 속으로 빠져들 수밖에 없다는 설명을 나중에 형에게 듣긴 했지만, 그 말을 완전히 믿진 않는다. 내가 아는 다른 소설가들로부터 글은 글이고 술은 술이라는 취중진담을 접했던 것이다. 형이 아니라 동갑내기나 동생이었다면 정색을 하고 다퉜을 것이다. 자기 일 열심히 하는 건 좋은데, 뭐야, 고래도 아니면서…… 형, 잠수 못하지? 이런 말이 혀끝까지 차오른 적이 여러 번이다.

그런데도 내가 형을 따르는 건, 남들은 못하는 기막힌 충고를 가끔 해주기 때문이다. 그 충고가 내 삶을 돌아보게 만들고, 다음에 맡을 프로그램을 고르게도 한다. 가령 10년 넘게 프로그램 사회만 보던 내가 다시 <개그마당>으로 돌아온 데는 2년 전 형의 충고가 결정적이었다.

"병대야, 너도 알겠지만 한창 잘 나가다가 말로가 불행한 희극인들이 종종 있어. 그건 그 사람들이 코미디를 떠나 딴짓을 했기 때문이야. 특히 정치는 금물이지. 너한테도 제안이 오지? 국회의원 이런 건 꿈도 꾸지 마라. 그딴 데 발 들여놓았다간 네 인생 끔찍해진다. 차라리 처음으로 돌아가. 스무 살 그 시절로. 그때 네가 뭘 쥐고 하루하루를 버텼는지 생각해봐."

스무 살? 코미디에 미쳐 살았다. 개그맨 지망생들과 모여 밤을 새워 아이디어 회의를 하곤 닥치는 대로 코너를 만들던 시절이었다. 공연할 수만 있다면 어디든 갔다. 기차 대합실에서도 했고, 비 내리는 광장에서도 했고, 수영장에서 한 적도 있었다. 어느 여름 엔 대관령으로 합숙을 가선 잠든 젖소들 앞에서 초연한 적도 있었다. 관객 숫자는 욕심내지 않았다. 사람인가 아닌가도 중요하지 않았다. 생물인가 무생물인가도 따지지 않았다.

20년 넘게 차이 나는 후배들과 머리를 맞대고 코너를 짜는 것이 쉽지만은 않다. 일주일 내내 매달려야 겨우 하나가 만들어진다. 내 또래 중엔 <개그마당>에 출연하는 이가 없다. 프로그램 사회만 봐도 <개그마당> 출연료의 수십 배를 받으니까.

"인생은…… 아름답다고 생각해. 형도 있고 새도 울고."

이건 내가 이번 코너에서 밀고 있는 유행어다. 무척 힘든 상황에 처한 사람들에게 가서, 님도 있고 새도 우니 인생은 아름다운 거라고 우기며 코너가 끝나는 것이다. 형은 과연 이게 내 코너 대사란 걸 알까. 잠수해서 소설 쓸 땐 텔레비전도 영화도 끊어버리는 이상한 형인데.

"내일 누굴 좀 만나줘."

"누군데?"

"닷새 후부터 국회의원 선거운동이 시작되잖아? 인형 탈 쓰고 유세를 도우려는 사람이야. 완전 초짜라서, 이래저래 걱정이 많이 되네. 네가 만나 몇 가지만 짚어줘."

"형이 잘 아는 사람이야? 친구?"

"친구는 아니고……. 사흘 동안 같은 섬에 머물긴 했지만, 잘 아느냐고 묻는다면 아직은 아니지."

"그런데 왜 내게 부탁해? 형이 이런 부탁하는 거 처음 봐."

형이 잠시 숨소리만 들려주다가 답했다.

"어둠이 깔리는 동거차도 앞바다를 보면서 그 사람이 내게 묻더라. 인생이 정말 아름답냐고."

그래서 나는 형이 소개한 노경호 씨를 두 번 만났다. 한 번은 방송국 로비에서 30분, 또 한 번은 저녁 8시부터 다음 날 아침 8시까지 열두 시간! 두 번째 만났을 때 그가 들려준 이야기를 바탕으로 이 글을 썼다. 처음엔 바로 연극 대본을 만들까 하다가, 우선 이야기의 큰 줄기를 따라 정리하듯 끼적거린다는 동네 작가 형의 습관이 떠올랐던 것이다. 그러니까 아래에 적힌 글은 연극 대본으로 가기 전 뭉쳐놓은 이야기 모음이다. 단편소설 '같다'는 느낌을 받을 수도 있겠지만, 소설이라곤 단 한 편도 써본 적 없는 내게 어울리는 평은 아니다. '같다'는 언급만으로도 과찬이다.

인생이 정말 아름다워도 될까

방송국 로비는 붐볐다. 공개방송 스튜디오 대형 유리창 앞에 모인 여고생들은 초대 손님으로 나온 연예인들을 핸드폰에 담느라 바빴다. 로비의 원탁들도 빈자리가 없었다. 피디, 작가, 매니저, 기자 등이 삼삼오오 모여 떠들어댔다. 벽에 붙은 네 개의 대형 스크린에는 각기 다른 프로그램이 나오고 있었다. 경호 씨는, 검은 양복 차림의 안전요원이 있는 엘리베이터 쪽을 향해 눈을 감고 서선 깊은 숨을 내쉬었다. 2시에 만나기로 했으니 벌써 20분이나 지났다. 핸드폰을 꺼내 탁모독 작가에게 전화를 걸려다가 그만두었다. 예전에는 오전에만 전화기를 꺼두었는데, 지금은 오후 6시까지 어떤 전화도 받지 않는다고 했다. 통화가 된다 해도, 조금만 더 기다려보란 얘기가 전부일 것이다. 개그맨 박병대의 전화번호도 받았지만, 만나서 인사도 나누기 전에 대뜸 전화부터 할 순 없었다. 더구나 정오까지 라디오 생방송을 한 후, 주말에 나갈 꼭지를 두 시간 정도 녹음한다고 했었다.

안전요원이 뚜벅뚜벅 걸어왔다. 시선을 고정시킨 채 다가오는 것만으로도 압박감이 들었다. 경호 씨는 두 다리에 힘을 준 채 버티려다가 움찔 어깨를 떨었다. 철심을 박은 오른 무릎이 저려왔던 것이다. 평소에는 아무렇지도 않던 무릎이지만, 집회에 나가 의경들만 보면 묵직해지면서 떨렸다. 그땐 꼼짝하지 않고 지금처럼 서 있을 수밖에 없었다. 주저앉거나 자세를 바꾸면 송곳으로 찌르듯 더 아팠다. 5분이든 10분이든 멈춰 기다리면 저려오는 강도가 차츰 줄었다. 안전요원이 왜 내게 올까. 바지와 셔츠를 갈아입었고, 새벽엔 공중목욕탕까지 다녀왔는데도, 내 몰골이 의심스러운가.

그나저나 용무를 물으면 어찌 답할까. 개그맨 박병대를 기다리고 있다고, 미리 약속을 했다고, 25분이 지나긴 했지만 틀림없이 올 거라고.

"안녕하십니까?"

인사를 건넨 이는 안전요원이 아니었다. 엘리베이터에서 막 내린 사내가 경호 씨를 향해 90도 가까이 허리 숙여 절을 한 것이다. 안전요원이 주춤하며 멈췄다. 사내가 다가와선 사과부터 했다.

"녹음이 길어져 늦었습니다. 죄송합니다. 박병대입니다."

경호 씨가 그 손을 잡았다.

"노경호라고 합니다. 한데 저란 걸 어찌 알았습니까?"

병대가 웃으며 경호 씨 가슴에 달린 노란리본을 눈으로 가리켰다. 병대를 알아보곤 몇 사람이 일어섰다. 그들과도 반갑게 인사를 나눈 뒤, 병대는 의자를 당겨 경호 씨에게 권했다. 마시고 싶은 음료를 묻곤 카페라떼 두 잔을 직접 주문해서 가져왔다. 마주 앉아 눈을 맞추자 병대가 다시 웃었다. 트레이드마크인 눈가의 주름이 다정하게 자글거렸다.

"제가 다음 스케줄이 있어서 3시 2분엔 방송국을 떠나야 합니다. 지금이 2시 32분이니까, 정확히 30분 여유가 있습니다. 탁 작가 형님께 전화로 대충 이야긴 들었습니다. 인형 탈을 쓰고 지원 유세를 다니기로 결심하셨다는데, 전에도 그런 일 하신 적 있습니까?"

"아니요. 내내 회사만 다녔어요. 옷 만드는 회삽니다. 인형 탈은 태어나서 처음 씁니다."

"왜 그걸 쓰겠다고 하십니까? 쉬워 보여도 만만한 일이 아닙니다."

"......"

경호 씨 얼굴이 턱에서 이마까지 달아올랐다. 병대가 말머리를 돌렸다.

"말씀 안 하셔도 됩니다. 이유가 있겠지요. 이유 없는 행동은 없다고 탁 작가 형님이 누누이 말씀하셨거든요. 좋습니다. 그럼 간단히 몇 가지만 확인하죠. 춤 잘 추십니까?"

"나이트는 젊어서 좀 다녔는데……"

"그런 거 말고요. 댄스를 정식으로 배운 적은?"

"없습니다."

"운동은 좀 하십니까? 자전거 같은 거?"

"어렸을 땐 했지만, 무릎을 다치고 나선 그만뒀습니다."

"오래 걷는 것도 즐기시진 않고요? 등산이라든가 둘레길 걷기라든가……"

"1년에 한두 번 친구들이랑 산에 오르는 게 전붑니다."

병대의 시선이 잠시 천장을 향했다. 예상보다 상황이 좋지 않았다. 침묵을 불길하게 받아들인 경호 씨가 변명 아닌 변명을 했다. 처음 했어야 할 답이었다.

"탁 작가랑 같이 동거차도에 들어갔다가 나오기 전날 밤에 꿈을 꿨어요. 노찬민, 제 아들 녀석이 꿈에 나왔습니다. 중학교 때까진 장래희망이 개그맨이었는데, 고등학교 들어와선 간호사로 바꾸더라고요. 이 무릎에 철심을 박는 수술을 했을 때, 찬민이가 두 달 넘게 병원에서 저를 간병했거든요. 그땐 휠체어를 탔습니다. 똥 누고 휴지도 제 손으로 닦기 힘들 정도였어요. 찬민이가 궂은일을 다 해줬죠. 그러더니 불쑥 간호사가 되겠다는 거예요. 개그맨도 좋지만, 환자들에게 웃음을 듬뿍 선사하는 남자 간호사.

아주 오랜만에 찬민이가 꿈에 나왔는데, 녀석이 하얀 간호복을 입은 겁니다. 환자들을 돌보느라 바쁜지 병실을 들락날락거리더라고요. 제가 녀석의 이름을 불렀어요. 그랬더니 녀석이 커다란 인형 탈을 들고 와선 내미는 겁니다. 저는 그 탈이 싫더라고요."

"왜요?"

"너무 크고 무거워 보였습니다. 쓰자마자 땀을 뻘뻘 흘릴 것 같았고요. 제가 워낙 땀이 많거든요. 특히 여름엔 얼굴은 물론 머리 전체가 땀으로 젖어요. 그런데 이 녀석이 자꾸 쓰라는 겁니다. 끝까지 탈을 받지 않고 버티다가 깼어요. 섬을 나와 상경해서 자원봉사하겠다고 송 후보 사무실로 아내랑 갔죠. 집사람은 워낙 붙임성이 좋으니까 유권자에게 전화 거는 일을 맡았어요. 한데 저는 할 일이 없는 겁니다. 전단지 돌리는 일은 저보다 더 젊고 팔팔한 자원봉사자들이 벌써 맡았고요. 사무실 구석에 인형 탈이 세

개 보였습니다. 두 자린 자원봉사자가 나섰는데, 아직 원숭이 탈은 지원자가 없다 했습니다. 제가 하겠다고 했죠. 동거차도의 꿈이 예지몽이었나 봅니다."

"그럼 두 분은 경험이 있나요?"

"저랑 마찬가집니다. 도라에몽 탈을 쓰기로 한 장봉수 씨는 평택에서 농사짓고, 별 탈을 쓰는 국엄도 씨는 파트타임으로 태권도장에서 사범으로 일합니다."

병대가 핸드폰으로 시간을 확인한 후 길게 설명했다.

"솔직히 말씀드리죠. 완전 입문 단계니까 가르쳐드릴 게 많진 않습니다. 세 가지 정도만 우선 익히도록 하세요. 첫째, 탈의 눈과 코와 입의 위치를 확인하는 연습을 하세요. 탈이 크고 무거우니까, 위치를 손으로 가리키는 게 쉽지 않습니다. 가령 부끄럽다는 감정을 표현하려면, 양손으로 두 눈을 가려야 하는데, 눈의 위치를 정확히 모르면 엉뚱하게 뺨이나 이마에 손을 갖다 대게 됩니다. 둘째, 인터넷에서 유치원 아이들 율동하는 장면들을 찾아보세요. 열 곡 정도는 노래와 율동을 몽땅 외우는 게 좋겠습니다. 멍하니 서 있는 인형보다 어색한 건 없어요. 계속 움직여야 합니다. 특히 음악에 맞춰 손발과 몸통을 쉴 없이 놀려야 해요. 여러 가지 동작이 있지만, 시일이 급하니까, 우선 유치원 율동을 배우시란 겁니다. 열 곡 정도 익히면 대충 응용하여 써먹을 수 있을 겁니다. 마지막으로 소품을 활용하세요. 현란한 춤 솜씨나 몸 개그를 선보이긴 늦었으니, 소품을 들고 다니면서 관심을 모으는 겁니다. 이왕이면 행인들과 게임을 하세요. 평생 잊지 못할 추억을 선물할 수도 있어요. 자, 제가 말씀드린 것 세 가지를 외워보세요."

"눈 코 입 위치 확인…… 유치원 율동 열 곡…… 소품 활용."

"빙고! 그럼 저는 이만 일어서겠습니다."

경호 씨도 병대를 따라 일어섰다. 병대가 과장스럽게 악수를 하곤 기우뚱 쓰러질 듯 빠르게 돌아섰다. 경호 씨는 허리를 숙여 오른 무릎부터 어루만졌다. 불편했던 것이다. 잠시 후 고개를 드니 거기 다시 병대가 서 있었다. 깜짝 놀라는 경호 씨를 향해 말했다.

"제일 중요한 걸 두 가지나 빠뜨렸습니다. 첫째 절대로 사람들 앞에선 탈을 벗지 마십시오. 환상이 완전히 깨지니까요. 아침에 탈을 쓰면 저녁에 벗을 때까지 계속 쓰고 계십시오. 식사할 때나 화장실이 급할 땐 주변을 세 번 네 번 둘러봐서 아무도 없는 걸 확인한 후 탈을 벗어야 합니다. 둘째 화를 내지 마세요. 사람들에게 주먹질이나 발길질하는 인형 본 적 있습니까? 없죠? 기껏해야 양손을 허리춤에 대곤 꼿꼿하게 서는 정도입니다. 이 동작도 하지 않는 게 낫고요. 언제 어디서 누가 시비를 걸지 몰라요. 그땐 일단 물러나고 당하고 피하세요. 명심하십시오."

경호 씨는, 3월 31일부터 4월 12일까지, 선거운동 기간 내내 후보 사무실 맞은편 오동여관에서 잤다. 봉수 씨 엄도 씨와 같은 방을 쓰며 팀워크를 다졌다. 광화문광장 농성장에서 인사를 나눈 사이지만, 13일 동안 숙식을 함께하며 탈을 쓰고 돌아다닐 줄은 몰랐다. 엄도 씨는 도라에몽을, 봉수 씨는 별을 이미 골랐지만, 두 청년은 그 선택을 없었던 일로 하고 최연장자인 경호 씨에게 원하는 탈을 먼저 고르라고 했다. 경호 씨는 웃으며 원숭이 탈을 골랐다. 봉수 씨와 엄도 씨의 놀란 눈을 쳐다보며 한마디 했다.

"도라에몽과 별이 인기가 높은 건 나도 알아. 인기에 편승하지 말자! 이게 내 좌우명이거든."

큰소리는 쳤지만 경호 씨의 선거운동은 편치 않았다. 특히 첫날은 끔찍한 실수의 연발이었다. 여관을 나선 후 횡단보도를 지나 맞은편 인도로 올라서는 순간 턱에 걸렸다. 무거운 인형 복장을 하고 탈을 쓰지 않았다면, 팔과 허리를 이용하여 균형을 잡았을 것이다. 무게중심이 쏠리자마자 바닥에 나뒹굴면서 옆머리가 땅에 부딪혔다. 도라에몽과 별이 급히 와서 경호 씨를 일으켰다. 경호 씨가 억지웃음을 지어보였다.

"괜찮아. 난 아무렇지도 않아."

9시 정각 송금택 변호사의 선거운동이 시작되었다. 경호 씨는 송 변호사와 광화문 농성장에서 한 이불을 덮고 열흘 동안 노숙한 사이였다. 컵라면도 같이 먹었고 광화문 지하 화장실에서 이도 같이 닦았다. 웃음소리만 들어도 서로를 알아볼 정도였다. 경호 씨는 농성장에 와서 비난하고 욕설을 퍼붓는 취객이나 우파 시민 단체 회원들과 제일 앞에서 맞서는 유가족으로 유명했다. 목소리 엔 목소리로, 몸에는 몸으로, 경호 씨는 조금도 밀리지 않았다. 대 낮은 물론이고 깊은 밤이나 이른 새벽에도 경호 씨는 이불을 걷 고 달려 나가곤 했다. 송 변호사와 한 이불을 덮고 노숙하던 그 열 흘에도 다섯 번은 자다가 나가서 상황을 정리하곤 왔다. 그때마다 송 변호사는 폭력을 행사해선 안 된다며 신신당부를 했고, 경호 씨는 걱정 말라며 웃었다. 기선을 제압하기 위해 언성을 높이고 몸을 바짝 들이대긴 해도, 털끝 하나 건드리진 않는다는 것이다.

자원봉사자로 나선 유가족들은 서로 약속했다. 유가족이란 걸 드러내지 말자고. 노란 점퍼도 입지 말고 노란리본 목걸이도 하지 않기로 했다. 송 변호사가 가슴에 노란리본 배지를 단 것처 럼 배지는 달기로 했다. 송 변호사를 위해 뛰는 대부분의 사람들 이 노란리본 배지를 달았기 때문에, 배지만으론 유가족인지 구분 되진 않았다.

"덥지 않으세요? 이렇게 도와주셔서 감사합니다."

송 후보와 악수를 나눌 때 도라에몽과 별은 꼭 당선되시라고 힘차게 말했지만 경호 씨는 인사마저도 하지 않았다. 혹시 송 후 보가 자신의 목소리를 알아볼까 걱정스러웠던 것이다.

도라에몽과 별과 원숭이의 활약이 시작되었다. 송 후보는 지나 가는 행인들과 나누는 악수가 어색한지 미적거렸다. 원숭이가 쓰욱 나서선 앞을 막곤 오른팔을 들어 송 후보를 가리켰다. 행인의 시선이 송 후보에게 향했고 자연스럽게 악수와 인사가 이어졌다.

그렇게 열 번의 악수를 성공시킨 뒤, 경호 씨에게 작은 문제가 생겼다. 갑자기 코끝이 가렵기 시작한 것이다. 평소에도 술을 마시거나 긴장하면 코끝이 벌겋게 달아오르곤 했다. 그땐 검지로 콧등을 살짝 눌러 문지르면 그만이었다. 탈을 썼으니 코를 만질 방법이 없었다. 슬슬 뒤로 빠져 주먹으로 탈을 퉁퉁 쳤다. 코가 살짝 닿긴 했지만 가려움은 여전했다. 양손으로 두 귀를 쥐고 앞뒤로 세게 흔들었다. 그래도 가려움이 사라지지 않자, 경호 씨는 짜증이 나기 시작했다. 당장이라도 탈을 벗어버리고 싶었지만 주위 시선 때문에 그럴 수도 없었다. 벽을 향해 돌아섰다. 방법은 한 가지뿐이었다. 발소리가 잦아들기를 기다렸다가 벽에 얼굴을 정면으로 들이대곤 고개를 좌우로 흔들며 문질렀다. 그제야 코가 탈에 겨우 붙었고, 콧등이 마찰되면서 시원한 기분이 들었다. 문득 찬민이가 어렸을 때 경호 씨에게 던진 질문이 떠올랐다.

"아빠! 우주 비행사들이 얼굴까지 모두 덮은 투명하고 둥근 우주 헬멧을 쓰고 나서, 코가 가려우면 어떻게 해?"

무엇이라고 답했던가. 곰곰 기억을 되짚어도 떠오르지 않았다.

담배도 문제였다. 한 시간에 한 대씩은 꼭 담배를 입에 물어야 하는 경호 씨였다. 슬쩍 도라에몽과 별에게 다가가서 속삭였다.

"담배 피고 싶지 않아?"

"끊었습니다, 형님!"

"저는 아직 배우질 못했습니다."

세 시간이 넘어가자 다리에 힘이 빠지며 양손이 떨렸고 침이 바싹바싹 말랐다. 도저히 안 되겠다 싶어 잠시 일행으로부터 벗어나서라도 담배를 피우려는 순간, 도라에몽이 먼저 죽는소리를 해댔다.

"형님, 저 쌀 것 같아요."

별도 급하긴 마찬가지였다.

"화장실! 어서요."

도라에몽과 별을 앞세우고 종종종종 걸었다. 공중화장실로 들어선 세 사람은 좌변기를 하나씩 차지했다. 소변을 보려 해도 탈을 벗고 그 탈에 맞춘 일체형 복장까지 벗어야 하는 것이다. 도라에몽과 별이 옷을 벗는 동안, 경호 씨는 탈만 벗곤 좌변기에 앉아 담배부터 한 대 꺼내 불을 붙이고 힘껏 빨아 당겼다. 연기를 뿜자 온몸 구석구석까지 기운이 뻗쳐 노곤해졌다. 얼굴은 땀범벅이었고 속옷도 모두 젖었다. 이 짓을 앞으로 12일이나 더 해야 하는 것이다. 다시 담배를 빨려는데 문이 쿵쾅거렸다. 아이들의 신나는 목소리가 들려왔다.

"원숭이가 담배 핀다. 나와, 어서 나와!"

급한 마음에 주변을 살피지 못하고 곧바로 들어온 것이 화근이었다. 동네 아이들이 뒤따라온 것이다. 경호 씨는 서둘러 담배를 변기에 던진 뒤 손을 휘휘 저어 연기를 흩고 탈을 썼다. 왼쪽 좌변기의 도라에몽과 오른쪽 좌변기의 별은 꼼짝도 하지 않았다.

나쁜 짓 하다가 들킨 사람처럼 나갈 수는 없었다. 경호 씨는 등에 붙이고 다니던 뿅망치를 꺼내 높이 들고 단숨에 문을 열었다. 사내아이 셋이 문 앞에 서 있다가 놀라서 물러섰다. 경호 씨는 뿅망치를 내민 채 오른손으로 가위바위보를 만들어 보였다. 아이 하나가 용기를 내어 앞으로 나선 후 뿅망치를 받아 쥐었다. 가위 바위보! 경호 씨가 주먹을 내고 아이가 보를 냈다. 아이가 뿅망치 로 경호 씨의 머리를 때렸다. 경호 씨는 양 손바닥으로 제 이마를 비비며 빙빙 돌다가 픽 쓰러졌다. 세 아이가 동시에 웃음을 터뜨 렸다.

겨우 화장실을 벗어나 선거운동에 합류했다. 도라에몽과 별은 경호 씨의 뿅망치를 빌려 아이들과 신나게 게임을 했다. 상가를 지나 천변으로 내려갔다. 경호 씨는 천변 풍경을 훑으며, 이 동네 가 안산과 비슷하다는 생각을 했다. 봄가을로 찬민이와 함께 천변 도로를 따라 자전거를 탔었다.

원두막을 흉내 내어 만든 간이 쉼터에 노인이 열 명쯤 모여 정 담을 나누고 있었다. 송 후보보다 경호 씨가 먼저 다가가선 춤을 추기 시작했다. 도라에몽과 별이 곧 합류하여 춤판이 벌어졌다. 개그맨 박병대가 추천한 대로 동영상을 보며 유치원 율동을 익 히긴 했지만, 처음 한두 동작만 일치할 뿐 나머진 손발이 제멋대로 놀았다. 노인들은 다행히 웃음과 함께 손뼉을 쳐주었다. 그리고 송 후보를 등장시키기 위해 경호 씨가 물러서려는 순간 턱 밑이 따끔거렸다. 귓불과 이마 역시 바늘로 찌르듯 아프더니 근지럽기 시작했다. 벌레였다.

공중화장실에서 탈을 엎어뒀을 때 벌레가 속으로 들어간 것이다. 당장이라도 탈을 벗은 후 긁고 싶었다. 코가 간지러운 것과는 비교할 수 없이 괴로웠다.

송 후보가 인사 말씀을 하는 동안 경호 씨는 벚나무 뒤로 갔다. 탈을 벗진 않고 목 부분을 잡곤 힘껏 벌렸다. 머리를 사정없이 흔들며 입김을 후후 불어댔다. 다행히 개미 세 마리가 연이어 땅에 떨어졌다. 경호 씨는 발을 들어 개미들을 밟으려다가 멈췄다. 어두컴컴하고 흔들리는 탈은 개미에게 두려운 곳이었겠지. 살아남기 위해 물어뜯은 게 죄가 되랴. 탈을 아무 곳에나 벗어두지 말 것! 유념할 일이 하나 더 늘었다.

가장 큰 낭패는 저물 무렵 찾아들었다. 다시 주택가로 방향을 틀었다. 마침 하교 시간과 겹쳐 거리는 매우 시끌벅적했다. 여고생들이 순식간에 도라에몽과 별과 원숭이를 둘러싸고 팔짱을 낀 채 셀카를 찍어대느라 바빴다. 경호 씨는 인형들 사이에 슬쩍 송 후보를 끼워 넣었다. 학생들에겐 투표권이 없지만, 그들의 부모에게 오늘의 작은 소동이 유쾌하게 전해지길 바랐다.

그때 요란한 음악과 함께 도로 건너편에 황소 탈을 쓴 사람이 나와 섰다. 유력한 여당 후보의 자원봉사자인 것이다. 황소가 팔을 앞으로 쭉 뻗어 어깨를 튕기는 순간, 경호 씨와 사진을 찍기 위해 얼짱 각도를 조정하던 여고생이 외쳤다.

"팝핀이다."

황소가 관절을 탁탁 꺾으며 손과 발을 놀리기 시작했다. 가슴과 배와 엉덩이를 튕겨 올리며, 유연하게 바닥을 기다가 높이 점핑하며 손가락 하나를 치켜들었다. 여고생들은 순식간에 도로를 건너 황소를 향해 뛰어갔다. 도라에몽과 별과 원숭이 주위엔 여고생이 한 명도 없었다. 도라에몽이 곁에 와서 속삭였다.

"프로 댄서를 영입했다더니 저 친군가 봅니다. 팝핀 D라고 그 바닥에서도 꽤 이름난 춤꾼이래요. 설마 했는데, 정말 끝내주는군요."

별이 거들었다.

"관절이 어찌 저렇듯 사정없이 꺾이죠? 탈 쓰고 복장 갖춰 입으면 엄청 불편할 텐데. 아주 날아다니는군요."

경호 씨가 화를 버럭 냈다.

"그래서 우리까지 가서 박수라도 치잔 소리야?"

그 밤에 두 시간 꼬박 오동여관에서 춤 연습을 했다. 유튜브에서 율동 동영상을 찾아 크게 틀어놓고 셋이서 따라한 것이다. 팝핀까지 추진 못하더라도 최소한 동작이 일치하는 안무를 짜려고 했다. '곰 세 마리'가 첫 곡이었다. 노래를 부르며 처음부터 끝까지 율동을 따라하자, 비 오듯 땀이 흘러내렸다. 그렇게 두 시간을 꼬박 추다 보니 나중에는 그저 손과 발을 흐느적거리는 수준으로 떨어졌다. 태권도 사범인 엄도 씨가 이의를 제기했다.

"연습 시간 길다고 능률이 오르는 건 아닙니다. 오늘은 이 정도로 하고 쉬지요."

농부 봉수 씨도 맞장구를 쳤다.

"내일 새벽에 일어나지도 못하겠습니다. 골병들겠어요."

엄도 씨가 한마디 더 보탰다.

"'개구리 왕눈이' 율동할 때부터 형님 오른 무릎이 자꾸 꺾이던데요. 괜찮으세요?"

경호 씨가 침대에 등을 대곤 바닥에 앉아서 오른 다리를 쭉 뻗었다. 엄도 씨가 음악을 껐다. 봉수 씨가 냉장고에서 피로 회복에 좋다는 드링크를 세 개 꺼내 내밀었다. 경호 씨가 단번에 마신 뒤 무릎 위에 빈 병을 갖다 댔다.

"요기 철심이 박혀 있지. 회사에서 축구 시합을 하다가 무릎을 다쳤거든. 일이 바빠 그냥 뒀더니 십자인대가 녹아버렸대. 2012년 겨울에 부랴부랴 수술을 하고 철심을 박아 넣었지. 정형외과 의사 둘이서 여섯 시간이나 수술에 매달릴 정도로 심각했었어. 두 달 넘게 입원했고. 그러곤 그럭저럭 다녔지."

엄도 씨가 아는 체를 했다.

"저도 겨루기를 하다가 팔꿈치를 크게 다쳤어요. 철심을 넣어

관절을 고정시키는 수술을 받았습니다. 그리고 2년 정도 지난 뒤 철심 제거 수술을 다시 했습니다. 철심이 없어도 관절을 움직이는 데 문제가 없다면 빼는 게 낫지요. 어쨌든 이물질이니까요. 형님도 2012년 겨울에 수술을 하셨다니, 지금쯤 제거 수술을 받으셔야 하지 않습니까?"

"수술하려면 입원해야 하고 번거로워 자꾸 미루게 되더라고. 근데 찬민이가 재작년 3월에 내게 그랬어. 여름방학 하면 곧바로 수술을 받으라고. 자기가 병간호 다 하겠다고. 그래서 철심 제거 수술을 할 예정이었지. 찬민이가 4월에 그렇게 가고 나니 이걸 뺄 마음이 안 드는 거야. 찬민이가 빼주기로 했는데, 녀석이 없으니, 그냥 죽을 때까지 지니고 가야겠다는 생각이 들었어. 나중에 저승 가서 찬민이 만나면 그때 빼달라고 하지 뭐."

잠시 세 남자가 경호 씨 무릎을 쳐다보았다. 엄도 씨가 조심스럽게 의견을 냈다.

"철심 박힌 무릎으로 탈을 쓰고 계속 돌아다니실 수 있겠어요? 내일이라도 원숭이 탈 쓸 사람을 구해볼까요? 이렇게 다니다간 정말 크게 다치십니다. 오늘 하루 움직여보셨으니 알 것 아닙니까? 형님에게 맞는 일이 선거 캠프에 있을 겁니다. 그러니……"

경호 씨가 말허리를 잘랐다.

"나 빼놓고 너희끼리 잘할 것 같아? 난 중고등학교 때 반 대표로 단막극에 출연한 적도 있어. 찬민이가 반에서 오락부장을 도

맡아 한 것도 다 내 피를 물려받아서라고. 탈에 대해서도 너희는 그냥 무턱대고 자청한 거지만, 난 '철학'을 가지고 있어."

'철학'이라는 단어를 뱉어놓고, 경호 씨는 잠시 숨을 골랐다. 익숙하지 않은 이 단어가 왜 튀어나왔을까. 당황한 빛을 감추기 위해 질문을 던졌다.

"탈을 쓰고 돌아다닐 때 가장 중요한 게 뭔지 알아?"

엄도 씨와 봉수 씨는 즉답을 못한 채 서로 눈만 멀뚱거렸다.

"이것 봐, 아무 것도 모르잖아. 잘 들어. 제일 중요한 건 탈을 벗지 않는 거야. 환상이 사라지면 탈놀이는 끝이라고. 이런 게 바로 탈의 철학이지."

병대는 경호 씨를 살펴봐달라는 이상한 동네 작가 형의 부탁을 거절했다. 가봤자 도울 것이 없을 듯했다. 그보다는 '인생은 아름다워'에 생긴 문제부터 해결하는 것이 급했다. 코너 마지막에 나란히 서서 '인생찬가'를 부르며 끝을 맺는 쌍둥이 개그우먼이 지난주에 모친상을 당한 것이다. 한 주나 두 주 코너에서 뺄까 했지만, 한사코 출연을 고집했다. 돌아가신 어머니의 유언이라고도 했다. '인생찬가'를 부르는 동안 그녀들은 붕어처럼 입을 방긋거리고 눈을 또렷또렷 뜨곤 웃어야 했다. 그런데 연습을 시작하자마자 눈동자가 충혈되더니 기어이 눈물을 쏟았다. 다시 연습할 땐 울음은 참았지만 표정이 전혀 밝지 않았다. 웃어도 웃는 것이 아니었다. 후배들이 이 문제로 골머리를 앓자 병대가 용단을 내렸다. 쌍둥이 개그우먼을 불러 앉혀놓고 주문했다.

"탈을 써. 목소리는 젖으면 안 된다. 알겠지?"

선거운동 기간은 벚꽃이 만개하는 시기와 겹쳤다. 천변에 하얀 꽃이 가득 피자, 구민들이 주말은 물론이고 평일 저녁에도 천변을 걸으며 봄을 즐겼다. 후보자들은 벚꽃 축제 기간인 8일 금요일과 9일 토요일 내내 천변을 오갔다. 경호 씨에겐 이 이틀이 선거운동 기간 전체 중에서 가장 힘들었다. 오가는 행인은 너나 할 것 없이 도라에몽과 별과 원숭이에게 관심을 표시했다. 인사를 건네기도 하고, 다가와서 만지기도 하고, 툭툭 치고 지나가는 사람도 있었다. 경호 씨는 잠시도 긴장을 풀지 못했다. 가벼운 접촉에도 균형을 잃고 쓰러져 다칠 수 있기 때문이다.

셋이서 평균 15분마다 율동을 선보였다. 가급적이면 팝핀 D가 보이지 않는 곳을 골랐다. 다행히 어린이들을 데리고 나온 구민들이 많아서 유치원 율동도 그럭저럭 주목을 끌었다. 몇몇 아이들은 인형들과 어울려 춤을 추기도 했다. 유치원 때 배운 것은 평생 기억한다고 했던가. 중고생들도 동작을 곧잘 따라했다.

무엇보다도 대학생 자원봉사자들이 큰 힘이 되었다. 연설회 직전이나 직후엔 대학생들이 나서서 경쾌한 음악에 맞춰 춤을 췄다. 경호 씨와 봉수 씨와 엄도 씨가 그 춤을 엉성하게 따라하는 것만으로도 분위기를 띄웠다.

송 후보가 연설하는 동안 인형들도 잠시 숨을 돌렸다. 도라에 몽과 별과 원숭이는 나란히 제일 뒷줄에 앉아 연설을 들었다. 박수칠 대목이 나오면 동시에 일어나서 양팔을 휘휘 저으며 손뼉을 유도했다. 경호 씨는 오른 손바닥을 하늘에서 땅으로 내리고 왼 손바닥을 땅에서 하늘로 올려, 어렸을 때 봤던, 태엽을 감으면 박수를 치던 서커스 원숭이 인형 흉내를 냈다.

3월 31일과 4월 8일의 분위기는 사뭇 달랐다. 첫날은 세 인형은 물론이고 송 후보까지 헤맸다. 거리의 변호사일 때는 당당하게 의경들 앞까지 나가 고함도 치고 어깨싸움도 했지만, 국회의원 후보자로 유권자들에게 인사드릴 때는 자꾸 움츠러들고 뒷걸음질 쳤다. 허리 숙여 인사하고 자신의 이름을 큰 소리로 외치는 것도 어색했다. 구민들은 구민들대로 송 후보가 내민 명함을 받고도 낯설었다. 당에서 공천을 준 마지막 후보인데다가, 송 후보와 Y구는 직접적인 연고가 없었다. 첫날 선거운동을 마친 후엔 분위기가 무척 어두웠다. 서로 말은 안 하지만 패배할 가능성이 짙다고 느낀 것이다. 경호 씨는 봉수 씨와 엄도 씨뿐만 아니라 다른 봉사자들까지 옥상으로 따로 불러 분명하게 강조했다.

"동거차도 안 가봤지? 거기 가면 꼭대기에 인양 작업을 감시하는 천막이 있어. 천막에서 15분쯤 바다를 향해 내려가면 절벽이 나와. 침몰 지점에서 가장 가까운 곳이지. 우린 지금 그 절벽에서 있는 거야. 송 후보가 당선되지 않으면, 절벽에서 뛰어내리는 수밖에 없어. 이길 수도 있고 질 수도 있는 싸움이 아니라 꼭 이겨야만 하는 싸움이라고. 너무 오랫동안 지기만 했어. 배가 침몰한 후론 단 한 번도 못 이겼다고. 우리는 이기면 안 되는 사람들이야? 그렇게 생각해?"

그 밤 경호 씨의 이야기를 엿들은 사람처럼, 송 후보가 벚꽃 아래에서 연설했다.

"여러분! 봄기운이 천변에 그득합니다. 다른 꽃들보다 이 하얀 벚꽃은 제게도 세월호 유가족에게도 특별합니다. 맹골수도 근처 바다에서 세상을 뜬 학생들이 등굣길에 마지막으로 본 꽃이니까요. 그때부터 해마다 이 꽃이 피면, 저는 그 봄보다 얼마나 나아졌는가를 살핍니다. 봄이 오고 벚꽃이 피는 까닭은 우리가 잃어버린 것을 되새기기 위함입니다. 우리가 해야 할 일을 상기시키기 위함입니다. 이곳을 절벽이라 여기고 한 걸음만 나아갑시다. 그렇게 하려고, 저 송금택이 후보로 출마한 겁니다."

박수와 환호가 이어졌다. 송 후보는 지난 2년 동안 자신이 거리에서 유가족과 함께했음을 숨기지 않았다. 오히려 그 봄의 참사는 이 나라 전체가 풀어야 하는 핵심 문제이기 때문에 곧 Y구의 문제이기도 하다는 논리를 폈다. 피한다고 피할 수 있는 부분이 아니었다.

연설이 끝나자, 세 인형이 먼저 일어나서 송 후보 곁으로 갔다.

앞서 걸으며 수많은 행인에게 미리 송 후보의 출현을 알렸다. 도라에몽과 별 그리고 원숭이 순으로 줄지어 섰다. 경호 씨는 신나게 몸을 흔들며 송 후보를 무게중심으로 삼아 원을 그리듯 빙글빙글 스텝을 밟아댔다. 아흐레로 접어드니 몇몇 동작은 몸에 붙었다.

"무서워, 엄마!"

경호 씨를 보며 웃던 여자아이가 갑자기 울음을 터뜨렸다. 다른 남자아이들도 손을 들어 경호 씨를 가리켰다. 송 후보가 경호 씨의 팔목을 두 손으로 잡았다.

"벗어보세요."

"……안 됩니다."

무슨 일이 있어도 탈을 벗을 순 없었다. 박병대가 가르쳐준 철칙이었다.

"목에서 피가 나옵니다. 가슴까지 흘러내렸어요."

피? 시선을 내리려고 했지만, 탈이 너무 커서 목덜미 아래가 보이지 않았다.

"저기로……."

경호 씨는 송 후보에게 팔목을 잡힌 채 계단을 올라 천변을 떠났다. 행인이 뜸한 도로까지 나와서야, 경호 씨는 탈의 목 부분을 잡아당겼다. 탈에 벌레가 들어가거나 물을 마시고 싶을 때, 탈을 벗진 않고 이런 식으로 비상조치를 취한 것이다.

코피였다. 춤을 추느라 코피가 터진 것도 몰랐다. 목덜미를 타고 가슴으로 흐르는 붉은 액체를 본 아이가 울음을 터뜨렸던 것이다. 송 후보가 손수건과 휴지를 꺼냈다. 벌어진 탈 사이로 손을 집어넣어 코 주위부터 닦고 지혈을 하려는 것이다. 경호 씨는 물러서려 했으나, 송 후보의 손이 이미 탈 속으로 들어온 뒤였다. 고개를 숙이자 탈로 가린 얼굴이 반 정도 드러났다. 송 후보의 눈이 커졌다.

"이게 누굽니까? 찬민 아빠 아니십니까?"

"코피가 왜 하필 이럴 때 나서……."

경호 씨는 어색한 웃음과 함께 말머리를 돌리려 했다. 송 후보가 내민 손수건은 마다하고 휴지만 받아 코피를 닦아냈다. 송 후보가 따지듯 물었다.

"지금까지 찬민 아빠가 원숭이 탈을 쓰고 춤추며 저를 따라다니신 겁니까? 코피까지 쏟아가며?"

경호 씨가 휴지로 오른쪽 콧구멍을 막았다.

"괜찮습니다. 아무렇지도 않아요."

안경 너머 송 후보의 눈이 젖어들었다.

"제가 괜찮지 않습니다. 찬민 아빤 무릎도 성치 않은 분이잖아요. 처음부터 알았다면, 탈을 쓰고 벚꽃 아래를 계속 걷도록 두지 않았을 겁니다. 저는 정말 몰랐습니다. 아무도 귀띔하지 않았어요."

"운동원들 나무라지 마십시오. 제가 입단속 한 겁니다."

"이제라도 그만두세요. 이건 유가족이 할 일이 아닙니다."

"후보님 마음은 감사히 받겠습니다. 하지만 유가족 할 일이 따로 있는 건 아니지요. 후보님이 당선만 될 수 있다면, 이깟 탈 좀 쓰는 게 대수겠습니까."

"찬민 아버님……."

송 후보가 경호 씨 손을 꽉 쥐었다.

병대가 Y구로 간 것은 선거운동 마지막 날인 4월 12일 저녁이었다. 그 사이 이상한 동네 작가 형에게 전화가 세 번 더 걸려왔지만, 핑계를 대고 적당히 넘어갔다. 탈 쓰고 율동하는 법까지 알려줬으니, 그가 할 충고는 다했다고 여긴 것이다.

12일 아침까지도 이 생각은 변함없었다. 그런데 낮 1시부터 <개그마당> 공개녹화가 시작되고 4시쯤 '인생은 아름다워' 코너를 마지막으로 녹화가 끝났을 때, 병대의 마음이 바뀌었다. 오늘 Y구로 가서 경호 씨를 보지 않으면 평생 후회할 듯했다.

병대는 소속사 밴 대신 직접 자가용을 몰고 Y구로 들어섰다. 논리를 따져 움직이기보다는 발달된 '촉'을 따라 사람을 만나고 프로그램을 택해왔던지라, 이런 돌발 행동이 낯설지 않았다. Y구에 도착해서 공용주차장에 차를 대고 내릴 때도, 경호 씨를 먼 거리에서 살피고 돌아설 것인지 다가가서 아는 체를 할 것인지 정하지 않았다. 사실 병대는 여도 아니고 야도 아니며, 보수도 아니고 진보도 아니었다. 이런저런 인연으로 안면을 튼 국회의원들과 형아우하며 두루두루 친했을 뿐이다. 그중 몇 사람은 병대의 국회의원 출마를 돕겠다고 했다. 술김에 하는 덕담이 아니라 진지한 청까지 이번엔 있었다. 이상한 동네 작가 형의 충고가 아니었다면 마음이 흔들렸을지도 몰랐다.

사거리 3층 송금택 후보 사무실 앞에서 기다렸다. 저녁 유세를 시작하기 직전이었다. 병대는 선글라스를 걸치고 챙이 넓은 모자를 깊이 눌러 썼다. 소속사에서 안다면 두고두고 지적받을 일이었다. 집에서 죽치고 잠을 잘지언정, 일 없이 거리를 서성거리는 것은 금물이다. 이게 다 쌍둥이 개그우먼 남희와 북희 탓이다.

코너가 순조롭게 진행되어 막바지에 이르렀다. 토끼 탈을 쓴 남희와 거북이 탈을 쓴 북희가 나와 '인생찬가'를 불렀다. 행진곡풍인 이 노래의 가사는 매주 코너 내용에 따라 그녀들이 적당히 바꿨다. 노래를 마치면 곧바로 반주가 고조되면서 <개그마당>이 끝나는 것이다. 그녀들이 노래하는 동안, 다른 출연자들은 무대 위 맞은편에 앉아서 노래를 듣는 청중 역할을 했다. 병대는 연출자처럼 헤드셋을 쓰고, 노래 부르는 쌍둥이와 청중 사이에 따로 서 있었다.

병대는 노래 가사보다 목소리에만 신경을 집중했다. 울음 섞인 소리가 조금이라도 나올까 걱정한 것이다. 다행히 노래는 처음부터 끝까지 경쾌했고, 목소리는 옥구슬이 유리판을 굴러가듯 맑고 분명했다. 탈을 쓴 그녀들이 눈물을 흘리든 말든, 적어도 그 슬픔이 노래에 실리진 않은 것이다.

사건은 노래가 모두 끝난 뒤 시작되었다. 객석의 박수와 함께 반주가 절정을 향해 치달았다. 남희와 북희가 손을 맞잡고 객석을 향해 허리 숙여 인사하면 끝이었다. 그런데 북희가 내민 손을 남희가 붙들지 못했다. 탈 때문에 손이 잘 보이지 않았던 걸까. 북희가 몸을 돌려 남희의 손을 붙잡는 순간, 갑자기 남희가 돌아서서 북희를 끌어안았다. 관객들은 박수를 치면서도 술렁거렸다. 거북이와 토끼가 와락 끌어안은 모습이라니. 어딘지 어색했던 것이다. 청중 역할로 단상에 등을 보이며 앉아 있던 개그맨들의 얼굴이 하얗게 질렸다. 병대는 즉흥연기를 싫어했다. 약속한 동선에 어긋난 말과 행동을 한 후배들을 일주일 내내 질책했다. 남희와 북희도 병대의 원칙을 잘 알고 있었다. 그런데 그녀들은 포옹도 모자라 서로 안은 채 모로 쓰러져버렸다. 연주는 중단되었고 청중 역할 개그맨들이 일제히 일어섰다. 객석의 관객들도 스무 명 이상 따라 일어섰다. 어색한 침묵이 흘렀다. 병대는 어떻게든지 이 상황을 넘겨야만 했다. 그는 활짝 웃으며 큰 걸음으로 쓰러진 토끼와 거북이 곁으로 갔다. 그리고 유랑극단의 연사처럼 능청스럽게 읊었다.

"자, 이제 토끼와 거북이는 탈을 벗고 사람으로 돌아가는 것이었던 것이었다!"

남희와 북희를 쳐다보며 눈짓을 보냈다. 그녀들은 일어서며 동시에 탈을 벗었다. 눈물과 땀으로 범벅이 된 맨얼굴이 드러났다. 관객들은 당황한 표정으로 쳐다보았다. 저토록 펑펑 울면서, 그토록 맑고 고운 목소리로 행진곡풍의 노래를 하다니.

병대가 다시 나섰다.

"남희와 북희가 쌍둥이 자매란 건 다들 아시죠? 어쩜 우는 모습도 똑같네. 지난주에 자매를 애지중지 길러주신 어머니 박말자 여사께서 돌아가셨습니다. 저와 제작진은 당연히 자매에게 충분히 어머니를 애도할 시간을 주겠다고 했습니다만, 이 두 사람은 장례식이 끝나자마자 곧장 달려왔습니다. 당신 때문에 '인생은 아름다워'에서 한 주라도 빠지지 말라는 것이 박말자 여사의 유언이었습니다. 자매가 나란히 부르는 '인생찬가'를 박말자 여사가 무척 좋아하셨다는군요. 제작진은 자매와 '인생은 아름다워'를 아끼는 고인의 뜻을 받들어 오늘 녹화에 자매를 출연시켰습니다. 그리고 자매는 누구보다도 멋지게 맡은 역할을 훌륭하게 해냈습니다. 안 그렇습니까, 여러분?"

객석에서 박수가 쏟아졌다. 병대는 남희와 북희의 손을 좌우에서 쥐고 계속 허리 숙여 인사했다. 위기를 일단 넘긴 것이다. 안도의 한숨과 함께 천천히 고개를 들던 병대는 객석 첫줄에 앉은 사내의 얼굴을 보고 깜짝 놀라 엉덩방아를 찧을 뻔했다.

병대가 객석 첫줄에 앉은 사내를 경호 씨로 착각했을 때, 경호 씨는 엄도 씨에게 뜻밖의 제안을 받았다. 도라에몽 탈을 오늘 저녁엔 경호 씨에게 양보하겠다는 것이다. 경호 씨가 그 이유를 따져 물었다.

"형님이 아무리 노력해도, 원숭이가 어떻게 도라에몽 인기를 따라오겠어요? 봉수 씨에게 다 들었습니다. 도라에몽을 꼭 한 번 써보고 싶다고 하셨다면서요? 처음부터 말씀하셨으면 도라에몽을 형님께 드렸죠. 이제라도 제가 알았으니, 오늘 저녁엔 형님이 도라에몽을 쓰세요."

평소의 경호 씨라면 필요 없다고 손사래를 쳤을 것이다. 어젯밤 넋두리를 함부로 옮긴 봉수 씨를 탓하면서. 그런데 그날은 엄도 씨의 호의를 순순히 받아들였다.

"고마워. 그럼 바꿔 쓰자고."

탈과 복장을 교환한 후 엄도 씨가 경호 씨 품에 안긴 도라에몽 둥근 탈을 보며 물었다.

"근데 이걸 꼭 한 번 쓰고 싶은 이유가 뭔가요?"

"비밀!"

병대는 세 인형이 계단을 통해 후보 사무실에서 내려오는 것을 보았다. 원숭이 탈이 나왔을 때, 병대는 고개를 갸웃거렸다. 이상한 동네 작가 형과 통화했을 때, 경호 씨가 원숭이를 맡았다고 했었다. 그런데 병대의 눈앞에 나타난 원숭이는 허리도 곧고 돌려차기도 능숙하게 해냈다. 도저히 경호 씨가 할 수 없는 동작이었다. 뒤이어 별이 나오고, 마지막으로 도라에몽이 등장했다. 병대의 시선이 도라에몽에게 고정되었다. 눈에 띄진 않았지만 무게중심이 살짝 오른쪽으로 기울었던 것이다. 철심 박은 무릎으로 벌써 13일째 거리를 돌아다니고 있으니, 걸음이 불편할 만도 했다. 모르긴 해도, 파스를 덕지덕지 붙이고 진통제를 아침저녁으로 털어 넣고 있으리라. 마지막으로 송금택 후보가 등록된 운동원들과 함께 나왔다. 피곤을 감추기 위해서인지, 송 후보는 머리카락에 기름을 잔뜩 발라 넘겼고, 밝은 톤으로 화장한 듯 저물 무렵인데도 얼굴빛이 환했다. 병대는 천천히 그들을 따라 걷기 시작했다.

송 후보는 한 시간 남짓 퇴근자들이 몰리는 상가를 돌며 구민들을 만났다. 이제 송 후보와 세 인형의 손발이 척척 맞아들어갔다. 도라에몽이 먼저 춤과 함께 나서면 송 후보가 뒤따라 밝게 웃으며 악수를 청했고, 송 후보가 이동한 후에도 별과 원숭이가 끝까지 남아 다시 한 번 인사했다. 오늘이 마지막 날인 만큼 송 후보의 발걸음과 인사하는 속도도 배로 빨라졌다. 인형들의 움직임 역시 서너 배는 날렵했다.

딱 5분만 쉬기로 했다. 인적이 드문 곳으로 가서 담배 한 대 겨우 피울 여유였다. 송 후보가 캔 커피를 직접 들고 원숭이에게 와서 내밀었다.

"찬민 아버님! 이거 드시고 하세요."

원숭이 탈을 턱 부분만 당겨 들곤, 엄도 씨가 인사했다.

"후보님! 저는 국엄도입니다."

"찬민 아버님은?"

"오늘 저녁만 바꿨습니다. 그 형님이 도라에몽을 써보고 싶다고 하셔서요."

송 후보가 주변을 두리번거렸다.

"도라에몽은 어디 있죠?"

원숭이와 별이 동시에 고개를 좌우로 저으며 살폈다. 경호 씨는 보이지 않았다.

5분. 경호 씨는 그 짧은 시간을 자신만을 위해 쓰기로 한 것이다.

도로를 건너 둔덕을 넘으니 곧 천변이었다. 천변으로 내려가진 않고, 외따로 선 벚나무 아래로 가서 섰다. 잠시 주변을 살핀 뒤 배꼽 근처에서 무엇인가를 꺼내 세우는 시늉을 했다. 그리고 주문을 외웠다.

"어디로든문!"

펑!

그 순간 불꽃이 피어올랐다. 불꽃놀이가 시작된 것이다. 경호 씨는 소리에 놀라 움찔 떨며 밤하늘을 올려다봤다.

"그래, 불꽃놀이를 시작하던 밤이 좋겠어. 그 갑판으로…… 가자!"

다시 펑! 소리가 두 번 연이어 들렸다.

"가자!"

경호 씨 목소리가 커졌다.

펑!

"데려다 줘! 제발!"

그러나 경호 씨의 몸은 벚꽃 아래에서 꼼짝도 하지 않았다.

도라에몽이 '어디로든문!'을 외치며 마법의 문을 열고 들어가 낯선 시간과 공간으로 돌아다닌다는 이야기를 안 것은 이틀 전이었다. 2014년 4월 15일로 갈 수만 있다면…… 침몰 전으로만 갈 수 있다면…… 경호 씨 자신의 목숨을 내놓아도 상관없었다.

"도라에몽이 돌았나?"

"문이라는데? 무슨 문?"

"미친 놈 헛소리를 뭘 그리 심각하게 들어?"

사내 셋이 킬킬거리며 경호 씨에게 다가왔다. 천변 장터에서 술을 마시고 화장실에라도 함께 다녀오는 길인 걸까. 경호 씨의 오른 다리가 뻣뻣하게 굳기 시작했다. 왼 다리를 움직일수록 절름발이처럼 뒤뚱거렸다. 빙글빙글 맴을 도는 꼴이었다. 사내들의 비웃음이 커졌다.

"꼴값을 떠는구나."

"물레방아도 아니면서 뱅뱅 도네."

"근데, 좀 이상한데? 왜 저렇게 오른 다리를 떨어?"

한 사내가 조금 심각하게 묻자, 나머지 두 사내도 웃음을 멈추고 경호 씨를 쳐다보았다. 다가와서 부축하거나 어디가 아프냐고 묻진 않았다.

병대가 뛰어든 것은 바로 그 순간이었다. 그는 우선 경호 씨를 눕힌 뒤 발을 잡곤 발바닥을 꾸욱 누르며, 종아리와 허벅지를 팽팽하게 만들었다. 세 사내는 낯선 사내의 출현에 잠시 놀라는 표정을 짓다가, 병대를 알아보곤 신기한 듯 말했다.

"개그맨 박병대잖아?"

"저건 탈 아니지?"

"벗겨볼까?"

그들이 다가왔지만, 병대는 여전히 경호 씨의 발을 잡은 채 고개만 돌려 말했다.

"스톱! 잠시만 기다리세요. 도라에몽도 지치면 가끔 이렇게 발에 쥐가 납니다."

"헐! 완전 미친놈 아냐? 너 진짜 박병대 맞아?"

"짝퉁 아냐? 병닥이거나 병득이거나?"

사내 하나가 병대의 어깨를 잡아당겼다. 다른 사내가 그의 턱을 엄지와 검지로 쥐었고 나머지 사내는 라이터를 켜 불빛을 디밀었다. 병대는 사내들이 하는 대로 내버려뒀다.

"확인했지? 나 박병대 맞거든."

"박병대가 이 시간에 왜 여기 있어? 도라에몽 발에 난 쥐나 풀어주고. 너희 둘이 어떤 사이야? 무슨 개수작이야?"

뒤에 섰던 경호 씨가 가까스로 일어섰고, 사내들을 향해 달려들려 했다. 사내들도 주먹을 들고 싸울 준비를 했다. 병대가 외쳤다.

"허리에 손!"

경호 씨도 사내들도 주춤 멈췄다. 병대가 먼저 허리에 손을 얹곤 볼에 바람을 잔뜩 집어넣었다. 다시 강조했다.

"손!"

경호 씨가 천천히 주먹을 거둬들인 후 병대 옆에 와서 허리에 손을 얹었다. 화가 났을 때, 인형이 표현할 수 있는 최대한의 동작이 바로 이것이었다. 송 후보의 자원봉사자이자 유가족인 노경호 씨가 도라에몽 탈을 쓰고 주먹질을 벌였다는 것이 신문에 나기라도 하면, 선거에 심대한 악영향을 끼칠 것이다. 병대가 이마와 눈에 주름을 잔뜩 잡으며 세 사내에게 권했다.

"앉으세요. 이렇게 만난 것도 인연이니……."

사내들이 엉거주춤 자리에 앉았다. 병대가 고개를 돌리지 않은 채 경호 씨에게 나지막이 말했다.

"시작하세요. 어서!"

경호 씨가 고개를 끄덕인 후 왼발과 오른손을 동시에 내밀며 춤을 추기 시작했다. 병대도 곧 경호 씨를 따라 같은 동작을 이어갔다. 둘은 지금 이 순간 처음 춤을 맞췄지만, 오래 전부터 여러 번 같이 춤을 즐긴 사이처럼, 동작이 척척 들어맞았다.

펑!

춤추는 두 사내의 머리 위로 불꽃이 피어올랐다가 스러졌다. 경호 씨의 훌쩍임이 사이사이 흘러나왔다. 그때마다 병대가 더 큰 소리로 웃었다. 탈을 쓴 채 울며 춤추는 것도 힘들지만 탈 없이 웃기만 하는 것도 만만치 않은 일이었다. 지고 싶지 않았다.

찾고

있어요

1

　은혜가 직접 내린 커피를 물결무늬 푸른 잔에 담아 초코쿠키와 함께 창가에 놓았다. 오후 3시를 갓 넘었는데 부두는 벌써 어둠이 깔려 축축했다. 쉽게 사라질 안개가 아니었다. 해무(海霧)를 다룬 사진전은 끝났지만, 나는 카메라와 렌즈들을 챙겨 주섬주섬 가방에 넣었다.

　"찍을 게 더 남았어?"

　"가봐야지."

　"저녁은?"

　"전화할게."

　"……올 때 마트 들러 한라봉 사와."

　커피 한 모금에 쿠키를 반만 떼어 입에 넣고 나왔다. 4층 창가에서 바다가 내려다보이는 빌라에 작업실 겸 살림집을 마련한 것도 안개 때문이었다. 안개가 섬을 지우고 부두에 정박한 크고 작은 배들을 삼키기 시작하면, 먼 여행에서 돌아오는 연인을 마중하러 가듯 서둘러 작업실을 나섰다. 한 블록만 내려가서 연안부두로를 건너면 인천항 연안여객터미널이었다.

임신 5주로 접어든 은혜는 저녁 식사를 함께할 거냐고 묻는 횟수가 늘었다. 내 탓이긴 했다. 안개 속으로 걸어 들어가선 여객선을 타고 출항하여, 백령도 가고 덕적도 가고 제주도까지 갔던 것이다. 번개 여행은 들어봤어도 안개 여행을 고집하는 인간은 윤창협 당신뿐이라며 은혜가 놀렸다.

연애할 땐 은혜도 한 번 안개 여행에 동참했다. 조개구이 집에서 매운탕으로 늦은 점심을 먹을 때만 해도, 바다에서 기어 올라온 안개가 대로의 중앙선까지 지웠다. 소주 한 병을 비우고 나오니 안개는 눈에 띄게 엷어졌고, 술김이란 핑계를 대고 예정에도 없던 자월도로 함께 떠난 것이다.

카메라를 들고 안개에만 집중한 지도 3년이 지났다. 그 전 5년은 비를 찍었고 또 그 전 5년은 구름과 지냈다. 두 차례 전시회를 열었던 G화랑에서 먼저 연락이 왔다. 중간 결산 차원에서 사진전을 갖자는 제안이었다. 망설이다가 응한 전시회는 일간지 두 군데에 관람기가 실릴 정도로 주목을 받았다. 뜻밖이었다.

비를 피해 터미널로 들어올 때와 안개를 피해 들어올 땐 행동

거지가 다르다. 전자는 요란하게 우산을 접거나 우의를 벗으며 밖과는 확연히 다른 안을 확인하려 들지만, 후자는 손으로 어깨를 터는 것도 주저하면서 조용히 빈자리를 눈대중으로 훑는다. 나는 젖은 손바닥을 검은 카메라 가방에 쓰윽 닦는 게 고작이었다. 처음엔 왜 내 얼굴을 찍느냐며 투덜대던 편의점 여자가 카메라를 향해 먼저 눈을 찡긋 해줬다.

"전시회는 무사히 마쳤고? 왜 안 오나 했어. 꼭 가보려고 했는데, 목구멍이 포도청이라 차일피일 미루다가 놓쳤네."

그녀가 계산대 아래에서 리플릿을 꺼내 폈다. 대표작으로 실린, 놀란 눈으로 부두를 쳐다보는 여인이 바로 편의점 여자다. 해무 탓에 출항이 취소되겠거니 여기고 앉은 채 졸다가 기적 소리에 화들짝 놀라는 순간이다. '일생일대의 실수'라고 둘러대던 변명이 고스란히 작품 제목이 되었다.

대합실 구석엔 사내 일곱 명이 모여 앉았다. 셋은 고개를 숙인 채 잠이 들었고, 셋은 신문을 나눠 봤고, 한 사람은 핸드폰을 들고 검지로 화면을 계속 눌러댔다. 줄지어 붐비던 매표소도 오늘은 한산했다.

"배가 뜰까 모르겠습니다."

슬그머니 핸드폰 사내 옆자리에 앉으며 말을 붙였다. 사내는 시선을 주지도 않았다.

"이럴 땐 뜨거운 정종 한 잔 걸치고 군불에 등이라도 지지는 게 딱입니다만."

카메라를 들었다. 텅 빈 개찰구를 향해 초점을 맞춰 셔터를 눌렀다. 여객터미널에 오면 습관처럼 개찰구부터 찍어 그날의 분위기를 기록해왔던 것이다. 핸드폰 사내가 미간을 찡그리고 볼에 바람을 잔뜩 집어넣은 채 흰자위가 보일 만큼 눈을 치떴다.

"찍지 마쇼!"

나머지 사내들도 시간차 공격을 하듯 나를 노렸다.

"왜 그러십니까?"

촬영 금지 구역도 아니고, 지금까지 개찰구를 찍은 사진이 백 장도 넘었다. 핸드폰을 단검처럼 치켜 든 사내가 옆구리라도 찌를 듯 다가섰다.

"너 이 새끼 뭐야?"

가게 앞까지 나온 편의점 여자가 리플릿을 부채처럼 흔들며 알은체를 했다.

"사진갑니다. 이상한 사람 아니에요. 얼마 전엔 서울에서 전시회도 열었어요. 이게 안내장이구요. 사진 보이시죠? 바로 우리 가게를 배경으로 찍었어요. 그리고 이 여자, 척 보면 알겠지만, 바로 나예요."

편의점 여자인지 확인하기엔 리플릿 속 사진이 너무 작았다. 그래도 내가 얼치기 관광객이 아니라 편의점 여자도 아는 사진가란 말에, 사내는 핸드폰을 휘두르진 않았다.

"뭘 찍소?"

"바다 안갭니다."

표정이 다시 일그러졌다.

"그깟 안개는 뭣 때문에 찍는 게요? 안개 때문에 배가 안 뜨면, 우리가 얼마나 손해를 보는 줄 아쇼? 신경 건드리지 말고 저리 가시오."

일곱 사내는 모두 화물 기사였다. 트럭과 함께 실은 화물을 내일까지 제주도에 내리지 않으면 손해가 컸다. 해무 탓에 출항 못한 것까지 그들 책임으로 돌리는 건 지나치지만, 세상에는 상식 밖의 일이 한두 가지가 아니다.

터미널을 나와 상트페테르부르크 광장을 향해 몸을 돌렸다. 여객선이 나고 드는 부두는 출입을 통제하기 때문에, 광장까진 가야 둥근 계단으로 내려가서 바닷물이라도 한 움큼 쥘 수 있다. 주차장의 차들조차 안개에 휩싸여 어슴푸레했다. 아무래도 화물 기사들은 부두 앞 여관에서 유숙하며 술로 화를 달랠 듯했다. 끼루룩. 허공에서 울음이 들렸다. 카메라를 들고 시계 방향으로 몸을 돌리며 셔터를 연거푸 눌렀다. 때론 날개가 때론 머리가 때론 다리가 언뜻 보였다가 묻히고 또 나타났다가 사라졌다. 끼룩 끼루룩. 좌우에서 동시에, 귀를 막고 싶을 만큼 날카롭게 울었다. 허리를 숙이며 왼손으론 머리를 감쌌다. 바람살이 손등을 휙 훑곤 지나갔다. 그 손을 엉거주춤 귀밑까지 내리는데, 갈매기가 곧장 품으로 날아들었다. 발톱으로 오른 손목을 꽉 움켜쥔 채 부리로 손등을 쪼았다. 살갗이 찢기며 피가 튀었다. 갈매기를 떼어버리려고 미친 듯이 팔을 흔들었다. 갈매기는 손목에 더 찰싹 붙어선 손등을 연이어 세 번 쪼고는 안개 속으로 사라졌다.

달을 잃은 바다처럼 휑하니 허전했다. 갈매기가 날아드는 순간 들고 있던 카메라를 놓친 것이다. 허공의 울음에 정신을 빼앗기는 바람에, 늘 챙기던 핸드스트랩도 손에 감지 않았다. 천천히 무릎을 굽혀 카메라를 집어들었다. 내게 카메라는 발레리나의 토슈즈, 포크가수의 기타처럼 소중했다. 당장 작업실로 돌아가서 점검할 마음이 급했다. 겉보기엔 살짝 긁힌 정도지만, 지진계보다도 더 예민한 물건이 바로 카메라다. 인간이 느끼지 못하는 온도나 습도의 변화에도 카메라는 미세한 차이를 만든다.

여벌 셔츠를 가방에서 꺼내 찢어 오른손을 감아 묶었다. 피가 배어 나왔다. 그 손을 왼 겨드랑이에 끼우고 카메라를 왼손에 든 후 가방을 어깨에 맨 채 작업실을 향해 걸음을 옮겼다. 뛰고 싶었지만 어깨끈이 자꾸 미끄러지는 통에 두 발만 바삐 움직였다. 겨드랑이가 후끈거리면서 손이 얼얼하고 쓰라렸다. 식은땀이 이마와 등에서 함께 흘렀다. 문득 걸음을 멈췄다.

안개가 짙을수록 소리에 민감해지는 법이다. 때론 고막이 울리기도 전에 미리 들을 준비를 한 적도 있었다. 부채를 완전히 폈을 때처럼, 180도 반원에 가까운 방향에서 한꺼번에 소리들이 밀려들었다. 낮게 깔리는 남자 목소리와 높게 갈라지는 여자 목소리가 웅얼웅얼 뒤엉켰다. 감탄사들이 포탄처럼 발밑에 떨어졌다. 이제 저 소음의 주인공들이 등장할 차례였다.

안개 속에서 소리와 형상을 재빨리 맞추는 작업은 사진작가가 누리는 최고의 즐거움이었다. 청각과 시각은 물론이고 촉각까지 동원하여 세 감각이 응축되는 순간을 사진에 담는 것이다. 안개 낀 부두에서 이렇듯 다양한 목소리를 한꺼번에 만나기란 쉽지 않았다. 겨드랑이에서 손을 빼려다가 다시 넣었다. 왼팔에 반동을 줘 팔꿈치를 접으면서 카메라를 눈썹까지 들어올렸다. 손이 덜덜 덜 심하게 떨렸다. 어떡하든 기회를 잡고 싶었다. 카메라를 왼손으로만 조작하여 멋진 사진을 건진 날을 애써 떠올렸다. 오래 들고 꼼꼼히 찍는 일이라면 오른손이 낫지만 짧은 시간에 한두 컷 찍는 것이라면 왼손으로도 충분했다. 그러나 지금은 욱신거리는 오른손 때문에 평정심을 유지하기 어려웠다. 숨을 가다듬고 정면을 노려보았다.

환청이었나. 마음속으로 다섯까지 헤아렸지만 시야는 여전히 무거운 회색이었다. 마른침 삼키는 소리가 귀를 울렸다. 평평한 정면에 점점 얼룩이 지더니 울퉁불퉁 두꺼비 등처럼 굴곡이 졌다. 다양한 형상이 나타났지만 아직 셔터를 누를 때가 아니었다. 꽃 같고 나무 같고 빌딩 같고 책 같은 형상은 사물의 본디 모습이 아니라 직유(直喩)의 세계에 속했다. 안개가 사물을 가리는 커튼이 아니라, 그 가치를 도드라지게 돕는 배경이 될 때까지 기다려야 한다. 너무 빨라도 안 되고 너무 늦어도 안 된다.

안개를 처음으로 뚫은 것은 캐리어 바퀴였다. 드르륵 드륵, 바닥을 긁어대더니, 파랗고 노랗고 빨갛고 하얀 여행 가방들이 나를 향해 굴러왔다. 흑백의 단조로운 세상에 처음으로 등장한 총천연색과 조우하는 기분이었다. 작고 어여쁜 캐리어의 주인은 대부분 여학생이었다. 한 손으론 손잡이를 잡고, 거울과 핸드폰과 과자 봉지와 인형과 수첩을 각각 나머지 한 손에 든 여학생들 사이로 가방을 등에 진 남학생들이 뛰어다녔다. 서로의 이름을 부르며 함께 노래하기도 했다.

시끄러운 노래에도 아랑곳하지 않고 이어폰을 귀에 꽂은 채 묵묵히 걷던 남학생이 내 어깨를 쳤다. 미처 앞을 살피지 못한 것이다. 나도 이번엔 스트랩에 손을 끼웠기에 카메라를 떨어뜨리지 않았다. 놀란 쪽은 남학생이었다. 내 손에 들린 카메라부터 관찰하듯 내려다본 후 시선을 들었다. 미안해하는 마음이 눈동자에 어렸다. 그가 고개를 숙이려는데, 뒤따라오던 남학생 둘이 좌우에서 어깨동무를 하곤 데려가버렸다. 나는 서둘러 돌아섰지만, 세 친구는 이미 안개 속으로 사라진 뒤였다.

해마다 4월이 오면, 연안여객터미널의 화요일은 제주도로 수학여행을 떠나는 중고생들로 붐볐다. 여객선에서 1박하며 수요일 아침 제주에 도착하여 여행을 즐기고, 금요일에 비행기로 돌아와 주말을 쉬고 월요일에 등교하는 흐름이 자연스러웠던 것이다. 전세버스 앞 유리창에 학교 이름이 적혀 있겠지만, 오늘은 코끼리만 한 버스들도 안개에 묻히는 바람에 내 어깨를 치고 간 학생이 어디서 왔는지 확인하지 못했다. 쓸 만한 사진도 없었다. 왼손 작업이 역시 무리였던 것이다. 좋은 기회를 놓쳐 아쉬웠지만, 다음 주 화요일에도 수학여행단이 연안부두로 올 것이니 낙담하진 않았다. 자욱한 안개를 만드는 것은 해신(海神)의 뜻이겠지만.

작업실 계단에 서서 잠시 옷매무시를 고쳤다. 은혜가 충격이라도 받을까 걱정이었다. 전화를 걸려다가 그만두었다. 5년 전, 은혜는 영국 여행을 떠난 아버지를 교통사고로 잃었다. 새벽에 런던에서 걸려온 국제전화를 받곤 실신했었다. 그때부턴 전화 받는 것 자체를 꺼렸다. 비보(悲報)라면 직접 눈을 보고 말해달라고 했다. 다친 오른손을 등 뒤로 감추고, 카메라를 든 왼손을 명치까지 올려 옷에 묻은 핏자국을 가렸다.

은혜는 문 열리는 소리에 고개만 살짝 돌렸다. 현관 쪽을 등진 채 싱크대 앞에 서서 요리를 하느라 분주했다. 가스레인지에선 매운탕이 끓고 있었다. 지친 내 얼굴보다 등 뒤로 감춘 오른손이 눈에 먼저 들어왔던 모양이다.

"또 뭘 산 거야?"

"……그게, 너무 독한 안개 땜에……."

둘러대며 창 쪽으로 고개를 돌렸다. 쟁반에 놓인 초코쿠키 반

조각이 눈에 띄었다. 은혜는 내가 창가에 둔 물건을 치우는 법이 없었다. 거기에 둔다는 것은 돌아와서 이어가겠다는 뜻이다. 주린 갈매기가 쿠키 냄새를 맡고 달려들었던 걸까.

"독, 하다고?"

파를 썰던 은혜가 돌아섰다. 지금까지 단 한 번도 안개가 독하다는 소릴 내게서 들은 적이 없었던 것이다. 지난 3년 동안 내게 안개는 일부러 찾아가 살을 부비며 거듭 만나는 피붙이 같은 존재였다. 짙으면 짙을수록 머무는 시간도 늘고 찍는 사진도 많아졌다. 은혜가 다가와선 오른팔부터 잡아당겼다. 피투성이 손을 보자마자 눈물을 흘렸다. 손등이 젖어 뜨듯했다.

"못 샀어, 한라봉. 내가 금방 가서……."

미안함이 밀물처럼 몰려들었다.

은혜가 내 팔꿈치를 두 손으로 꼭 붙들었다.

"못 가, 아무 데도."

2

12월 1일 첫눈 내리는 날, 목창수의 전화를 받았다. 대학 1학년 봄 사진동아리에서 만나 졸업까지 거의 매일 어울렸다. 창수와 창협, 이름 첫 글자를 본따 '쌍창'이라 불렸다. 사진에 관한 모든 것을 함께 나눴지만 졸업 후 쌍창의 길은 달랐다. 내가 구름, 비, 안개처럼 자연물을 대상으로 작업하는 동안, 창수는 굵직굵직한 사회 문제를 기록하는 작업을 꾸준히 해 나갔다. 둘이서 함께 보내는 시간이 점점 줄었다. 12월의 그 전화가 2014년 창수의 첫 연락이었다.

"눈 보고 있었어."

정확하게 말하자면, 눈 내리는 바다를 보던 중이었다.

"인천엔 벌써 눈이 와?"

내가 인천에 틀어박혀 서울에도 거의 나가지 않는 반면, 창수는 전국 곳곳을 누볐다. 용산과 밀양과 강정을 다룬 기사에 첨부된 창수의 사진을 봤다. 사진 제공자 이름을 확인하기 전, 한눈에 창수의 솜씨임을 알아차렸다. 긴박한 장면일수록 무덤덤하게 부감으로 원경(遠景)을 담았던 것이다. 창수의 사진엔 주변으로 빠지는 배경도 없었고 중심에서 빛나는 주인공도 없었다. 건물 혹은 바위 혹은 숲과 송전탑까지도 똑같이 배경이거나 똑같이 주인공이었다. 창수가 밝히진 않았지만, 나는 그가 봄부터 내내 진도에 머무른다는 것을 알았다. 암실로 함께 들어가 먹먹한 감동을 나누지 않더라도, 인터넷은 서로의 근황을 알고 작품을 음미하도록 만들었다.

"첫눈이네."

올해 첫 전화란 걸 창수는 알까.

"구름 비 안개를 거쳐 눈으로 옮겨간 거야?"

창수도 전시회에 오거나 직접 평은 안 했지만 내 작품을 인터넷으로 꾸준히 검색한 것이다.

"아직은 안개고 그다음은 모르겠어. 넌?"

"작가들 몇 사람과 힘을 합쳐 아이들 책상을 찍는 중이야. 창협이 네가 꼭 가줬으면 하는 집이 있어서⋯⋯."

말끝을 흐렸다. 나는 솔직하게 답하려 했다. 마음 아프긴 한데, 내가 낄 자린 아닌 것 같아. 미안하다! 창수가 그 마음을 밟고 지나가듯 이어 말했다.

"미안해하지 말고 우선 봐. 사진 두 장 보낼게. 아이 핸드폰에서 어렵게 살려낸 거야. 보고 얘기하자."

전화가 끊겼다. 첨부파일로 날아온 첫 사진을 열었다. 해질 무렵 안개 짙은 인천 앞바다였다. 나도 지난 4월 전시회에 비슷한 사진을 걸었다. 2013년 4월 세월호 4층 선미갑판에서 찍은 사진의 제목은 '찾고 있어요'였다. 그 저녁 여객선은 짙은 안개 탓에 출항하지 못했고, 나는 승선하여 대기하다가 사진만 찍고 서둘러 내렸다. 두 사진이 무척 닮긴 했다. 해무 연작에 이 사진을 넣어도 어색하지 않을 정도였다. 하지만 여객선 갑판에서 안개를 찍은 사진이 이 세상엔 얼마나 많을까. 다음 사진을 열어 본 후에야 비로소 놀랐다. 전시장에 걸린 '찾고 있어요' 옆에서 미소 짓는 사내는 분명 나였다. 이 장면이 또렷하게 기억났다.

4월 12일 토요일 오전 11시 전시장을 지키던 은혜에게서 전화가 왔다. 1년 전 혼배성사를 했던 답동성당 수녀들이 오후 2시에 단체로 온다는 것이다. 서둘러 지하철을 타고 인사동으로 갔다.

수녀들을 이끌고 전시장을 한 바퀴 돌았다. 사진을 찍은 시간과 장소만 간단히 이야기했다. 감상은 여러분의 몫이며, 작가의 설명이란 또 하나의 선입견을 만들 뿐이라고 강조했다. 수녀들은 조용히 고개 끄덕이곤 질문 없이 내 뒤만 따랐다. 딱 한 번 예외가 있었다. '찾고 있어요'라는 제목 때문이었을까. 나는 걸음을 멈추고 수녀들을 기다려야 했다. 기다렸을 뿐만 아니라 세 걸음 되돌아가선 보충 설명까지 더했다.

"무얼 찾고 있어요?"

환갑을 넘긴, 최고참 수녀의 질문이 날아들었다.

"저마다 다르겠지요. 안나 수녀님은 이 사진에서 무얼 찾고 싶으세요?"

사진을 보는 수녀의 주름진 눈이 깊어졌다.

"그때가 다섯 살이었나…… 집 마당에서 기르던 개가 사라졌어요. 사실은 늙고 병들어 죽어버린 건데, 아버지는 막내딸이 상심할까 봐 그 개가 멀리 떠났다고 하셨답니다. 멀리 어디로 갔냐고 다시 여쭸더니, 커다란 문어, 대왕문어로 변하여 깊은 바닷속으로 떠났다고 답하셨어요. 고래도 아니고 대왕문어라니! 저 사진을 보니, 대왕문어 한 마리가 꼬리 대신 긴 다리들을 흔들며 안개 속에서 튀어나올 것만 같네요. 대왕문어가 된 개를 찾아도 되나요?"

"개로 변신한 대왕문어도 됩니다."

수녀들이 동시에 웃음을 터뜨렸고 나도 따라 미소를 지었다.

바로 그 순간을 찍은 사진이었다. 사진 하단에 봉분처럼 솟은 둥근 어둠들은 머릿수건으로 머리카락을 가린 수녀들의 뒤통수였다. 내 전화를 받자마자, 창수는 입술을 삐죽 내밀며 꿈이란 단어로 설득을 시작했다.

"꿈이 사진작가였대. 주말마다 서울 가서 전시회도 열심히 다녔대나 봐. 이름은 박재서. 할 거지?"

3

— 편히 하세요. 저는 거실에 있겠습니다. 도움 필요하면 언제든 부르세요.

재서 엄마가 쪽지를 건넨 뒤 책상 위에 쟁반을 놓았다. 둥글둥글하고 또박또박한 글씨체가 고왔다. 오렌지와 사과 그리고 유리컵에 콜라가 담겨 있었다. 나는 사흘 전 미리 문자를 보내, 방만 보여주시면 되고 따로 준비할 건 전혀 없다고 알렸다.

이 방에 오기 전 다섯 차례 회의에 참석했다. 사진전을 기획할 땐 박재서가 포함되지 않았다. 재서 엄마가 아들의 책상을 공개하고 싶지 않다는 뜻을 밝혔기 때문이다. 그런데 뒤늦게 재서 핸드폰이 선내에서 발견되었고, 전문가에게 맡겨 복원한 끝에 사진들을 되살렸다. 사진작가가 꿈인 재서답게 핸드폰엔 각종 사진으로 가득했다. 창수가 내게 보낸 사진 두 장도 끼어 있었다. 4월엔 특히 벚꽃을 찍은 사진이 많았다. 창수는 재서가 마지막으로 갔던 사진 전시회의 작가에게 촬영을 맡기면 어떻겠느냐고 재서 엄마를 설득했다.

박재서에 관한 기본적인 인적사항을 넘겨받았다. 한 부모 가정의 외아들이고 엄마 직업은 보험설계사였다. 유가족의 집을 방문하여 촬영을 마친 사진들을 합평하는 자리에도 참석했다. 두 명의 작가가 슬라이드로 사진을 넘기며 설명을 보탰다.

유가족에게 폐를 끼치지 않는다는 것이 가장 큰 원칙이었다. 전화로 시간 약속을 잡을 때, 과일이나 음료수는 사양한다고 미리 밝히라고 했다. 그렇지만 너무 강하게 거절하여 유가족의 마음을 불편하게 만드는 것도 피해야 했다. 어떻게 하든, 몸과 마음을 조심해야 하는 작업이었다. 창수는 한 가지를 더 내게 알려줬다. 재서 엄마가 아들을 잃고 실어증에 걸렸다는 것이다.

커튼부터 젖혔다. 초겨울 아침 햇살이 쏟아져 들어왔다. 현관으로 들어섰을 땐 너무 어둡고 조용해서 놀랐다. 방음벽을 댄 것처럼 잡음이 전혀 없었고, 벽시계의 숫자도 보이지 않을 만큼 컴컴했다.

재서의 방을 훑었다. 검푸른 바탕에 별들이 가득한 이불로 감싼 침대가 창 옆에 놓였다. 베개는 앵두보다 붉었다. 노란 등산복 차림에 망원경까지 목에 두른 곰 인형이 베개 옆에 비스듬히 앉아 있었다. 품에 안고 잠들기 딱 좋은 크기였다. 가슴에 달린 이름표를 확인했다. 윌리.

옷장과 행거가 침대 발치의 벽 하나를 전부 차지했다. 행거엔 아무 것도 걸려 있지 않았다. 소라 모양 손잡이를 쥐고 옷장을 천천히 열었다. 두 칸으로 나뉜 옷장엔 윗옷과 바지가 각각 걸려 있었다. 바지 아래 사각 대바구니엔 양말이 담겼고, 윗옷 아래 대바구니엔 곱게 접힌 손수건이 놓였다. 양말과 손수건을 양손에 하나씩 쥐었다. 이 양말을 신고 달리다가 이 손수건으로 땀을 닦던, 두 번 다신 이 양말을 신지도 못하고 이 손수건으로 땀을 닦지도 못하는 아이의 방에 내가 온 것이다.

침대 옆 보조 탁자엔 코브라처럼 긴 목이 우아한 스탠드와 카메라가 놓였다. 침대에 누워 손을 뻗으면 카메라를 쥘 만큼 가까웠다. 따로 책을 올려두기엔 탁자가 너무 작았다. 보조 탁자와 나란히 놓인 책상은 퍼즐을 끼운 듯 방 모서리에 딱 들어맞았다. 고개를 오른쪽으로 살짝만 젖혀도, 동창(東窓)으로 쏟아지는 햇살이 보였다. 빛에 휘감기지 않으면서, 빛에 물든 침대와 윌리를 살피려면 저 자리밖에 없었다. 빛과 어둠에 예민한 것은 사진작가의 첫 번째 자질이다.

침대에 엉덩이를 걸쳤다가 오뚝이처럼 일어섰다. 여덟 달 넘게 비어 있어서였을까. 살짝 체중을 실었는데도 불청객을 몰아내듯 스프링 반동이 심했다. 이 방 주인인 재서가 나를 밀어내는 기분이 들 정도였다. 책상을 살피기 전에 보조 탁자에 놓인 카메라를 집어들었다. 캐논 70d였다. 색감이 풍부하고 조작이 간편하여 사진에 입문하는 이들에게 인기가 많았다. 재서는 이 녀석으로 몇 장이나 찍었을까. 전원을 켰지만 불이 들어오지 않았다. 배터리가 방전된 것이다.

주인의 손때를 얼마나 어떻게 타느냐에 따라 물건들 분위기가 판이하게 다른 법이다. 깨끗하고 깔끔한 방이지만, 스탠드와 카메라가 일직선으로 나란히 놓인 것부터 맘에 걸렸었다. 사진에 미친 고교생은 카메라를 품고 자거나 가방 깊숙이 넣어두긴 해도, 스탠드와 줄을 맞추진 않는다.

내가 사진에 빠져든 때는 고등학교 1학년 가을이었다. 그때 처음 꽂힌 대상이 벽이었다. 실금이 가고 넝쿨이 기어오르고 페인트칠이 벗겨진 벽을 향해 셔터를 눌렀다. 벽을 부수겠단 거창한 욕심은 없었고, 만들고 허물어질 때까지, 벽이 겪은 변화를 기록하고 싶었다. 사람만 태어나 자라고 늙는 것이 아니라 벽도 그러했다.

책상을 손바닥으로 쓴 후 의자에 앉았다. 스프링 반동을 걱정하며 엉덩이를 깊숙이 밀어 넣었다. 이번에는 내 몸을 튕겨내지 않고 받아 안는 느낌이었다. 손을 뻗어 책상 위 2단 책꽂이의 책들을 손끝으로 훑었다. 1단엔 교과서들이 나란했고 2단엔 참고서와 문제집들이 놓였다. 사진에 관한 책이라도 있을까 찾아봤지만 없었다. 사진작가가 꿈이란 말을 들었고, 또 인사동에서 열린 내 전시회까지 찾아왔으니, 사진 전문 서적과 각종 사진으로 책상과 방을 꾸몄으리라 추측했었다. 예상이 틀린 것이다. 카메라에 조금 탐을 내는 아이일 뿐이었을까. 때 이른 죽음을 안타까워하는 주변의 시선이 아이의 사소했던 관심을 지나치게 부풀린 걸까.

허벅지가 울렸다. 진동으로 돌려둔 핸드폰을 꺼내 발신자를 확인하곤 통화버튼을 누른 후 목소리를 낮춰 물었다.

"갈까?"

"아니, 아직이야. 자기는?"

은혜의 목소리는 숨이 차지도 떨리지도 않았다. 평온한 목소리에 소금쟁이처럼 얹혔다.

"아직 찍고 있어."

"기분은?"

"괜찮아."

"카메라는?"

"캐논 70d"

"아, 나도 그 카메라 좋아. 아이 이름이……? 내가 이렇다니까. 꼭꼭 기억해둔다고 외웠었는데."

"재서, 박재서."

"맞다, 재서. 나 재서 방이 궁금해."

"사진 찍어 보내줄까, 지금?"

"아니야. 머릿속으로 그려볼래. 재서가 찍은 사진들이 액자로 걸려 있어?"

"아니."

"책상에 붙여뒀나?"

"거기도 없어."

"어머니가 치우신 건 아니고?"

"재서가 떠난 4월 15일 아침 그대로래. 어머니가 재서보다 늘 먼저 출근하기 때문에, 설거지와 아침 청소는 재서 몫이었대. 다른 날과 똑같이 혼자 밥 먹고 청소하고 등교한 거지. 사진을 여기 저기 붙여두는 애가 아닌가 봐."

"닮았네."

"누구랑?"

"잊었어? 처음 내 작업실에 와선 사진작가는 자기 작품을 함부로 걸어두지 않는 법이라고 지적한 사람이 누구였더라?"

"그랬어?"

"그랬어."

"저녁 같이 먹자. 뭐 사갈까?"

은혜가 뜸을 들인 후 답했다.

"나 때문에 서두르진 마. 재서 얘길 많이 들려줘. 오늘 저녁 간식은 그걸로 충분할 것 같아. 혹시 필름 카메란 없어?"

"없어."

"이상하네. 그 나이 즈음 사진에 빠지면 필름 카메라에 대한 환상부터 들끓기 마련인데."

"요즘 애들이 다 자기 같진 않아. 원고지 없이 컴퓨터 자판으로 넘어가듯, 필름을 모르고 DSLR로 곧장 들어가는 애들도 많다고."

"재서는 안 그래."

"어떻게 알아? 만난 적도 없으면서?"

"자길 닮았다면 필름의 매력을 당연히 알아차렸을 거야."

전화를 끊고 핸드폰을 바지 뒷주머니에 꽂은 뒤 오른 주먹을 쥐었다 폈다. 4월 15일의 안개가 떠올랐다. 재서는 그 안개를 뚫고 여객선에 올랐고, 나는 작업실로 돌아갔다가 병원으로 옮겨 열다섯 바늘이나 꿰맸다. 상처는 아물었지만 핸드폰을 5분만 들고 있어도 손이 욱신거렸다.

'아이들의 책상' 전시회 참가를 권하는 창수에게 하루만 시간을 달라고 했다. 혼자였다면 당장 합류했겠지만, 내겐 산달로 접어든 은혜가 있었다. 출산을 돕기 위해 상경한 장모는 하던 작업까지 미루라고 했다. 안개가 액운을 불러올 수 있으니 미리미리 피하라는 것이다. 습하고 어둡고 모호한 안개는 사람을 아프게도 만들고 사고에 빠뜨리기도 하고 심하면 죽음으로까지 내몬다고 했다. 그때마다 은혜는 내 편을 들었다. 내가 안개 속으로 걸어 들어가든 말든, 태어날 아기의 운명과는 상관없다고 강조했다. 그래도 나는 은혜의 마음을 확인하고 싶었다.

장모가 자리를 잠깐 비운 사이, 창수와 전화로 나눈 이야기를 들려줬다. 은혜도 쌍창과 사진동아리 동기였다. 학창 시절엔 창수와 더 가까웠지만 결혼반지는 내가 내미는 것을 받았다.

"아깝네."

"뭐가?"

은혜가 부른 배를 턱짓으로 가리키며 답했다.

"요 녀석만 아니면 내가 맡는 건데. 답은 했어?"

"아직. 해?"

"당연히 해야지. 그 학생들 배 타는 거, 자기가 봤다며?"

은혜의 기억력은 동아리에서 으뜸이었다. 5년 전 사진도, 찍은 날짜와 장소는 물론이고 사진에 담기지 않은 주변까지 어제 본 듯 설명했다.

"배 타는 것까진 못 봤고, 나를 지나쳐 다시 안개 속으로 사라졌어. 부두에 여객선이 있긴 했지. 6시 반 출항인데, 9시가 넘어서야 떠났고."

"그거나 그거나. 하여튼 박재서와 같은 시공간에 머물렀던 거네. 4월 15일 연안부두, 맞지?"

4월 12일 인사동에서 한 번 더 같이 머문 사연까지 밝히진 않았다. 그것까지 설명하면 허락을 미룬 이유를 따질 표정이었다.

"창수 말이, 재서가 나랑 어울릴 거래."

창수를 끌어들여 흐릿하게 넘어갔다.

"그럼 더욱 해야지. 나한텐 비밀로 하고 둘이서 못된 짓 많이 저질렀잖아?"

"누가 그래?"

"쌍창대첩에 대한 소문이 파다했어. 꼭 내 입으로 늘어놓아야 해? 창수 씨는 어쩌면 나보다도 더 자길 잘 아는 사람이야. 해, 꼭!"

불행이나 불운 따윈 논할 여지도 없었다. 은혜가 말을 보탰다.

"서랍 잘 뒤져봐."

"서랍은 왜?"

"기억 안 나? 현상한 사진 중에서 남 보여주기 부끄러운 것이든, 몰래 숨겨두고 혼자 흐뭇해할 것이든, 전부 서랍에 숨겨뒀던 거?"

"그랬나?"

"그랬지. '걸작은 서랍에서 잠잔다. 졸작도 마찬가지다.'"

서랍을 하나씩 열었다. 넓은 서랍엔 필기구와 수첩 그리고 포스트잇이 종이박스에 나눠 담겼다. 3단 좁은 서랍으로 넘어갔다. 윗칸을 차지한 건 이어폰과 녹음기 그리고 지금은 쓰지 않는 핸드폰 두 개였다. 핸드폰을 꺼내 들곤 피식 웃었다. 나 역시 핸드폰을 바꿀 때, 쓰던 핸드폰을 헐값에 넘기는 대신 집으로 가져왔다. 통화만 안 된다 뿐이지, 사진을 찍거나 와이파이가 가능한 곳에서 팟캐스트를 골라 듣기엔 안성맞춤이었다. 새 핸드폰이 방전되거나 저장 공간이 부족할 때는 더더욱 이런 녀석이 요긴하고 정겨웠다. 가운데 서랍엔 각종 공이 가득했다. 탁구공에서부터 골프공과 테니스공과 야구공과 바람 빠진 핸드볼공까지 있었다. 공을 하나하나 꺼내 찍었다. 야구공 두 개엔 지금은 메이저리그로 진출한 타자 두 명의 친필 사인이 선명했다. 아직까지 서랍엔 사진과 관련된 물건이 단 하나도 없었다. 제일 아래 칸은 자물쇠 때문에 열 수 없었다. 비밀번호 네 개를 돌려 맞추는 자물쇠를 만지작거렸다. 아끼는 카메라도 탁자에 올려두고 쓰는데, 이 서랍은 왜 자물쇠까지 채웠지?

방문을 열고 고개를 내밀었다. 두 손을 겹쳐 무릎에 얹고 허리를 세운 채 가만히 앉았던 재서 엄마가 벌떡 일어섰다. 눈이 마주쳤다. 내가 부르기만을 기다린 듯했다.

"잠시만."

말은 못해도 듣긴 했다. 재서 엄마가 방으로 들어설 때까지 기다렸다가, 나는 서랍에 달린 자물쇠를 가리켰다.

"열어 보셨습니까?"

얇은 입술이 부르르 떨렸다. 아들을 잃은 후 단 한마디도 뱉지 않은 입이었다. 분노도 고통도 그리움도, 혀끝까지 밀려 나온 감정들을 말하지 않고 삼키기만 했다. 보조개가 깊은 두 뺨에 경련이 일었다. 눈 밑에서부터 턱까지, 수없이 흘러내린 슬픔의 길이 자글자글 일그러졌다. 그 주름은 눈썹과 눈썹 사이로 이어져 이마에도 깊은 골을 만들었다. 창백한 피부 속 실핏줄들이 눈귀를 따라 귓바퀴까지 도드라졌다. 눈물이 한 방울 뚝 흘렀다. 그녀는 돌아서서 방을 나가버렸다. 나는 뒤따라가지 못한 채 잠시 그대로 서 있었다. 내가 실례라도 한 걸까. 자물쇠를 열고 세 번째 서랍을 봤느냐고 물었을 뿐이다. 휴대폰으로 시간을 확인했다. 재서의 방에서 촬영을 시작한 지도 두 시간이 훌쩍 지났다. 돌아온 재서 엄마 손엔 수첩이 들려 있었다. 연필로 빠르게 적어 나갔다.

— 그것까지 열어야 해요?

"원치 않으면 안 하셔도 됩니다."

창수는 유가족이 동의하지 않는 촬영은 절대로 하지 말라 했다.

— 나머진 다 찍으셨어요?

"네. 두 가지만 여쭤도 되겠습니까?"

고개를 끄덕였다.

"방에 컴퓨터가 없네요. 재서가 혹시 따로 노트북을 썼나요?"

— 노트북을 3년 전에 사줬어요. 그런데 자긴 노트북 필요 없대요. 그걸 팔고 아르바이트로 번 돈까지 합쳐 카메라를 사고 싶다는 거예요. 하도 졸라서 허락했습니다. 작년 성탄절에 마련한

게 바로 저 카메라예요.

"컴퓨터가 없으면 불편할 텐데요. 저 카메라도 필름을 쓰지 않고 디지털로만 사진 파일을 옮기고 편집합니다. 이 방에선 그 작업이 불가능했겠군요."

— 자세한 건 모릅니다. 재서는 교회 문화관에 가서 늘 사진 작업을 했어요. 거기에 아마 컴퓨터가 있나 봅니다. 친구들끼리 모여 사진도 찍고 작품도 서로 평가한다고 했어요. 저도 컴퓨터를 사주려고 했습니다. 다른 친구들 집에는 전부 컴퓨터가 있는데 너만 없으면 이상하지 않냐고 묻기도 했어요. 그런데 정말 자긴 필요 없단 거예요. 사진 찍는데 오히려 방해만 된다더군요. 대학에 입학하면, 싫어하더라도 노트북을 새로 한 대 선물할 생각이었죠.

"재서 꿈이 사진작가라고 들었습니다만 방엔 사진이 전혀 없네요. 따로 모아두기라도 했습니까?"

재서 엄마는 망설이다가 종이가 찢어질 만큼 연필을 꾹꾹 눌러 썼다.

— 재서가 서랍을 자물쇠로 채워둔 건 엄마인 제게도 보이고 싶지 않단 뜻이에요.

역시 서랍을 열지 않겠다는 뜻인가. 이 정도에서 마무리를 한다면 아쉬움이 클 것이다. 고등학교 2학년 남학생의 책상으론 적당하지만, 사진작가의 꿈이 이 책상에 서리진 않았다. 그러나 말을 잃은 여인의 마음을 바꿀 방법이 내겐 없었다.

"알겠습니다."

포기하지 않은 쪽은 오히려 재서 엄마였다.

— 우리 재서가 사진에 얼마나 재능이 있는지 알려주겠단 약속을 하시겠어요? 열심히 찍긴 했지만 전문가에게 평가를 받은 적은 없나 봐요. 작가님이라면 부탁을 드려도 되지 않을까 생각했어요. 재서는 편의점 아르바이트 때문에 시간을 많이 낼 수 없었어요. 정말 가고 싶은 전시회도 놓치기 일쑤였죠. 재서가 마지막으로 간 전시회가 작가님 전시회라면서요?

"사진을 주시면 꼼꼼히 살펴본 후 돌려드리겠습니다. 그때 재서의 재능에 관해서도 솔직하게 말씀드릴게요."

재서 엄마는 서랍 앞에 쭈그리고 앉더니 자물쇠를 쥔 채 숫자를 맞췄다. 순식간에 자물쇠가 열렸다. 묻지 않았는데도, 그녀가 적었다.

— 저는 가을에 태어났고 재서 생일은 5월 중순이에요. 재서가 그 바다에서 돌아온 후에도 한 달 넘게 서랍의 비밀번호를 못 풀어 저 혼자 낑낑댔어요. 그러다가 어느 새벽에 재서가 카메라를 사가지고 와서 했던 말이 떠올랐어요. 평생 결혼도 하지 않고 나랑 둘이서만 살겠다고. 그땐 혼자 사는 엄마가 가여워 보였나보다 생각했죠. 카메라를 산 이후에 자물쇠를 달았으니까, 그날 제게 들려준 말이 비밀번호에 깃들지 않았을까 생각했어요. 그래서 재서 생일에 제 생일을 더한 숫자를 맞췄더니 자물쇠가 열렸습니

다. 이 작은 자물쇠에게까지 저랑 꽁꽁 엮이고 싶었나 봅니다.

그 저녁 낯선 곳에서, 재서에 관한 이야기를, 재서의 작품까지 곁들여 은혜에게 들려줬다. 안산에서 지하철을 타고 신도림에 내릴 즈음 은혜에게서 전화가 왔던 것이다. 낮에 통화했을 때와는 전혀 다른 목소리였다. 진통이 시작되어 엄마와 함께 택시를 탄다고 했다. 병원에 도착하자마자 은혜가 누워 있는 병실로 갔다. 은혜는 거친 숨을 들이마시고 내쉬다가, 나를 보곤 곁눈질로 침대옆 의자를 권했다. 은혜가 팔씨름이라도 하듯 내 손을 힘껏 쥐며 물었다.

"서랍에 숨겨둔 보물은 찾았어?"

4

'아이들의 책상' 전시회는 2015년 4월부터 그해 말까지 광화문광장을 시작으로 전국을 돌며 진행되었다. 사진작가들이 못과 망치를 들고 전시 공간을 직접 꾸몄다. 사진과 함께 아이들의 책상에서 가져온 물건을 유가족 동의를 얻어 함께 두기도 했다. 문구류가 대부분이었고, 아이들이 안고 자던 인형이나 수행평가를 위해 완성한 그림, 부모님이나 선생님께 쓴 편지도 있었다.

나는 전시 준비에 힘을 많이 보태진 못했다. 아들 쌍둥이를 출산한 은혜가 나를 늘 곁에 두려 했기 때문이다. 사진 작업을 위해서라면 언제나 어디든 다녀오라 격려하던 태도가 바뀐 것이다. 병원에선 가벼운 산후 우울증이라고 했다. 일시적인 불안증이니, 당분간은 산모가 원하는 대로 함께 머무는 것이 좋겠다는 것이다. 내 설명을 들은 창수는 코를 찡긋하며 특유의 눈웃음을 지었다.

"사진작가의 아내보다 힘든 일은 없어. 말이 좋아 부부가 함께 쓰는 스튜디오지, 은혜가 많이 양보해왔잖아? 여긴 내게 맡기고 당분간은 곁을 지켜."

창수의 지적은 아프지만 사실이었다. 내가 주제 하나를 붙들고 5년씩 작업에 몰두할 때, 은혜는 소품 몇 점을, 그것도 잡지사의 청탁을 받고 찍었을 뿐이다. 결혼하고 나선 사진작가 윤창협의 충실한 조력자이자 품평가의 위치에만 머무른 것이다.

참사 1주기를 맞아 광화문광장에 마련된 첫 전시회엔 나도 시간을 냈다. 장모는 물론이고 대구에 사는 처제까지 오라 해서 은혜 곁에 붙여둔 뒤, 창수가 알려준 스튜디오로 향했다. 일부는 안산에서 직접 올라오고 일부는 창수와 팀 작업을 하는 사진작가들이 함께 마련한 스튜디오에서 광화문으로 곧장 액자와 패널을 옮길 예정이었다.

창수는 은혜의 안부만 묻고는 별다른 말이 없었다. 회의를 하면서 얼굴을 익힌 작가들과 인사를 나눴다.

"재서의 책상, 근사했습니다."

"참사만 안 당했으면 재서를 보조로 쓰고 싶더군요. 그 나이에 그 정도 실력을 갖추는 게 쉽진 않죠."

어투는 부드럽지만 가슴을 찌르는 지적도 있었다.

"좋긴 한데, 재서랑 윤 작가는 너무 다르지 않나요? 재서가 윤 작가 전시회를 일부러 찾아갔었단 얘길 듣고 농담이라 생각했습니다."

"재서는 터뜨리는 쪽이니 목창수 씨가 더 어울려요. 창협 씨 작품들을 몇 편 찾아봤는데, 주로 품고 가리고 숨기는 쪽이시더라고요. '구름'이나 '비' 연작은 그래도 나왔는데, '안개' 연작은 솔직히 전혀 모르겠어요. 너무 많이 가린다고 생각하진 않으시나요? 하기야 극과 극은 통한다는 말도 있긴 합니다. 창수 씨에게 창협 씨 같은 분이 친구란 것도 제겐 신기해요."

쌍창의 나날을 그들은 모르는 것이다.

스튜디오에 도착하니, 이미 전지(全紙)로 출품작들을 포장한 뒤였다. 광화문에 사진을 걸기 전 한 번 더 내 작품을 확인하고 싶었다. 창수가 알려준 클라우드에 파일을 올리기 직전에도 마지막 검토를 했지만, 놓친 부분이 있지 않을까 하는 걱정이 밀려들었다. 놓친 부분을 발견한다 해도 이미 늦었지만, 그래도 16이라고 번호를 매긴 사진을 찾아 바닥에 놓고 열십자로 묶은 줄을 푼후 종이를 벗겨내기 위해 모서리부터 눌렀다. 그때 허벅지가 울렸다. 창수였다.

"길 건너 편의점으로 와. 손님 오셨어."

손님? 스튜디오를 나서며 단어를 곱씹었다. 내가 이곳에 있다는 걸 아는 손님이 누구란 말인가. 편의점 앞 인도에 놓인 원탁에 앉은 두 사람이 보였다. 도로를 향한 창수가 나를 발견하고 손을 흔들었다. 맞은편 여인이 고개를 돌렸다. 재서 엄마였다.

그녀가 내민 종이상자를 받았다. 열십자로 묶은 실을 풀고 상자를 감싼 흰 종이를 모서리부터 눌렀다. 그리고 상자를 열었다. 조심스럽게 눈높이까지 집어들었다. 재서의 옷장에 걸려 있던 교복 윗도리였다. 가슴에 단 이름표엔 '박재서' 석 자가 또렷했다. 재서 엄마가 수첩을 꺼냈다. 빠르게 적어 나갔지만, 둥글둥글하고 단정한 필체는 무너지지 않았다.

— 이것도 함께 전시해주세요, 작가님 사진과 나란히, 가장 어울리는 자리에.

창수가 끼어들었다.

"어제 문자를 주셨어. 소지품을 같이 둘 수 있냐고 하셔서 얼마든지 가능하다고 답했지. 교복을 가져오실 줄은 몰랐네."

교복 윗도리를 종이상자에 올려두곤 찬찬히 살폈다. 목깃과 소매에 묻은 얼룩이 눈에 들어왔다. 재서 엄마는 내 시선이 머문 자리를 알아차리곤 필답을 이어갔다.

— 체취를 맡고 싶어서 그냥 뒀어요. 빨래를 하면 우리 재서 냄새가 다 사라지니까. 작가님도 맡아보세요.

허리를 반쯤 숙였다. 왼 어깨를 집어들곤, 재서의 심장이 뛰던 가슴에 코를 묻었다. 깊게 숨을 들이마셨다. 정말 냄새가 났다. 열여덟 살 남학생의 땀 냄새 그리고 옅은 향기.

"이 향기는 뭔가요?"

— 떠나기 전날, 그러니까 4월 14일 밤에 벚꽃을 한 아름 꺾어 품에 안고 왔어요. 나뭇가지를 꺾는 건 안 되는데, 한 번도 그런 적이 없는데, 그 저녁엔 꼭 내게 선물을 주고 싶었나 봐요. 꽃병에 꽂아두지 않고, 제가 퇴근할 때까지 꽃을 안고서 기다렸대요. 현관을 열자마자 벚꽃 다발을 제게 내밀더군요. 그 벚꽃 향기일 거예요.

지난겨울 재서의 집 근처에서 본 가로수를 떠올렸다. 그 나무들이 해마다 4월이면 하얀 꽃을 피우리라곤 상상을 못했다.

"이 교복을 광장에 전시하면 재서 체취가 점점 옅어질 겁니다. 잡냄새들이 스며들 수도 있습니다. 자동차들이 쉼 없이 다니는 대로 옆이에요. 관람객도 줄잡아 만 명은 넘을 거고요."

재서 엄마가 연필을 놓고 교복을 매만졌다. 가늘고 긴 손가락이 떨렸다. 나는 창수에게 눈짓을 보냈다. 이건 전시하지 말자. 이 교복 없어도 충분하지 않아? 창수는 눈을 멀뚱멀뚱 뜬 채 답이 없었다. 재서 엄마가 수첩을 넘겨 적었다.

— 재서를 1년 동안 저만 꼭꼭 품고 지냈어요. 이젠 우리 재서가 더 많은 사람들을 만났으면 해요. 꼭 함께 전시해주세요. 부탁

드립니다.

그녀가 일어나서 허리를 숙였기 때문에, 나와 창수도 급히 따라 일어나서 맞절을 했다. 직각으로 칸막이를 하나 더 만들어, 내가 찍은 사진 옆에 교복을 두는 것으로 전시 공간을 조정했다.

작품들을 트럭에 실어 보낸 후 창수와 함께 지하철을 탔다. 창수는 채팅창을 세 개나 띄워놓고, 안산을 출발한 팀과 광화문에서 대기하는 팀과 회의를 하면서 또 한 군데 언론사와 서면 인터뷰를 진행하느라 바빴다. 나는 팟캐스트라도 들을까 하고 사이트를 찾아들어갔다. 즐겨찾기에 넣어둔 프로그램 중에서 에피소드가 업로드 된 것이 다섯 편이었지만 당장 마음을 끄는 소제목은 없었다. 광화문역을 나오자마자 창수가 핸드폰으로 제 머리를 톡톡 친 뒤 말했다.

"난 광장으로 바로 갈 테니까, 창협이 넌 교보 옥상에 올라가. 미리 양해를 구해뒀으니, 내 이름을 대면 통과시켜줄 거야."

"거긴 왜?"

"'아이들의 책상'을 광화문에 전시하는 과정도 기록으로 남기려고. 옥상에서 3분이든 5분이든 일정한 간격을 두고 광장을 내려다보며 찍어. 전시 준비를 마치면 그때 내가 다시 연락할게."

"네가 해. 부감은 나보다 훨씬 낫잖아."

"그럼 네가 현장 지휘를 맡을래? 오늘은 내가 개미를 할 테니 넌 나비를 맡아. 훨훨 저 높은 곳에서 땀 흘리는 개미들을 담아두라고. 게다가 오늘은 날씨도 창협이 네 편이더라."

　우리는 각자 다른 출구를 통해 지상으로 나왔다. 창수는 곧장 광화문광장으로 연결된 출구로 뛰어갔고, 나는 교보문고 앞 출구로 나와 주변을 살폈다. 오늘 날씨는 먹구름이 내려앉았고 안개까지 밀려들어 광장 전체의 시야가 탁했다.

　건물 옥상으로 올라가 3분마다 광화문광장을 찍었다. 사진작가들이 이순신 장군 동상과 농성 천막 사이에 벽을 세우고 양면에 액자를 걸기 시작했다. 패널 전체가 사진인 것도 있었다. 유품은 사진과 직각으로 칸막이를 치고 나무 탁자를 놓아 그 위에 뒀다. 아침 10시를 겨우 넘긴 시각이지만 관람객들이 삼삼오오 모여들었다. 노란 점퍼를 입은 유가족들이 팔을 걷어붙이며 돕겠다고 나섰다. 창수를 비롯한 사진작가들은 정중히 도움을 거절했다. 조금이라도 더 안전하고 완벽한 전시를 위해, 작가들이 한 걸음 더 딛고 한 뼘 더 뻗기로 한 것이다.

　스무 번 정도 촬영하고 나니 전시장 윤곽이 드러났다. 벌써 한 시간이 지났다. '아이들의 책상'이란 전시 제목이 첫 패널에 큼지막하게 적혀 있었다. 마지막 패널엔 참여 작가 명단과 책상 주인인 학생들 이름이 나란히 담겼겠지만, 내가 머문 자리에선 보이지 않았다. 접근을 막던 안내판을 걷자 관람객들이 전시물 앞으로 성큼 다가섰다. 사고 현장 사진이나 유가족 활동을 모은 사진이 광장에 걸린 적은 있지만, 희생된 학생들의 책상을 찍은 사진이 공개

되긴 처음이었다. 나는 전시물은 물론이고 몰려든 관람객의 반응도 카메라에 담았다. 점점 안개가 짙어졌다. 멀리 북한산은 아예 보이지 않았고 가까운 광화문도 흐릿할 정도였다.

한 번만 더 촬영한 후 창수와 연락을 취하기로 했다. 3분 후 카메라를 들고 광장을 내려다봤다. 전체를 찍고 부분부분 줌인하여 셔터를 눌렀다. 내가 출품한 사진은 칸막이에 가렸지만, 재서의 체취가 배인 교복 윗도리는 이름표까지 식별이 가능했다. 그 앞에 한 사내가 서 있었다. 셔터를 누른 후 3분 전 사진을 돌려보았다. 야구모자를 눌러 쓰고, 계절에 어울리지 않는 검은색 반팔 셔츠 차림의 건장한 사내를 곧 찾았다. 예감이 좋지 않았다. 물론 전시장에 가면 사진 한 장을 10분 이상 감상하는 이가 더러 있긴 했다. 그러나 지금 광화문광장에 모인 대부분의 관람객이 시계 방향으로 돌며 아이들의 책상을 감상하는 데 반해, 저 사내는 오로지 재서의 교복 앞에만 머물렀다. 또 하나 이상한 점은 사내의 자세였다. 사진이나 교복을 쳐다보지도 않고 고개를 푹 숙인 채 어깨를 들썩였다. 흐느끼는 듯했다. 혹시 재서의 친척일까.

3분 후 다시 초점을 맞췄다. 광장 전체를 찍기 전에 사내부터 찾았다. 여전히 사내는 떠나지 않고 자리를 지켰다. 천천히 고개를 들더니 양팔을 내밀어 허공을 더듬기 시작했다. 더듬는 손을 따라 고개도 상하좌우로 움직였다. 바닥에 닿을 정도로 무릎을 굽히기도 하고, 두 발을 차올리며 하늘로 양팔을 뻗기도 했다. 한 걸음 또 한 걸음 팔을 내민 채 교복으로 다가갔다. 손끝이 교복에 닿기 직전, 사내는 주먹을 쥐곤 두 걸음 급히 물러섰다. 그리고 다시 교복을 만지려고 팔을 뻗었다가 거두기를 반복했다. 만지고 싶지만 차마 만지지 못하고 주저하다가 물러서는 것이다. 사내는 양손바닥으로 제 뺨을 힘차게 때리곤, 그대로 양손에 얼굴을 묻은 채 어깨가 들릴 만큼 긴 숨을 들이마셨다. 그러다가 갑자기 팔을 내리곤 교복을 향해 내달렸다. 교복을 훔쳐 달아나기로 마음을 정한 것이 분명했다.

나는 급히 옥상에서 엘리베이터를 탔다. 1층으로 내려가는 동안 창수에게 계속 전화를 걸었다. 통화 중이었다. 전속력으로 빌딩을 나온 뒤, 보행자 신호가 들어오기도 전에 횡단보도로 뛰어들었다. 자동차가 끼이익 소리를 내며 멈춰 섰다. 나는 죄송하단 사과도 하지 않고 그대로 전시장까지 내달렸다. 재서의 교복 앞에 도착했다. 재서의 책상을 찍은 사진은 연두색 액자에 담겨 전시판 가운데에 놓였고, 직각으로 세운 칸막이엔 교복이 얌전하게 걸려 있었다. 숨을 헐떡이며 좌우를 돌아보면서 야구모자 사내를 찾았다. 갑자기 달려든 나 때문에 놀라 물러난 관람객 틈에 야구모자는 없었다.

"왜 그래? 무슨 일이야?"

창수가 와선 등 뒤에서 어깨를 붙잡았다. 그 손을 뿌리쳤다.

"재서 교복을 훔치려 했어, 야구모자를 쓴 사내가……."

창수는 관람객들을 향해 미소를 지으며 내게 물었다.

"이렇게 눈들이 많은데 어떤 미친놈이 교복을 훔쳐가겠어? 아이들 책상을 보려고 귀한 걸음을 하신 분들이야. 창협이 네가 안개 탓에 헛것을 봤나보다. 안 그래도 그만 내려오라고 연락할 참이었어. 저기, 옥상에서 전시장이 보이지 않은지 한참 되었겠네."

창수의 오른팔을 따라 교보 빌딩을 올려다봤다. 3층까진 희미하게 윤곽이 잡혔지만 그 위론 어느새 안개만 자욱했다. 창수가 어깨동무하듯 내 어깨를 둘렀다가 풀곤 돌아섰다. 그를 불러 세우려 했지만, 둘 사이로 관람객들이 금방 끼어들었다. 아무도 야구모자를 쓰지 않았다.

5

"윤 작가님, 안녕하세요."

마지막 음이 심하게 떨렸다. 낯선 목소리.

"누구시죠?"

"최영순입니다."

모르는 이름.

"잘못 거신 것 같습니다만……."

"박재서 엄맙니다."

실어증을 1년 넘게 앓은 여인의 전화였다.

"제 목소리 듣고 놀라셨죠?"

"언제 목소릴 되찾으셨어요?"

"되찾은 게 아닙니다. 말을 하기 싫었을 뿐이에요. 이제 그 맘을 바꾸기로 했어요. 제일 먼저 윤 작가님께 전화드리는 겁니다. 고맙습니다. 작가님 덕분에 재서가 남긴 사진들이 많은 분들의 관심과 사랑을 받게 되었어요."

"제가 한 일은 없습니다. 재서 군 솜씨가 좋아서입니다."

"작가님! 염치없지만 부탁이 있어요. 저는 평생 부탁이란 걸 모르고 살았고, 재서에게도 미리미리 자기 일을 챙기고 다른 이에게 부탁하지 않는 사람이 되라고 잔소리를 했는데, 그럼에도 부탁을 꼭 해야 할 때도 있다는 걸, 반드시 말을 해야 하는 순간을 놓쳐선 안 된다는 걸 이젠 알아요. 제가 왜 실어증에 걸렸는지 모르시죠? 그날, 4월 16일 아침에, 9시 반쯤 재서에게서 전화가 왔었어요. 하필 회사에서 가장 바쁜 시간이었죠. 동료 둘과 이번 달 영업 실적을 높이기 위한 회의를 하던 중이었거든요. 한 푼이라도 아끼면서 한 푼이라도 더 버는 방법을 고민했어요. 무음으로 돌려놓은 휴대폰 화면이 켜지면서 아들 이름이 바로 떴어요. 제가 전화를 받지 않으면 따로 문자를 남기는 아이니까, 이번에도 그러려니 하고 회의를 계속했답니다. 곧 전화가 저절로 끊어졌어요. 한 시간 반이나 더 회의를 하고선 핸드폰을 확인했는데, 재서한테 문자가 들어와 있었어요. 딱 한 줄, '엄마 사랑해 꼭 살아서 나 갈게'. 가슴이 쿵 내려앉았습니다. 재서에게 전화를 걸었지만 받 질 않더군요. 이미 늦은 거죠. 작가님! 그때 제가 전화를 받았더 라면 재서를 구할 수도 있지 않았을까요? 아들에게 말을 해야만 하는 그 중요한 순간을 놓쳐버린 겁니다……. 재서는 사고 후 7일 째인 23일에 돌아왔어요. 장례를 치르고 나니 울 힘도 없더군요. 모든 말들이 무의미했어요. 무슨 말을 해도 우리 재서는 돌아오 지 않으니까요."

"……그 부탁이, 뭔가요?"

"5월 15일이 재서 생일이라서 조촐하게 생일 모임을 가질까 하는데, 참석해주셨으면 해서요."

강화도 해무 촬영 선약이 있었다. 일기예보까지 확인하여 잡 은 기회였다.

"네. 가겠습니다."

"부탁이 하나 더 있습니다. 재서가 사진 작업을 했던 교회 문 화관에서 생일 모임을 할 예정이에요. 그때 작가님이 재서 카메라 로 재서를 대신해서 촬영을 해주셨으면 합니다."

뜻밖의 부탁이었다. 나는 언제나 내 카메라로만 작업했다. 은 혜 카메라를 쓴 적도 없었다. 게다가 누구를 대신하여 작업하지 도 않았다. 재서 엄마의 목소리가 심하게 떨렸다.

"모델을 했던 아이들이 여섯 명인데, 모두 재서와 함께 갔어요. 분장을 도와준 아이만 한 학년 아래지요. 재서가 좋아하던 스타일 그대로 재현해주겠답니다. 모델은 재서 중학교 때 친구 여섯 명이 자원했어요. 재서의 작업 과정을 이해하는 분은 지금으로선 윤 작가님뿐이세요. 부디…….”

목이 메는지 말을 잇지 못했다. 침묵이 길어지자 혹시 말문이 다시 막히지나 않을까 걱정스러웠다.

“하지요. 하겠습니다.”

그녀의 목소리 톤이 한 옥타브는 올라갔다.

“고맙습니다. 작가님!”

“저도 조건이 하나 있습니다.”

“뭔가요?”

다시 낮고 조심스러워졌다.

“고등학교 2학년 박재서가 아니라, 그보다 1년 더 사진에 매진한 고등학교 3학년 박재서가 찍을 법한 사진을 담아보겠습니다.”

“고등학교 3학년……! 그렇겠군요. 2015년 지금 재서는 고3이겠어요. 더 좋아요, 작가님! 꼭 고3 박재서의 작품을 보여주세요. 저도 몹시 궁금해요.”

“촬영장을 좀 더 업그레이드 해볼까 합니다. 제 작업실을 꾸몄던 친구 둘을 먼저 보낼게요. 재서가 작업했던 곳 주소를 알려주세요.”

덜컥 승낙은 했지만 여간 부담스러운 자리가 아니었다. 우선 은혜에게 강화도 나들이를 하루만 미루자고 했다. 은혜의 미간이 좁아졌으므로, 나는 실어증에 걸렸던 재서 엄마의 목소리를 처음 들은 기분을 들려줘야 했다. 은혜는 이야기를 끝까지 듣곤 내 손을 당겨 쥐었다. 눈물을 글썽이면서도 툭 농담을 던졌다.

"망신당할까 걱정이겠네?"

"걱정은 무슨."

"재서에게 주는 선물이라고 생각해. 근데 질투 나."

"질투?"

"난 자길 스무 살에 만나 지금까지 선물로 받은 사진 한 장 없는데, 재서는 일주일 뒤에 당신이 찍은 사진을 왕창 받을 거잖아?"

"내가 한 장도 안 줬다고? 정말?"

"이 무심한 남자를 뭘 믿고 남편으로 삼았을까. 내가 자기에게 준 사진이 몇 장인지 알아?"

언뜻 두 장이 떠올랐지만 그보다 더 많으리라 직감하곤 말을 아꼈다. 은혜는 정확한 숫자를 대지 않는 이상 밥과 설거지는 내 담당이라고 했다.

일주일 뒤 약속 시간보다 50분 먼저 교회 문화관에 닿았다. 말이 좋아 문화관이지 본당에 딸린 창고를 개조한 허름한 단층 건물이었다. 문을 반쯤 열기도 전에 옥구슬 같은 목소리가 귀를 당겼다.

"어서 오세요. 윤 작가님이시죠?"

방에는 검은 천을 목에 두른 남학생 여섯 명이 이발소에서처럼 열을 지어 의자에 앉았다가, 동시에 출입문으로 고개를 돌렸다. 석회를 바른 듯 새하얀 얼굴에 빨갛고 파랗고 노란 원들이 눈과 코와 입과 뺨과 이마를 덮었다. 옥구슬 단발머리 소녀가 하나 남은 빈 의자에 나를 앉혔다. 그리고 무대화장을 시작하기 위해 붓을 들었다.

"난 사진만 찍을 거야, 재서 대신."

"맞아요. 재서 오빠 대신이니 오빠처럼 하셔야죠. 작년 3월에 여기서 작업할 때 재서 오빠도 화장을 했어요. 모델 서는 친구들과 한마음이 되겠다고요. 그러니 작가님도 하셔야 해요."

이미 화장을 마친 남학생들이 고개를 끄덕였다.

"널 어떻게 믿고?"

"공희주. 이게 제 이름인데요. 꼭 기억해두세요. 재서 오빠 부탁만 아니라면 여기서 이런 거 안 했어요. 자, 긴말할 틈 없으니 꼼짝 마시고."

"재서 어머님은?"

"생일떡 찾으러 잠시 나가셨어요. 지금부턴 제가 질문할 때 외엔 입을 열면 안 됩니다. 아셨죠?"

얼굴을 내맡겼다. 여기까지 왔는데 화장만은 못하겠다고 뺄 수 없었다. 희주가 얼굴에 붓질을 하는 동안, 나는 눈을 감고 불

쾌한 감촉을 참았다. 이곳에 앉아서 얼굴을 내맡기기까지 내가
한 일들을 되짚었다.

자물쇠를 풀고 세 번째 서랍을 연 후 물건들을 꺼냈다. 먼저
나온 것은 니콘 fm2였다. 필름 카메라도 하나쯤 즐겼으리라는 은
혜의 예상이 맞았던 것이다. 그다음에 잡힌 것은 리플릿 뭉치였
다. 종이상자에 담긴, 재서가 관람한 사진 전시회의 리플릿은 모
두 서른 장이었다. 김영갑, 배병우, 노순택, 이상엽, 김흥구와 같은
우리나라 사진작가는 물론이고 세바스치앙 살가두, 엘리엇 어윗,
앙리 카르티에 브레송, 스티브 맥커리 같은 외국 사진작가들의 특
별 전시회도 열네 곳이나 다녀왔다. 시간 순서대로 놓인 리플릿의
제일 위는 '윤창협의 <해무>'였다. 리플릿을 한 장 한 장 넘기다
보니 3년 전 '윤창협의 <비>'가 나왔다. 혹시나 하는 마음에 다시
5년을 더 내려갔다. 8년 전이면 2006년이고, 재서가 초등학교 3학
년 때였다. 가장 밑에서 '윤창협의 <구름>' 리플릿을 찾았다. 그
어린 나이에 정말 전시회에 왔던 걸까. 리플릿에 적힌 전시장에
눈이 갔다. 안산의 G화랑이었다. 그 전시회를 마지막으로 G화랑
은 활동 무대를 서울 인사동으로 옮겼다. 재서 엄마는 2006년 봄
부터 재서가 집에 있던 사진기를 들고 동네를 돌아다녔다고 적었
다. 재서는 2014년 봄 우연히 신문 기사를 읽고 관심이 생겨 인사
동 전시회에 온 것이 아니었다. 세 차례 개인전을 모두 감상한, 내
작업에 오랫동안 관심을 쏟은 사진작가 지망생이었다.

리플릿 뭉치 아래엔 앨범 한 권이 있었다. 겉장 제목란엔 '광대의 비밀'이라는 글씨가 큼지막했다. 다음 장엔 '2014년 3월 22일 촬영'이라고 적혀 있었다. 사진은 모두 스물두 장이었고, 피에로 분장을 한 세 명의 남자와 세 명의 여자가 다양한 표정을 지어보였다. 극단적인 클로즈업으로 표정을 과장하는 방식을 취했다. 얼굴을 전부 담은 사진은 단 한 장도 없었으며, 눈이나 입술을 잡은 것은 얌전한 편이었고, 귀나 목젖이나 푸른 매니큐어를 바른 새끼손톱만 찍은 사진도 있었다. 두 장은 초점이 잡히지 않았고, 다섯 장은 위나 아래 혹은 왼쪽이나 오른쪽으로 조금씩 옮기고 싶었지만, 나머진 괜찮았다. 무엇보다도 조명을 아래에서 위로 쳐올려, 앙각으로 강조하고 싶은 색감과 분위기를 만들 줄 알았다. 자연스럽게 저절로 된 사진은 한 장도 없었고, 철저하게 준비한 뒤 모델들과 호흡을 맞추며 찰나를 잡은 결과였다. 재서가 남긴 작품 사진은 스물두 장이 전부였지만, 이 수준에 도달하기까지 얼마나 오래 사진을 찍어왔고 또 사진에 대해 고민했는지 느낄 수 있었다. 나는 스물두 장의 사진을 책상 가득 펼쳐 놓곤 침대로 올라섰다. 헬리콥터에서 지상을 담듯 사진을 찍었다. 이것이 내가 출품한 '재서의 책상'이었다.

재서의 앨범을 작업실로 가져가서 은혜에게 보였다. 은혜도 나와 같은 생각이었다. 아직 거칠긴 하지만 사진에 대한 관점이 분명하며, 빛과 움직임을 장악하려는 의지가 대단하다는 것이다.

그리고 내 눈을 보며 물었다.

"이 사진들 보니 떠오르는 작가 없어? 스타일은 다르지만 사진을 대하는 자세는 닮았네."

답하려는 순간, 은혜가 검지로 내 입을 막았다.

"난이도가 너무 낮아. 그 작가의 문장을 동시에 말하는 건 어때?"

"그 문장을 언제 읽고 감동했는지부터 말해볼까? 하나 둘 셋."

"2010년!"

그리고 우리는 동시에 주문을 외듯 문장을 읊어 나갔다.

"나의 사진 대부분은 사람에 대한 것이다. 나는 무장해제된 순간, 개인이 드러내는 본질적인 영혼, 개인의 얼굴에 아로새겨진 경험을 관찰한다."

스티브 맥커리처럼, 박재서도 인간의 얼굴에 고인 경험을 집요하게 찾고 있었다. 나는 간략한 평을 재서 엄마에게 문자로 보냈다. 그리고 그녀만 동의한다면 이 사진들을 사진 전문 웹진에 소개하고 싶다는 뜻을 전했다. 사흘 뒤 동의한다는 답장이 왔다. 참사의 희생자라서 특별대우를 받았다는 오해를 사지 않기 위해 가명을 썼으면 좋겠다고 했다. 나는 대학 후배인 웹진 편집장에게 신신당부한 후 사진을 넘겼다. 문화관 컴퓨터에서도 사진 파일을 찾지 못했기 때문에 앨범 속 사진을 다시 촬영했다. 내 느낌이 스며들지 않도록, 최대한 원본에 가깝도록 크기도 빛도 해상도도 맞췄다.

재서의 사진은 웹진 <P> 5월호 '이달의 신인' 코너에 제임스 윤이라는 이름으로 실렸다. 편집장은 약속을 지켰지만 제임스 윤이 박재서란 사실은 곧 알려졌다. 사진을 본 재서 친구들이 첫날 바로 추모 댓글을 달고 각자의 페이스북이나 트위터에 퍼 나른 것이다. 이렇게 박재서의 사진은 참사가 나고 1년이 지나서야 세상에 나왔다. 어찌 되었든 재서 엄마와의 약속을 지키지 못한 셈이다. 그녀에게 사과 문자를 보냈지만 답이 오지 않았다. 재서 엄마와 인터뷰를 하려는데 연락이 닿지 않는다는 신문사 기자의 전화를 세 통이나 받았다. 마음의 문을 더욱 철저하게 닫아버린 것은 아닐까 걱정하며 일주일을 보냈다. 그리고 벼락처럼, 재서 엄마의 목소리를 전화로 처음 들은 것이다.

"자, 다 끝났어요."

눈을 떴다. 거울에 비친, 코와 뺨을 덮은 검은 직사각형이 어색했다. 이마 정중앙에 박힌 노란 원은 불상을 연상시켰다.

"딴 친구들은 광대들이 즐겨 가지고 노는 색색가지 공을 그렸지만, 작가님은 사진가니까 특별히 사진기를 담았답니다. 이건 사진 몸통 그리고 이마엔 렌즈! 자 잠시만 기다리세요. 제가 가서 준비가 끝났는지 볼게요. 촬영할 때 원하시는 배경음악 있나요?"

"그날 재서가 택한 곡으로 하지."

어느새 7시였다. 재서가 사진을 찍은 곳은 문화관 지하였다. 모델을 자원한 재서의 중학교 동창들 얼굴에서 웃음기가 사라졌다.

"잘할 수 있을까?"

"당연하지, 인마."

"모델은 처음이야."

"누군 처음 아니냐?"

그들은 담임선생을 찾듯 내게 기대려 했다.

"작가님은 촬영 많이 해보셨죠? 솔직히 저흰 잘 몰라요. 재서생일인데 뭐라도 하려다가 이렇게 됐네요. 작가님만 믿을 게요."

나도 긴장되긴 마찬가지였지만 녀석들의 불안을 부추길 순 없었다. 모델이 자신감을 잃으면 사진이 제대로 나오기 어려운 법이다.

"편하게 해. 너희들이 프로 모델 아닌 거 다 아니까."

그제야 표정들이 조금씩 나아졌다. 피에로 복장까지 갖춘 모델들은 손발을 움직이며 포즈를 연습했다. 어설펐다. 함께 분장실에서 대기하다가 7시 10분에 어두컴컴한 계단을 내려갔다. 지하실 문에 사용 시간과 사용자가 적혀 있었다. 월수금 사진반 화목토 연주반.

모델들을 앞세워 박수를 받게 한 후 마지막으로 입장했다. 지하실은 크게 둘로 나뉘었다. 절반은 사진 촬영과 밴드 연주를 하는 무대였고, 나머지 절반은 평소엔 간단한 춤이나 놀이를 즐기는 텅 빈 공간이었다가 접이식 의자를 채우면 객석으로 바뀌었다. 드

럼을 비롯한 악기는 무대 옆 구석으로 치워졌다. 천장엔 촬영이
나 연주에 필요한 조명이 중앙에 하나 좌우에 각각 하나씩 있었
다. 따로 바닥에서 천장을 비추는 조명도 있었다. 재서가 촬영을
위해 직접 만든 조명이었다. 흰 벽은 완만하게 곡선을 이루며 들
어갔고 둥근 반사판이 그 아래 놓였다. 왼쪽 벽엔 팽팽하게 내려
온 흰 천이 어지럽게 모아놓은 비품들을 가렸다.

　무대를 살핀 뒤 객석으로 시선을 옮겼다. 아직 조명을 끄지 않
았기에, 재서의 생일을 축하하기 위해 모인 50여 명의 기대와 호
기심에 찬 표정이 읽혔다. 벌써 눈물을 훔치는 이도 있었다. 가슴
엔 모두 색종이로 만든 이름표를 달았다. 앞줄에 앉은 재서 친구
들은 여섯 명의 모델들을 향해 손을 흔들었다. 제일 뒷줄 야구모
자를 눌러 쓴 사내만 바닥을 내려다보았다. 나는 손에 든 재서의
카메라를 놓칠 뻔했다.

　교보빌딩 옥상에서 헛것을 본 게 아니었다. 창수가 사라지고
혼자 남았을 때, 나는 이순신 장군 동상 아래에서 홀로 카메라를
돌려봤다. 3분마다 찍은 사진엔 분명 검은 반팔 셔츠에 야구모자
를 눌러 쓴 사내가 있었다. 창수에게 곧바로 가려다가 그만두었
다. 사내가 몸부림치는 사진만 있고 교복을 향해 달려드는 장면
은 찍지 못한 것이다. 사내는 교복 앞에 오래 머물렀을 뿐이며, 그
것으로 죄를 묻긴 어려웠다. 그러나 바로 그 사내가 그 교복의 주
인인 박재서의 생일 모임에 왔다면 이야기는 달라진다.

그날과 약간의 차이가 있긴 했다. 반팔은 맞지만 셔츠 색깔이 검정에서 초록으로 바뀐 것이다. 허리 쪽으로 내려 단 이름표가 정확히 보이지 않았다. 광장 전시회에서 봤던 사내와 동일인이라면? 그날처럼 갑자기 달려들기라도 한다면?

그때 재서 엄마가 들어와선 야구모자 사내의 옆자리에 앉았다. 내게 손을 흔들었다. 둥근 반사판을 든 희주가 내 곁에 나란히 섰다.

"자, 그럼 '광대의 비밀 시즌 2' 촬영을 시작하겠습니다. 윤창협 작가님과 못난이 친구들입니다."

모델들은 벽 가까이로 가선 각자 연습한 포즈를 잡았다. 객석 조명이 어두워지면서 음악이 힘차게 흘러나왔다. 스팅의 'Shape of My Heart'였다. 희주가 어두운 모서리로 가선 반사판을 높이 들었다. 이윽고 나는 모델들을 향해 돌아섰다. 그들은 잔잔히 흐르는 음악에 맞춰 몸을 움직이기 시작했다.

어젯밤에도 재서 엄마에게 전화를 했었다. 사진 작업을 재연하는 건 좋지만 춤은 좀 지나치지 않느냐고 물었다. 모인 사람들이 재서를 그리워하며 눈물 흘리는 건 어쩔 수 없지만, 그 아이가 얼마나 열심히 즐겁게 작업했는지 있는 그대로 보여주고 싶다는 답이 돌아왔다. 춤도 그중 일부라는 뜻이었다.

셔터를 누르지 않고 고개를 흔들며 객석을 슬쩍 곁눈질했다. 호기심 가득한 시선들이 무대로 집중되었다. 오직 끝줄 사내만 고개를 숙인 채 어깨를 들썩였다. 광장에서 하던 짓과 똑같았다. 저렇게 울먹이듯 몸을 떨다가 갑자기 옆에 앉은 재서 엄마에게 달려들기라도 한다면? 두려워진 나는 손을 들었다. 음악이 멈췄다. 객석을 향해 돌아서선 말했다.

"저기 끝줄 야구모자 쓰신 분, 좀 도와주시겠습니까?"

지적 받은 사내가 고개를 반만 들었다. 눈초리가 매서웠다.

"맞습니다. 방금 고개 드신 분. 나오셔서 반사판을 들어주십시오."

사내가 나오는 동안 희주가 다가와서 따지듯 물었다.

"왜요?"

"좀 더 높게 들어야 하는데, 너보단 저 사람이 낫겠어."

"재서 오빤 내가 반사판을 정말 잘 든다고 칭찬했어요."

"재서도 1년을 더 사진에 몰두했다면 나처럼 했을 거야. 대신 음악을 맡아줘. 볼륨을 지금보다 두 배로 키워."

희주가 서운한 표정으로 반사판을 사내에게 넘겼다. 나는 사내의 옆구리에 달린 이름표부터 확인했다. 오민재. 그리고 차갑게 사무적으로 설명했다.

"머리 위로 최대한 높이 드세요. 따로 말씀드릴 때까진 절대로 움직여선 안 됩니다. 반사판이 흔들리면 사진이 엉망으로 나와요."

"질문해도 됩니까?"

덩치와 어울리지 않는 미성(美聲)이었다.

"뭔가요?"

"1센티미터도 움직이면 안 됩니까?"

"안 됩니다."

"알겠습니다."

오민재가 방금 희주가 섰던 자리로 날렵하게 가선 반사판을 번쩍 치켜들었다. 나는 전축 옆에 앉은 희주와 눈을 맞췄다. 스팅의 걸걸한 목소리가 다시 흘러나왔고 나는 셔터를 누르기 시작했다. 야구모자 사내에게 반사판을 맡겨 한시름 덜었나 했는데 이번엔 모델들이 문제였다. 몸놀림이 점점 더 어색해진 것이다. 둘은 아예 관절이 굳어 몸을 놀리는 것이 힘겨워보였고, 둘은 관객의 시선이 불편한지 자꾸 돌아서려 했다. 그나마 춤을 꽤 추는 둘도 힘들긴 마찬가지였다. 키가 크고 노란 원을 해바라기처럼 얼굴에 품은 모델은 카메라만 들이대면 목을 쭉 빼곤 잡아먹을 듯 노려보았다. 시선 처리가 전혀 되지 않는 것이다. 키가 작고 통통한 모델은 눈을 질끈 감은 채 격렬하게 춤만 춰댔다. 말 그대로 오합지졸이었다. 당장 촬영을 멈추고 싶었다. 그러나 지금 멈추면 이들은 더욱 자신감을 잃을 것이고, 다음엔 아예 무대에 오르지도 않으려 들 것이다. 밀어붙이는 것이 지금으로선 최선이었다.

도움의 손길은 엉뚱한 곳에서 왔다. 셔터를 누를 때마다 왼쪽 비품을 가린 흰 천에 사진이 떴다. 그제야 관객들은 이 팽팽한 천의 쓰임새를 알아차렸다. 무대 위 모델들의 움직임뿐만 아니라, 그 움직임을 찍은 사진을 실시간으로 즐기기 시작한 것이다. 사진 촬영 구경도 처음일 텐데, 바로바로 찍혀 나오는 사진까지 보니, 신기함이 두 배였다. 모델들의 표정과 자세는 매우 어색했지만, 사진이 계속 빠르게 바뀌자, 관객들은 그 속도에 끌려 움찔 몸을 떨기도 하고 짧은 탄성을 지르기도 했다.

셔터를 누르면서도 두 사람이 계속 마음에 걸렸다. 몸을 돌리면서 객석 끝줄 구석의 재서 엄마를 살폈다. 어두워 표정까진 확인하기 어려웠지만, 그녀는 손수건으로 자주 눈을 가렸다. 그러다가 탄성이 터지면 고개를 돌려 사진을 보았다. 다음으로 무대 구석에 선 사내 얼굴을 훔쳐보았다. 반사판을 높이 든 채, 꿈쩍도 않는 사내 역시 울고 있었다. 눈물이 줄줄 뺨을 타고 흘렀지만 어깨와 팔은 정말 1센티미터도 흔들리지 없었다. 힘을 잔뜩 실어, 가슴과 눈에서 뿜어 나오는 슬픔이 손끝에 닿지 않도록 막은 것이다.

세 걸음 물러나서 모델들을 전부 한 화면에 담으려 했다. 그 순간 나는 보았다. 여섯 명의 피에로 분장을 한 모델들도 우는 중이었다. 여전히 어색한 춤을 멈추진 않았지만, 눈물이 흘러 바닥으로 떨어졌다. 객석에서도 훌쩍이는 소리가 들려왔다. 눈을 클로즈업 해서 셔터를 누를 때마다 슬픔의 무게가 곱절로 늘어나는 듯했다. 그때 나는 다시 사내의 얼굴을 보게 되었다. 일부러 쳐다본 것이 아니라 여섯 명을 한꺼번에 찍은 후 다시 한 사람씩 코와 귀를 클로즈업 하기 위해 다가서는 카메라에 그 얼굴이 잡힌 것이다. 사내는 잠깐 눈물을 그치고 검은 동자를 치켜뜨며 흰 천을 곁눈질했다. 그 바람에 내가 거의 정면에서 자기를 쳐다보는 줄도 몰랐다. 모델들의 코와 귀가 모양과 색깔을 달리하며 나타나자 사내의 눈이 커졌다. 그리고 그 눈가에 아주 희미한 미소가 머물렀다. 내가 그 미소를 찍으려는 순간, 모델 하나가 빙글 맴을 돌았고, 사내는 최면에서 깨어나듯 표정을 바꾸었다. 나는 그가 불편해하기 전에 먼저 고개를 돌려 셔터를 계속 눌렀다.

촬영이 끝나자 경쾌한 댄스곡이 흘러나왔다. 처음 듣는 곡이었다. 객석에서 잠시 박수 소리가 들렸지만 곧 흥겨운 음악에 묻혔다. 앞줄을 차지한 재서 친구들이 무대로 나와 모델들과 손을 잡았다. 어깨동무를 하고 눈물을 쏟다가, 둥글게 모여 서선 재서의 이름을 힘껏 부르다가, 서로를 격려하며 다시 껴안았다. 스텝을 밟으며 춤을 추는 이는 없었지만, 또 아무도 고목처럼 멍청하게 서 있지도 않았다. 말이 오고 가고 몸짓이 오고 가고 감정이 오고 갈 때마다 즉흥적으로 몸을 흔들어댔다. 혼자서도 흔들고 둘이서도 흔들고 여럿이도 함께 흔들었다. 그러다가 또 그렇게 흔드는 서로를 대견한 듯 쳐다보았고 끌어안았고 눈물 흘렸다. 작년 3월 재서는 촬영을 무사히 마친 기쁨을 모델들과 나누기 위해 직접 댄스곡을 골랐다. 오늘은 한 인간의 부재로부터 만들어진 모든 감정이 날렵한 곡 위에서 부딪치고 엉키고 녹아내렸다. 시끄럽고 산만했지만 분위기가 가라앉는 추모곡보단 백배 나았다. 희주가 내게 와서 손바닥으로 눈물을 닦으며 웃다가 또 울었다. "안 울려고 했는데…… 작가님 사진이 재서 오빠가 찍은 거랑 너무너무 똑같은 거예요. 그때도 모델들은 정말정말 엉망이었거든요. 그래도 재서 오빠 짜증 내지 않고 열심히 찍었어요. 오늘 작가님처럼요. 그래서 기뻤어요. 그런데 눈물이 나네요. 수고하셨습니다."

희주가 허리를 90도 가까이 숙여 인사했다.

나는 양손을 가슴에 포개 얹고 객석 끝줄에 서서 무대를 쳐다보던 재서 엄마에게 다가갔다. 카메라부터 건넸다. 아들의 카메라를 가슴에 안은 그녀가 왼손을 뻗어 내 두 손을 꼭 쥐었다.

"고맙습니다, 재서의 성장한 오늘을 보여주셔서."

내가 답했다.

"제가 고맙죠. 오늘 사진을 찍으며 확인했습니다. 재서는 자세히 들여다보고 싶었던 겁니다. 사람들은 대부분 민낯을 감춘 채 가면을 쓰고 산다잖아요? 가면으로도 부족한 이들은 안개 속에 숨기도 합니다. 재서는 안개를 걷어내고 가면이라 불리던 곳을 자세히 찍어 그 사람의 진짜 얼굴을 찾으려 했어요. 그건 그 사람의 진짜 얼굴이자 재서의 진짜 얼굴이기도 합니다."

품에 안긴 카메라를 잠시 내려다본 후 말을 이었다.

"재서 어머니, 하나만 부탁드려도 될까요."

그녀가 고개를 끄덕였다.

"이 카메라를 재서의 방에 그냥 놔두지 마세요. 사진을 찍지 않는 카메라는 아무도 거들떠보지 않는 버려진 돌과 같습니다. 재서 어머니가 지금부터 이 카메라로 사진을 찍으세요. 셔터를 누를 때마다 재서의 눈으로 세상을 기록한다고 여기셔도 좋습니다. 하실 수 있겠어요?"

"그럴게요. 꼭 그러겠습니다."

그렁그렁한 눈으로 그녀도 웃어보였다. 나는 돌아서서 야구모자를 쓴 사내를 찾았다. 보이지 않았다. 재서 엄마가 옆에 와 섰다.

"누구, 찾는 분이라도 있으세요?"

"반사판 들었던 야구모자, 오민재 씨가 안 보이네요."

"담배라도 피러 가셨을까? 저도 오늘은 꼭 오 잠수사님께 고맙다는 인사를 드려야 해요. 어렵게 오셨는데, 그냥 가시면 안 되는데……."

두리번거리는 재서 엄마에게 물었다.

"잠수사라고요?"

"네. 우리 재서를 안고 나오신 분이에요. 잠수 시간을 초과해서 하마터면 사고를 당할 뻔하셨대요. 오 잠수사님이 필사적으로 애써주신 덕분에 재서가 4월 23일에 돌아왔어요. 정말 어디 가셨을까? 여기 잠시만 계세요. 제가 찾아서 모시고 올게요."

6

버스에서 내렸다. 짭조름한 갯냄새가 코로 밀려들었다. 바다를 향해 서선 숨을 들이마셨다. 부두의 불빛이 보이지 않았다. 밤안개가 밀려든 것이다. 카메라 가방이 묵직했다. 은혜가 재서 엄마에게 선물하라며 건넨 『진실과 마주하는 순간』이란 책을 깜빡 잊고 그냥 가져왔다는 걸 그제야 깨달았다. 기다려도 오민재는 오지 않았고, 재서 엄마가 가르쳐준 번호로 전화를 걸었지만 응답이 없었다. 답답했다.

이어폰을 귀에 꽂고 핸드폰에 연결시켰다. 은혜와 쌍둥이가 기다리는 보금자리 겸 작업실까진 걸어서 15분 정도가 걸렸다. 오늘 새로 올라온 에피소드 소제목들을 검지로 올리며 읽었다. 낯익은 이름 하나가 눈에 들어왔다. '민간 잠수사 오민재'. 플레이 버튼을 눌렀다. 그리고 걷기 시작했다.

작업실 불빛이 보이는 지점에서 걸음을 멈췄다. 집중하여 귀 기울일 대목에선 이렇게 멈추곤 했다. 팟캐스트 사회자가 물었다.

"악몽을 꾸십니까?"

오민재가 답했다.

"꿈 같은 건 안 꿉니다. 악몽은 더더욱! 대신 오늘처럼 짙은 안개가 끼거나 비가 부슬부슬 내리면, 보입니다. 광화문광장에서도 안산의 교실에서도 저는 똑똑히 봤습니다. 그것들은 어디에나 있어요."

"그것들이라고요? 맨정신에 뭘 본다는 겁니까?"

"이렇게 팔을 뻗고 발을 굴려 뛰면 만져집니다. 창들, 계단들, 복도의 벽과 문, 여행 가방들, 이불과 베개……."

"만지면서 뭘 하시는 겁니까?"

"찾고 있어요."

이어폰을 뽑았다. 손바닥으로 두 눈을 번갈아 눌러 비볐다. 고개를 들어 작업실 불빛을 올려다보다가 몸을 돌려 도로를 건넜다. 그리고 카메라를 가방에서 꺼내 들곤 연안부두를 향해 걸음을 옮겼다. 어둠보다 짙은 안개가 곧 나를 삼키겠지만, 새벽 첫 배가 들어올 때까지 셔터를 누를 것이다. 응답을 바라는 호출음처럼.

마음은

/

이곳에 남아

/

1

    4·16세월호참사 특별조사위원회 진상규명국 피해자지원점
검과 조사관으로 일하기 전엔 안산시 청소년상담복지센터에서
3년 동안 근무했다. 희생 학생 열두 명과 상담을 진행한 곳도 거
기였다. 참사 전에 희생 학생들을 만나본 조사관은 나뿐이다. 심
리상담사가 특조위에 왜 필요하냐는 질문을 종종 받았다. 침몰
원인과 구조 방기를 조사하는 것도 특조위의 임무지만 피해자지
원 실태를 파악하는 것 역시 특조위가 할 일이다.

    임찬우는 열두 명 중 가장 기억에 남는 학생이다. 나머지 열한
명과 상담한 시간을 전부 합쳐도 찬우에게 미치지 못한다. 찬우
는 엄마 얼굴을 몰랐다. 세 살 때 부모가 이혼한 탓이다. 그 후론
아빠와 단 둘이 살았다. 화물차를 모는 아빠는 지방 출장이 잦았

고, 일주일에 사나흘은 낯선 도시의 한적한 도로에 차를 세우고 새우잠을 잤다. 홀로 지냈다고 찬우가 술 담배를 즐겼다거나 또래에게 폭력을 휘둘렀다거나 물건을 훔치진 않았다. 찬우를 상담센터로 이끈 문제는 매사에 무관심하다는 것이었다. 의욕 없음.

처음엔 상담이 제대로 진행되지 않았다. 내게 오기 전 상담사 두 명을 거쳤다. 그들은 찬우가 전혀 마음을 열지 않으며, 그때그때 내키는 대로 답을 한다고 상담일지에 적었다. 첫날 상담실에서 마주 앉았을 때, 찬우는 질문에 답하지 않고 방 안 어두운 모서리만 우두커니 봤다.

"나가자!"

상담을 하다 말고 찬우와 함께 길 건너 놀이터로 갔다. 그네에 나란히 앉아 하늘을 올려다봤다. 그날따라 구름이 많았던지 별들을 손으로 꼽을 정도였다. 여섯 개까지 헤아렸을 때, 찬우가 물었다.

"상담 안 해요?"

나는 방금 찾은 일곱 번째 별을 가리키며 되물었다.

"저게 제일 밝다, 그치?"

찬우가 고개를 들고 밤하늘을 우러렀다.

"……."

"말하기 싫으면 안 해도 좋아. 대신 약속 두 가지만 해."

고개를 돌려 나를 봤다.

"상담 빼먹지 말 것. 그리고 내가 하는 이야길 끝까지 들을 것. 할 수 있겠어?"

찬우는 매주 수요일 저녁 센터로 왔다. 함께 별을 본 후 마음의 문을 활짝 열었다면 좋았겠지만, 급격한 변화는 드라마에서나 등장하는 법이다. 그래도 작은 변화가 있긴 했다. 내가 이야기하는 동안엔 상담실 모서리가 아니라 일곱 번째 별처럼 내 눈을 쳐다본다는 것.

상담 시간 60분 가운데 55분은 내가 주로 이야기했다. 그 외 3분은 간간히 찾아든 짧은 침묵이다. 찬우가 입을 여는 시간은 모두 합쳐도 2분을 넘지 않았다. 묻고 답하는 분량이 반반은 되는 여느 상담과는 매우 달랐다. 나는 찬우가 이야기하는 시간을 일부러 늘리려고 유도하지도 않았다. 상담이 사람의 마음을 만지는 일이라면, 이야기를 많이 하면서 마음을 만지든, 이야기를 많이 들으면서 마음을 만지든 상관없는 것이다. 찬우의 마음만 이 방에 머물면 된다. 찬우는 내 이야기를 약속대로 끝까지 들었다. 의견을 내거나 질문을 던진 적은 없지만 나라는 거울을 통해 자신을 들여다보기 시작한 것은 분명했다. 그것으로 족했다.

나도 찬우처럼 말을 뱉지 못하고 삼키기만 하던 시절이 있었다. 친구들이 벙어리라고 놀릴 정도였다. 초등학교 3학년 때 아빠가 집을 나간 직후부터였다. 그때까진 아빠에게 하루 일과를 시시콜콜 이야기하는 것이 가장 큰 즐거움이었다. 아빠가 사라지자 마음 둘 곳을 잃었다.

　1년이 지났다. 벚꽃이 한창인 봄날 저녁, 수학여행을 일주일 앞두고 찬우가 센터로 찾아왔다. 상담을 약속한 날도 아니었다. 눈 밑에 그늘이 졌다.
　"엄마 사는 동네를 알아냈어요."
　15년 만이다.
　"갔다 왔니?"
　고개 저었다.
　"엄마는 내가 알아냈다는 걸, 몰라요."
　쪽지를 내밀었다. 주소가 적혀 있었다. 센터에서 버스로 한 시간도 떨어지지 않은 인근 도시였다. 내가 2년 남짓 자취를 한 동네이기도 해서 주소가 머리에 쏙 들어왔다. 학생들은 오래 떨어져 따로 산 엄마 혹은 아빠 이야기를 꺼낸 후 대부분 침묵했다. 침묵의 방식으로 상담사인 내 의견을 묻는 것이다.
　"엄말 만나고 싶어?"
　잠시 망설이다가 고개를 끄덕였다.
　"그럼 가서 만나."
　"좋아할까요?"
　"두렵니?"
　"좀…… 그래요."

"지금 만나지 않으면 평생 후회할지도 몰라."

"선생님이 어떻게 알아요?"

"내가 후회하고 있거든."

그리고 나는 누구에게도 하지 않은 이야기를 끄집어냈다.

"내 부모님도 이혼하셨어."

"언제요?"

"초등학교 3학년 때."

"엄마랑 살아요 아빠랑 살아요?"

"어느 쪽 같아?"

"엄마?"

"맞아. 지금도 엄마랑 단 둘이 살지. 고등학교로 진학한 봄에 아빠 연락처를 알게 됐어. 식탁에 놓인 엄마 수첩 맨 뒷장에 수상한 전화번호가 있더라. 3년 내내 전화를 걸까 말까 망설였지. 온갖 고민이 다 되더라고. 인사말 고르다 한 학기가 갈 정도였어.

대학에 붙고 나서 전화를 드렸지. 한데 아빠 목소리 대신 낯선 여자 목소리가 들려왔어. 아빠가 대장암으로 한 달 전에 돌아가셨단 이야기를, 아빠가 재혼하여 낳은 딸에게서 들었지. 나보다 다섯 살이 어리더라고. 아빤 엄마와 이혼하기 훨씬 전부터 딴 여자를 사랑했던 거야. 그 앤 아빠 번호를 없애지 않고 대신 가졌다고 했어. 그래야 아빠가 곁에 남아 있을 것 같다나. 덕분에 아빠가 죽은 줄 모르는 아빠 지인들로부터 가끔 전화가 온다고 했어. 그중에서 내 전화가 제일 반갑다더라.

한 달만 더 기다리지, 망할!

그날 처음으로 편의점에서 소주 두 병을 사서 마시고 필름이 끊겼어. 임찬우! 왜 지금 당장 엄말 만나러 가라고 하는지 이제 알겠지? 후회는 나 하나로 족해. 가, 가라고."

2

특조위가 강제 종료된 후에도 몇몇 조사관은 남아서 조사 업무를 계속하기로 했다. 그들이 남은 이유는 제각각이다. 특조위 사무실에서 철야작업을 가장 많이 한 조사관 S는 이렇게 말했다.

"해경 함정 123정, 해경 헬기 511호, 512호, 513호가 참사 현장으로 출동했잖습니까? 그들은 베테랑입니다. 배가 침몰 중이라는 신고를 받고 출동한 적이 한두 번이 아니다 이 말씀이지요. 사고 해역으로 출동하는 함정과 헬기에 탑승한 해경들이 가장 먼저 할 일이 뭘까요? 그렇습니다. 침몰 중인 선박과 교신하는 겁니다. 여객선에 몇 명이 타고 있는지, 배의 상태는 어떤지 파악하는 것이 급선무지요. 재판 기록을 샅샅이 뒤졌지만, 123정도 헬기 세대도 여객선 조타실에 있던 선장이나 항해사들과 교신하지 않았습니다. 이게 말이나 되는 소립니까?

궁금한 점은 또 있습니다. 항공 구조사들은 헬기 레펠로 사고 선박까지 내려가선 선내에서 탈출한 승객들을 한 사람씩 구조바구니에 태웠습니다. 그때 선내 상황을 승객들에게 물어봐야 하는 것 아닌가요? 재판 기록을 보면, 선박으로 내려간 구조사 중 선내 상황을 물은 사람이 단 한 명도 없습니다. 승객이 구조바구니에 타면, 헬기 호이스트로 끌어올려 가까운 섬까지 가서 내려놓고 다시 왔습니다. 나머지 승객들은 헬기가 돌아오길 배에서 기다렸고요. 대기하는 동안 구조사와 승객들은 서로 얼굴만 멀뚱멀뚱 쳐다보며 침묵했단 건가요?

구조사들은 또 선내에 그렇게 많은 승객이 타고 있는 줄 몰랐다고 주장합니다. 여객선이란 걸 알고 출동했는데 말이죠. 인천에서 제주 가는 여객선에 승객이 없으면 그럼 뭐가 있단 말입니까? 수많은 해양재난 구조 작전을 검토해 봐도 이렇게 이상한 경우는 없습니다. 저는 구조 현장에 출동한 해경들이 재판정에서 쏟아낸 진술 전체를 처음부터 재검토해야 한다고 봅니다."

해경을 전담한 조사관 T가 맞장구를 쳤다.

"'무능한 해경'이란 프레임을 덮어씌운 겁니다. 해경이 무능해서 구조에 실패했다는 게 정부의 일관된 입장이죠. 재판 기록을 검토해보면 흥미로운 점이 발견됩니다. 참사와 관련된 해경들이 전혀 무능하지 않다는 겁니다. 오히려 자신이 얼마나 유능한가를 재판정에서 스스로 밝힙니다. 해경으로 근무하는 동안의 공적이 양형 참작 사유로 들어가기 때문입니다. 수많은 표창장을 받았으며, 침몰하는 중국 어선에서 선원 전부를 구조하여 매스컴을 탄 경우도 있죠.

재판장이 그들에게 묻습니다. 이와 같은 참사가 다시 일어나면 그땐 어떻게 하겠느냐고. 열이면 열, 사고 현장으로 출동하면서 선원과 교신부터 한답니다. 여객선에 승객이 몇 명이나 타고 있는지 확인한 뒤 선내로 진입하여 구조한답니다. 과거에는 그렇게 했고 미래에도 그렇게 할 건데, 이번 참사에서만 그렇게 하지 않은 겁니다. 정말 해경이 무능해서일까요? 유능했던 해경이 왜 2014년 4월 16일에만 매뉴얼대로 하지 않았는지 그 이유를 밝혀내야 합니다. 저는 끝까지 조사할 겁니다."

나도 조사를 지속하고 싶은 뜻은 그들과 같지만, 그 대상과 방법은 확연히 달랐다.

내 조사의 핵심은 피해자의 '마음'이다. 딱딱하게 적시하자면 '피해자지원 실태조사', 이것이 내 일이다. 다른 조사관들이 해양수산부 공무원과 해경과 해운사(海運社)를 만나는 동안 나는 참사 피해자들을 찾아다녔다. 유가족은 물론이고 동거차도와 서거차도 그리고 진도 어민들을 인터뷰하고 민간 잠수사들을 만났다. 일반인 생존자와 생존 학생도 만났으며, 피해자를 지원한 인력과도 개별면담을 가졌다. 나 같은 심리상담사가 특조위에 필요한 이유다.

나는 열두 명의 희생 학생을 참사 전에 만났고, 열두 명의 생존 학생과도 참사 전에 상담했다. 숫자가 똑같은 탓인지 묘한 꿈까지 꿨다. 꿈에 나는 나비였는데, 왼쪽 날개엔 희생 학생 오른쪽 날개엔 생존 학생의 얼굴이 무늬처럼 담겼다.

'세월호참사 생존 학생에 대한 보호 및 지원 조치에 대한 조사'를 하면서 열두 명에게 차례차례 연락했다. 열한 명까지는 어렵지 않게 약속을 잡았다. 내 전화를 받지 않고 문자에 답하지 않은 유일한 학생이 바로 심승태였다. 다른 도시로 이사를 간 것도 아니면서 연락을 피했다. 이유를 알고 싶었지만 다른 학생들도 아는 것이 없었다. '진상규명조사보고서'에서 승태만 빠졌다.

피해자의 마음을 조사하는 것과 침몰 원인이나 구조 방기를 조사하는 것은 차이가 있다. 내 경우엔 피해자가 거절하면 조사 자체가 어렵다. 재조사 역시 피해자의 입장 번복에서 시작한다. 백 명 중 한 명이 마음을 바꿀까 말까 하는 형편이지만 그때까지 조사관은 기다려야 한다.

정기적으로 그들에게 이메일을 보냈다. 피해자 실태분석 보고서나 보도자료도 첨부하고, 조사에 응할 마음이 있으면 언제든 연락을 달라는 안내문도 덧붙였다. 조사 방법은 서면도 좋고 녹음도 좋고 녹화도 좋고, 기록을 남기지 않고 이야기만 나눠도 괜찮았다.

승태에게서 문자가 온 것은 11월 10일 밤 10시였다.

정부는 9월 30일로 특조위를 종료시켰다. 조사관들의 특조위 사무실 사용도 허락되지 않았다. 마음 맞는 조사관들끼리 따로 공간을 마련해보자는 이야기가 오갔다. 합정역과 홍대입구역 사이에 사무실을 마련하여 옮기로 한 날이 11월 11일이다.

— 내일 만나ㄹ 수 있습미까?

취중문자인가. 오타가 눈에 거슬렸지만 이럴 땐 무조건 긍정적으로 답해야 한다. 하루 만에 연락이 끊기거나 마음을 돌릴 수도 있다. 사무실 이사 역시 피해자와의 만남을 미룰 이유는 아니다.

— 그럼.

— 오전 11시, 함정동 D카프

그리고 문자가 이어지지 않았다. 1분쯤 기다렸지만 그대로였다. 오전 11시면 한창 이삿짐을 나를 시간이다. 경비를 아끼기 위해 이삿짐센터에 맡기지 않고 조사관들이 삼삼오오 짐을 나르기로 한 것이다.

— 그래, 내일 봐.

다음 날 조사관들에게 미리 양해를 구하고, 합정동 D카페로 갔다. 나는 15분 일찍 도착했고 승태는 15분 늦게 나왔다. 30분 동안 혼자 창밖을 쳐다봤다. 풍경 하나가 떠올랐다.

서거차도에서 어선을 타고 여객선이 침몰한 바다로 나갔었다. 그 자리엔 인양 작업을 위해 중국 바지선이 들어와 있었다. 바지선 주위를 돌며 침몰한 배를 상상했다. 아홉 명의 미수습자가 수중에 있는 것이다. 상상 속 풍경이 희미해지다가 깜깜해졌다. 바닷새처럼 나무처럼 바위처럼, 생각을 하지 않고 눈만 뜬 채 시간을 흘려보냈다. 너무 많은 일이 떠오르거나 너무 짙은 감정이 차오를 때면 스위치를 끄듯 내 앞에 닥친 모든 것과 거리를 뒀다. 자신을 지키는 방법이었다.

이삿짐을 함께 나르지 않은 것이 미안했다. 사무실만 생긴다고 조사가 본격적으로 이뤄지는 것은 아니다. 이제부턴 조사관에겐 활동비조차 지급되지 않았다. 회의비를 비롯한 경비 일체를 조사관끼리 십시일반 해결해야 했다. 가족들과 마찰을 빚는 조사관도 적지 않았다. 게다가 조사권마저 행사할 수 없었다. 해수부나 해경을 상대로 공문 한 장 띄울 수 없는 것이다. 9월 30일 이전에 공문을 띄워도 비협조적으로 굴던 공무원들이 특조위를 강제 종료시킨 마당에 조사관들에게 협조할 리 없다. 그래도 조사관들은 남겠다고 했다.

내가 남은 이유는 오늘과 같은 만남을 기대해서였다. 조사를 거절했던 피해자가 마음을 바꿔 연락해왔을 때, 그들을 만날 조사관은 이왕이면 구면인 내가 낫다. 조사관을 포기하고 다른 직업을 찾아 떠났다면 승태에게서 문자가 와도 마주 앉기 어려웠으리라.

11시를 넘겨도 승태가 나타나지 않자, 1학년 때 그와 상담한 내용을 기록한 일지를 스마트폰을 통해 확인했다.

심승태.

지금은 거의 표시가 나진 않지만, 어려서 소아마비를 앓았다고 함.
걸음도 천천히 한 발 한 발 같은 리듬 같은 보폭으로 걸으려 하고,
말도 또박또박 분명히 하려 애쓰고, 글씨도 획 하나하나 규격에 맞
추려고 함. 밑줄을 그을 때도 처음엔 붉은색, 그다음엔 푸른색, 마
지막으로 검은색을 씀. 이런 강박이 이상한 것이냐는 질문에 강박
이라기보다는 단정함이며, 전혀 문제될 것이 없다고 답해줌.

여기까지 읽었을 때 카페 문이 열렸다. 들어와서 두리번거리
는 사내를 보고 처음엔 긴가민가했다. 승태가 먼저 나를 알아보
곤 손을 들었다. 1학년 봄 상담 때보다 키가 20센티미터는 더 자
라 180센티미터를 훌쩍 넘겼고, 어깨와 가슴에도 근육이 붙어 역
삼각형 상체를 자랑했다. 11월인데도 굵은 팔뚝이 드러난 티셔츠
한 장이 전부였다. 헤드셋에 옅은 갈색 안경까지 쓰는 바람에 단
번에 알아보기 어려웠다. 외모는 달라졌지만 따박따박 내딛는 걸
음은 그대로였다.

"선생님은 여전하시네요."

승태가 선수를 쳤다. 잇몸을 드러낸 웃음이 낯설었다. 차분하
고 고요해서 여백이 많은 학생이었는데, 운동선수라고 해도 믿을
만큼 활기가 넘쳤다.

"늠름해졌구나."

"고3 올라가서 10센티 넘게 자라더라고요. 그때부터 헬스를 시작해 지금까지 다니고 있고요."

"영문과로 진학했다고 들었어."

"맞아요."

셰익스피어의 4대 비극을 좋아하는 학생이기도 했다. 나는 카페라떼를 승태는 아이스티를 시켰다.

"아직도 그 일 하세요?"

"응."

"끝났다고 들었습니다만⋯⋯."

"조사관인 우리가 끝내기 전엔 끝난 게 아니야. 근데 작년엔 왜 그랬어? 전화를 여러 번 했는데."

"죄송합니다. 피해자 취급받는 게 싫었어요."

"취급을 받는 게 아니라 넌 참사 피해자야. 생존 학생 모두⋯⋯."

"딴 친구들은 모르겠고, 저는 피해자에 속하기 싫었습니다. 피해를 입었단 건 몸이든 마음이든 다쳤단 뜻이잖습니까? 보시다시피 저는 멀쩡합니다. 멀쩡한 사람 불러다놓고 이상한 사람 만드는 거, 싫습니다 저는."

"그게 그때 마음이었어?"

"지금도 그렇습니다."

지금도?

"그럼, 내게 문자는 왜 보낸 거니?"

"묻고 싶은 게 있어서 뵙자고 했습니다. 의사자 지정, 그거 어떻게 하면 받을 수 있습니까?"

"누가 의사자 지정을 받으려는 건데? 승태, 너?"

"아니요."

"그럼?"

"찬웁니다."

"찬우? 임찬우 말이니?"

"맞습니다. 그 임찬우."

기억을 더듬어봤지만, 찬우에게서 승태에 관한 이야기를 들은 적이 없었다.

"너희 둘, 친했어?"

"아닙니다. 그날 배에서 아침을 먹으며 처음 대활 나눴습니다. 그게 다니까, 친한 사인 아닙니다. 같은 반이지만, 친구라고 할 순 없죠."

"왜 찬우가 의사자 지정을 받아야 한다는 건데?"

승태가 지갑에서 사진 한 장을 꺼내 탁자에 놓았다. 칠판을 배경으로 환하게 웃는 여대생이다. 내가 눈으로 물었다. 누구?

"박지나라고, 같은 학교 신방과 1학년이에요."

"여친이니?"

"사귄 지 석 달하고도 이틀 지났습니다. 여름방학 때 도서관을 오가다 만났습니다. 지나와 그 봄에 관해 이야길 나눈 적은 없습니다만, 제가 생존 학생이란 건 알아요. 어떻게 알았는지는 묻지 않았습니다. 소문나지 않더라도 그냥 아는 경우도 많으니까요. 지나가 물었다면 답해 줬겠지만, 묻지 않기에 먼저 알리진 않았습니다. 제가 죄 지은 것도 아니고요."

나는 고개를 끄덕였다.

사진을 지갑에 넣은 승태가 자세를 고쳐 앉더니 주위를 살폈다. 아직 이른 시각인 탓에 대각선으로 구석 자리에 커플로 보이는 남녀가 벽을 향해 나란히 앉았을 뿐, 다른 손님은 없었다. 주문을 받고 커피와 음료를 만드는 곳도 여기서 10미터 남짓 떨어졌다. 잔잔한 클래식 음악이 흐르는데다 목소리까지 낮추면 30대 중반 주인 여자가 우리 둘의 대화를 듣긴 어려울 것이다. 승태가 엉덩이를 들어 의자를 통째로 탁자 가까이 당겼다. 내 눈을 들여다보며 본론을 시작했다.

"좀 황당한 얘기로 들릴 겁니다. 비웃으셔도 이해해요. 하지만 적당히 꾸며대긴 싫습니다. 들어주시겠습니까?"

"응. 솔직한 게 최선이야."

"지나랑 영화를 보고 나오는 길이었어요. 오후에 학교에서 90분 연강을 함께 듣고 저녁을 먹은 뒤 영화관으로 갔죠. 영화는 솔직히 기대에 못 미쳤습니다. 영화를 보고 났더니 배도 출출하고 해서 포장마차에서 국수라도 한 그릇 먹고 가려고 횡단보도에 섰어요. 그런데 대형트럭이 횡단보도 옆 갓길에 멈추더니 운전사가 내렸습니다. 바로 앞 편의점에서 담배라도 사려는 눈치였죠. 운전사와 시선이 마주치는 순간, 저도 모르게 뒷걸음질을 쳤습니다.”

“왜?”

“너무너무 닮았더라고요. 임찬우가 30년 정도 나이가 들면 딱 그렇게 생겼겠다 싶은 얼굴! 놀란 저는 여친 손을 놓고 뒤돌아서서 달아나기 시작했습니다. 따라오는 발소리가 들렸습니다. ‘어이!’라거나 ‘거기 서!’라는 남자의 고함이 없었고요. 저는 멈추지도 않았고 돌아보지도 않았습니다. 달리고 또 달리기만 했습니다. 그러다가 몸을 꺾어 골목으로 들어섰어요. 그 골목도 5분 넘게 달렸나봅니다. 황당하게도, 갑자기 높은 담과 닫힌 철문이 제 앞을 막아섰습니다. 막다른 골목이더군요.

담이 너무 높아 넘을 엄두가 나지 않았습니다. 뒷걸음질을 치다가 오른편에 2미터 50센티미터 정도 되는 담을 발견하고 거기로 뛰었습니다. 땅을 박차고 팔을 쭉 뻗으니 담벼락에 꽂힌 송곳이 잡혔습니다. 침입자들을 쫓기 위해 박아둔 송곳이지만, 듬성듬성 꽂힌데다 녹이 슨 탓에 오히려 잡고 버티기 좋았습니다. 송곳 두 개를 쥐고 팔꿈치를 접으며 상체를 당길 생각이었습니다. 평행봉을 오를 때처럼 말이죠.

그런데 두 팔에 힘이 실리지 않았습니다. 고2 봄까지는 턱걸이

를 하나도 못했지만, 그 후로 부지런히 헬스를 해서 이젠 서른 개
는 거뜬합니다. 그 정도 담은 간단히 오르고도 남지요. 그런데도
팔에 전혀 힘이 들어가지 않았어요. 그때 누군가 제 엉덩이를 힘
껏 밀어줬습니다. 너무나도 쉽게 제 몸이 담 위로 쑥 올라갔고, 단
번에 넘었습니다. 달렸습니다. 그 집 뒤뜰과 앞뜰을 통과하여 대
문을 열고 골목으로 나가서 발소리가 더 이상 들리지 않을 때까
지. 그리고 선생님께 문자를 드린 겁니다. 담에 꽂힌 송곳을 쥐느
라 손가락들이 저리고 아파서 자꾸 오타가 났어요. 고칠 겨를도
없이 전송 버튼을 눌렀습니다. 그래서…….”

“잠깐만!”

승태의 말을 잘랐다. 지금 짚지 않으면, 이야기가 더욱 알아듣
기 힘든 쪽으로 나아갈 것이다.

“시원한 차부터 마셔.”

승태가 고분고분 아이스티를 절반 넘게 비웠다. 그 사이 나는
그가 건너뛴 대목을 속으로 정리했다. 이것 역시 상담사가 갖춰야
할 자질이었다. 사람들은 털어놓기 힘든 부분을 은근슬쩍 감추고
넘어가려 든다. 그렇게 숨긴 부분으로 인해 이야기는 엉키고 난해
해지다가 무너지는 법이다.

“찬우와 꼭 닮은 트럭 운전사를 우연히 만났는데, 왜 네가 달
아난 거야? 찬우 아빠가 트럭을 운전하신단 건 알고 있었니?”

“몰랐습니다.”

"인사드린 적도 없고?"

눈을 치뜨며 고개를 끄덕였다.

"그럼 왜 달아났어? 선생님은 이해할 수 없네. 거기부터 다시 설명해줄래?"

궁금한 것이 더 있었지만 하나씩 짚어 나가기로 했다. 하나만 정확히 짚으면 고구마 덩굴처럼 나머지가 딸려오기도 하는 법이다. 승태는 아이스티를 완전히 비운 뒤 숨을 크게 들이마셨다가 뱉었다. 나는 질문을 상기시키진 않았다. 승태가 건너뛴 부분을 스스로 의식하는 것만으로도 이야기는 바뀔 것이다.

"그게, 그러니까, 그날은 3층 식당에 꽤 일찍 내려간 편이었습니다. 다른 친구들은 밤늦게까지 이야기를 나누느라 잠을 설쳤지만, 저는 2층 침대 창 쪽 제일 구석에 누워 일찍 자버린 겁니다. 두 번 웃음소리에 잠을 깨긴 했지만, 중간에 깨어 대화에 끼기도 어색해 그냥 이불을 뒤집어쓰고 더 잤습니다. 그 바람에 새벽부터 눈을 뜬 겁니다. 핸드폰으로 날씨를 확인하곤 게임을 서너 판 하다가 아침을 먹어두자 싶어 3층으로 내려왔던 거죠. 그런데 저보다 더 일찍 식당에서 밥을 먹는 녀석이 있었습니다. 옆방에 들어간 찬우였어요. 찬우는 제가 맞은편에 앉아도 고개를 들지 않았습니다. 처음엔 밥을 먹느라 저를 보지 못한 거라 여겼습니다. 수저도 들지 않고 식탁에 놓인 핸드폰만 유심히 들여다보더군요. 평소엔 잘 웃지도 않던 찬우가 갑자기 앞니가 다 드러날 만큼 웃는 겁니다. 궁금해지더군요. 슬며시 뒤로 돌아가서 어깨너머로 핸드폰 속 사진을 봤습니다. 두 사람이 커피숍을 등지고 길거리에서 있더군요. 사진을 찍은 지 얼마 되지 않았단 생각이 먼저 들었습니다. 벚꽃이 사진 왼쪽 상단에 보였거든요. 남자는 찬우고, 여자는 40대 후반 정도로 보이는 아줌마였습니다.

'엄마랑 꼭 닮았네.'

사실 찬우는 엄마보다 아빠랑 더 판박이입니다. 그땐 찬우 아빠를 뵙기 전이라서, 엄마만 보고도 찬우랑 비슷하다 느낀 겁니다. 뭉툭한 코와 작은 눈이 닮았더라고요. 찬우가 손바닥으로 핸드폰 액정을 덮으며 슬쩍 나를 돌아봤습니다. 미소는 어느새 사라지고 없었습니다. 찬우가 화를 내면 어쩌나 걱정이 되더군요. 어쨌든 허락을 받지 않고 남의 사진을 훔쳐본 셈이니까요. 그런데 찬우가 부드럽게 묻더군요.

'정말 닮았어?'

'응. 누가 봐도 엄마와 아들이란 걸 알겠네.'

찬우가 엄마와 떨어져 산다는 걸 그땐 몰랐습니다.

'어디서 찍은 거야? 학교 근처?'

'아냐. 다른 곳.'

'엄마랑 단 둘이? 좋았겠다.'

그리고 저는 제 자리로 돌아갔고 우리는 함께 밥을 먹었습니다. 15분 남짓 대화를 나눴습니다만, 기억나는 게 많진 않습니다.

아, 엄마 선물 어떤 걸 살 거냐고 묻더군요. 아직 제주에 도착도 안 했는데 선물부터 고민하느냐고 가볍게 받아넘겼습니다. 그래도 찬우의 눈이 계속 묻는 듯해 답을 해줬어요. 스카프. 귤빛 스카프.

'귤빛? 그런 게 있어?'

얼마 전 검색을 해보고 저도 안 거였어요. 귤빛 비누도 있고 모자도 있고 스카프도 있단 걸. 찬우가 또 묻더군요.

'3만 원이면 스카프 살 수 있어?'

만 원에서 10만 원까지 다양하다고 답해줬습니다.

선생님! 저 잠깐 화장실 좀 다녀올게요."

승태가 자리에서 일어섰다. 나는 조사관 단톡방(단체 텔레그램 방)에 문자를 남겼다.

— 이사는 잘하고 있어요? 아직 이야기 중인데, 마치자마자 바로 갈게요.

답이 줄줄이 달렸다.

— 짐도 별로 없으니, 천천히 와요.

— 꼭 만나고 싶던 생존 학생이라고 했잖습니까? 여긴 우리한테 맡기십시오.

— 뒤풀이 때까진 올 거죠? 생맥주만 책임지시면 됩니다.

승태는 카페 밖에 나가 담배 한 개비를 피며 통화를 했다. 잠시라도 연인과 연결되어 있지 않으면 참기 힘든 시기다. 승태는 카운터에서 아이스티를 한 잔 더 시키곤 돌아왔다. 일부러 내게 눈웃음부터 지었다. 이제 정말 힘든 이야기로 들어간다는 신호였다. 오늘 나를 만난 이유이기도 했다.

"배가 기우는 바람에 출구가 점점 위로 올라갔습니다. 객실에선 나왔고 복도에서 꽤 오래 대기했습니다. 가만히 있으라는 방송이 계속 나왔거든요. 그러다가 배가 더 기울고 물이 들어차기 시작했습니다. 우린 배 밖으로 탈출하고 싶었습니다. 그런데 앞서 걷던 한 아이가 '낭떠러지 같애!'라고 하는 겁니다. 홀이 그렇게 변한 거죠. 우현 쪽 출구는 너무 높아 닿질 않았고, 좌현 쪽은 이미 물이 차서 빠져나갈 수가 없었습니다.

그리고 기억이 잘 나지 않습니다. 정전이 된 것처럼 토막토막 끊겨요. 다시 기억나는 건 제 허리까지 물이 차올랐던 땝니다.

'승태야! 저길 봐.'

제 어깨를 밀며 누가 외쳤어요. 찬우였습니다. 출구였어요.

'올라가자, 같이!'

찬우가 물속으로 양팔을 넣어 제 허벅지를 꽉 붙들었습니다. 그리고 힘껏 끌어올렸죠. 저는 두 팔을 위로 뻗었습니다. 대여섯 번 그렇게 만세를 부른 뒤에야 겨우 출구에 손가락이 닿았습니다. 힘을 줘 단번에 올라가고 싶었지만, 팔꿈치가 굽혀지질 않았습니다. 그때까진 턱걸이를 하나도 못할 만큼 팔 힘이 없었으니까요.

'힘내.'

찬우가 소리쳤죠. 제 엉덩이를 밀기 위해 자세를 낮추면 바닷물이 곧장 찬우의 눈과 코와 귀로 밀려들었습니다. 찬우가 중심을 잃고 허우적대는 동안 저만 출구에 대롱대롱 매달리기도 했습니다. 길어야 10초 남짓일 텐데 하루보다 길게 느껴지더군요.

수면 위를 헤엄치다가 갑자기 머리를 물속으로 처박는 물새 본 적 있으세요? 물고기를 사냥하기 위해서라더군요. 다시 돌아온 찬우가 바로 그 물새처럼, 허리를 숙여 머리를 물속에 박곤 제 두 무릎을 모아 품에 안았습니다. 단숨에 허리를 펴면서 들어올렸습니다. 물 위로 쑥 올라간 제 아랫배가 출구에 걸렸습니다.

박수 소리에 놀라 고개를 돌렸지요. 찬우가 오른 엄지를 들어 보이며 환하게 웃더군요. 저는 급히 출구로 올라가선 제가 방금 나온 선내를 내려다봤습니다. 찬우가 껑충 뛰면 양팔을 맞잡고 끌어올릴 생각이었죠. 한데, 그게, 겨우 1초도 지나지 않았는데 찬우가 없어져 버렸습니다. 불어난 물살만 제 팔을 끌어당기듯 때렸지요. 너무 놀라고 아파 두 팔을 거뒀습니다.

찬우가 저를 구한 겁니다. 제 허벅지를 무릎을 엉덩이를 밀어 올리지 않았더라면, 저는 침몰선에서 탈출하지 못했을 거예요.

왜 도망쳤냐고요? 찬우 부모님을 뵈면 그 일을 소상히 알려드리고 고맙다는 인사를 열 번이고 백 번이고 할 생각이었습니다. 찬우네 주소를 알아내서 문 앞까지 간 적도 있고요. 하지만 용기가 나지 않았습니다. 내일 하면 돼, 내일 하면 돼. 이러다가 고등학

교를 졸업하고 대학생이 된 거고요. 선생님이 저라면 어떻게 하셨
겠어요? 길에서 찬우 아빠와 우연히 마주쳤다면, 그랬다면……."

3

　사건을 파헤치는 조사는 핵심 증거와 증인으로 범위를 좁혀가
지만 피해자의 마음을 들여다보는 조사는 깊어질수록 넓어진다.
한 사람의 마음이 다른 사람의 마음과 이어지고, 다른 사람의 마
음이 또 다른 사람의 마음에 둥지를 트는 것이다.
　승태가 전화를 걸어왔다. 이번에는 만나기 전날 밤이 아니라
일주일 여유를 두고 연락한 것이다. 무조건 들어주겠다고 약속부
터 하라고 했다. 그러겠다고 답하자, 어려운 부탁이라며 조심스럽
게 운을 뗐다.
　"찬우 엄마 어디 사시는지 혹시 아세요?"
　'찬우 엄마' 네 글자를 듣는 순간, 나는 곧바로 찬우가 내게 보
여준 쪽지 속 주소가 안내판처럼 떠올랐다. 전화를 끊기 전 연필
을 쥐곤 주소부터 포스트잇에 재빨리 적었다.
　그 주소로 찾아가서 벨을 눌렀지만 답이 없었다. 대문 앞에서
한 시간 남짓 기다렸을 땐 혹시 내 기억이 잘못된 게 아닐까 의심
했다. 장바구니를 들고 골목으로 들어서는 여자를 보는 순간 찬

우 엄마란 걸 알았다. 승태의 지적처럼 코와 눈이 찬우와 무척 비슷했다. 놀라는 그녀에게 내 이름과 특조위 조사관이란 신분부터 밝혔다. 그녀가 덥석 손을 잡았다. 눈물이 벌써 그렁그렁했다.

동네 커피숍으로 자리를 옮겼다. 재혼하여 낳은 두 아들이 초등학교에서 돌아올 시간이 한 시간밖에 남지 않았다고 했다. 그녀는 맞은편에 앉은 내 손을 탁자 위에 올려두곤 놓지 않았다.

"상담 선생님이 꼭 가서 엄말 만나보라 했다고 찬우가 그러더군요. 선생님이 권하지 않았다면 오지 않았을 거라고."

나도 궁금한 것을 곧바로 물었다.

"어떠셨나요? 찬우를 보는 게, 혹시 불편하시다거나……."

"반가웠죠. 15년 만인 걸요. 자세히 설명드리긴 힘들지만 이혼할 때 다시는 찬우를 만나지 않겠다고 찬우 아빠랑 약속을 했어요. 그 약속을 깨고서라도 찬우를 보러 갈까 마음먹은 적이 한두 번이 아니었지만, 제게 아들이 둘 더 생기고, 그 애들 뒷바라지를 하다 보니 시간이 훌쩍 흘렀습니다. 하지만 찬우를 마음에서 지운 건 아닙니다. 불편한 건 전혀 없었어요. 고마웠죠. 엄마 없이 자라준 것만도 대견한 일이니까요."

"다행이네요. 엄마를 당장 만나러 가라고 권하긴 했지만 수학여행 떠나기 전에 만났는지 확인을 못 했거든요. 승태라고, 찬우 친구가 얘기해줬어요. 찬우랑 엄마랑 커피숍 앞에서 찍은 사진을 참사 당일 아침을 먹으며 봤노라고."

"바로 이 가게 앞에서 찍은 거예요. 선생님이 앉으신 그 자리에 우리 찬우가 앉았었어요. 아이가 기념 사진을 찍고 싶다고 해서, 종업원에게 부탁해서 찍었죠. 찬우가 제게도 보내줬어요."

그녀가 핸드폰에서 사진을 찾아 내밀었다. 4월 16일 아침 3층 식당에서 승태가 찬우의 어깨너머로 봤던 사진이었다.

"어떠셨어요?"

눈동자가 올라갔다. 찬우와의 만남을 떠올리는 것이다.

"오늘보다 시간이 더 없었어요. 30분 남짓! 좋았죠, 아들과 함께 있으니 정말 꿈같았어요. 찬우는 말을 많이 하진 않았어요. 다 괜찮다고, 웃기만 하더군요."

"그 또래 남자 아이들이 대부분 그래요. 찬우는 특히 좀 더 말을 아껴 하는 학생이었습니다."

"지갑에 3만 원밖에 없더라고요. 갈 때 쥐어주긴 했는데, 참사 소식을 듣고 나선 왜 그때 3만 원밖에 주지 못했을까 그게 막 안타깝고 제 자신에게 화가 나더라고요. 10만 원은 줬어야 하는데, 수학여행 가기 전에 맘껏 놀 수 있게, 용돈을 두둑하게 줬어야 하는데……. 찬우는 3만 원도 많다고 처음엔 안 받겠다고 하더라고요. 억지로 쥐어줬죠."

"또 만나기로 하셨어요?"

"찬우가 묻더군요, 다시 와도 되냐고. 얼마든지 오라고 했어요. 찬우 아빠가 알면 불같이 화를 내겠지만, 이렇게 만났으니, 이

제 내가 챙겨줄 건 챙겨주고 싶더라고요……. 찬우는 더 이상 못 오네요. 그게 마지막이었어요."

그녀가 손등으로 눈물을 훔쳤다. 나는 손수건을 꺼내 내밀었다. 찬우와 나눈 이야기를 더 듣고 싶었지만, 오늘 모든 걸 알아가겠단 욕심을 부려선 안 된다. 이렇게 그녀와 연락이 닿았고 마주 앉아 눈물을 훔치게 되었으니, 찬우에 대한 이야기를 나눌 기회는 얼마든지 있을 것이다. 승태의 부탁을 전하는 것도 만만한 일이 아니었다. 그녀가 부탁을 거절한다면 여기까지 온 보람이 사라지고 만다. 어디서부터 이야기를 시작할까 고민하며 이 도시로 왔다. 역시 제주로 가는 여객선 3층 식당에서 두 학생이 마주 보며 앉은 장면이 제일 나았다. 승태가 거기서부터 그 아침의 참혹함을 들려준 이유가 있었던 것이다. 찬우 엄마가 나보다 먼저 조금 더 깊은 이야기를 꺼냈다.

"참사가 나고, 계절이 두 번 바뀐 뒤에 문득 그런 생각이 들었어요. 참사 전에 찬우를, 고등학교 2학년이 된 아들을 만났으니 다행이라고. 나를 찾아와준 것 자체가 큰 선물이었다고. 그나마 마음을 달래가던 겨울에 잡지에서 이런 문장을 읽었어요.

'사람은 누구나 이루기 어려운 소원을 품고 산다. 그 소원을 이룬 사람 중엔 안타깝게도 갑자기 세상을 떠나는 이들이 적지 않다.'

그 밤에 얼마나 울었는지 몰라요. 혹시 찬우가 저를 만나는 바람에 그렇게 된 게 아닐까. 제겐 이 도시를 떠날 기회가 여러 번 있었어요. 호주나 캐나다로 이민을 갈 뻔하기도 했고요. 하지만 제가 반대했어요. 가까이 살아야 찬우를 만날 기회가 생길 거라 여겼거든요. 제가 외국으로 떠나버리면 영영 우리 찬우를 못 만나는 거잖아요? 그런데 이 일을 당하고 보니, 그때 떠났어야 했다는 후회가 드네요. 그랬다면, 그랬더라면, 우리 찬우에게 그렇게 끔찍한 일이 생기진……"

나는 단호하게 말허리를 잘랐다.

"아닙니다. 그건 미신이에요. 찬우는 엄마를 만나고 매우 기뻤을 겁니다. 엄마를 만났기 때문에 불행한 일을 당한다는 건 말도 안 됩니다. 엄마가 그런 생각하는 줄 알면, 찬우가 무척 슬퍼할 겁니다."

"……그렇겠죠?"

그녀가 희미한 미소와 함께 확인하듯 물었다. 나는 고개를 두 번 끄덕인 후, 승태와 찬우가 마주 보며 앉아서 아침을 먹던 4월 16일 아침으로 돌아갔다.

4

생존 학생들이 광화문 촛불집회 무대에 올라가는 것이 그렇게 대단한 일이냐고 혹자는 반문할지도 모른다. 나는 분명히 답할 수 있다. 오늘 무대에 올라간 저 생존 학생들은 참으로 대단한 용기를 낸 것이다. 저기까지 올라가는데 1000일이 걸렸다.

세월이 약이라며, 죽은 사람은 빨리 보내고 산 사람이라도 살아야 한단 이야길 늘어놓는 이들이 꽤 있다. 피해자지원 실태조사를 하면서, 물론 유가족도 걱정이지만, 내 눈엔 자꾸 생존 학생들이 밟혔다. 아직 성년도 되기 전에 친구와 선생님을 잃은 아이들. 저들은 어떻게 각자의 기나긴 생을 꾸려갈까.

승태가 무대에 올라가겠다고 했을 때 처음엔 나부터 말렸다. 용기는 가상하지만 과연 그 부담을 질 만큼 강건해졌을까. 수십만 명 앞에 선다는 것이, 언론은 물론이고 SNS를 통해 이름과 얼굴이 알려진다는 것이 간단한 일은 아닌 것이다. 생존 학생들만 올라가서 입장을 밝히고 내려온다면 끝까지 말렸을지도 모른다. 그런데 승태가 무조건 들어줘야 한다며 뜻밖의 부탁을 했다.

"찬우 엄마를 모시고 와주셨으면 합니다."

입장 발표가 끝나면 희생 학생 엄마아빠들이 무대로 올라가서 생존 학생들과 포옹하는 시간을 갖는다는 것이다. 승태는 이왕이면 찬우 엄마가 자신을 안아줬으면 좋겠다고 했다.

승태가 찬우를 떠올린 이유는 납득할 수 있었다. 그런데 찬우 아빠가 아니라 찬우 엄마를 만나 달라는 부탁 앞에선 잠시 고민했다. 이혼 후 15년 동안 찬우를 키운 사람은 엄마가 아니라 아빠이지 않은가. 그런 내 맘을 꿰뚫기라도 하듯 승태가 덧붙였다.

"어젯밤에 찬우 아빠를 찾아가 뵀습니다. 길에서 마주치고도 인사를 드리지 않고 도망친 것부터 사과했고요. 4월 16일 배 안에서 있던 일들도 하나하나 전부 말씀드렸습니다. 그리고 허락해주신다면, 무대에선 찬우 엄마를 안아드리고 싶은데 어떻게 생각하시느냐고 여쭸습니다. 찬우 아빠가 저를 꼭 끌어안으셨습니다.

'고맙다, 찬우가 마지막까지 멋진 인간이었단 걸 알려줘서. 난 지금 이 포옹으로 충분해. 네 뜻대로 하렴.'"

승태는 찬우 아빠부터 만나는 용기를 냈던 것이다. 키만큼이나 마음도 자란 걸까. 전화를 끊기 전, 승태가 까다로운 질문을 던졌다.

"그런데 선생님! 막다른 골목까지 와서 내 엉덩이를 밀어 올려준 사람은 찬우 아빠가 아니래요. 찬우 아빠도 횡단보도에서 달아나는 청년을 보긴 했지만, 쫓아가진 않았다고 합니다. 화물을 부산까지 운송하기로 약조한 시간이 빠듯했다네요. 편의점에서 담배 한 갑만 사곤 곧바로 떠나 경부고속도로를 탔다고 합니다. 혹시 지나가 그랬나 싶어 물었는데, 지나도 아니래요. 달아나는 제 뒤를 100미터 정도 따라가다가 지쳐 잠시 웅크리고 앉아 기다렸는데 제가 오질 않아서 택시를 타고 집으로 돌아갔답니다.

발소리를 내며 막다른 골목까지 저를 쫓아왔던 사람은 누굴까요? 저를 밀어 올려 담을 넘도록 도와준 사람은 또 누구였을까요? 둘은 같은 사람일까요, 아니면 다른 사람일까요? 아무리 고민해도 모르겠어요. 선생님께 문자를 남기지 않았다면, 막다른 골목에서 담을 넘었다는 사실 자체가 꿈이 아닌가 저 자신을 의심했을지도 몰라요. 하지만 그건 분명한 사실입니다."

아홉 명의 생존 학생이 무대로 올라서자 광화문광장에서부터 서울시청까지 운집한 100만 명이 넘는 청중이 일제히 박수와 환호를 보냈다. 나는 무대 바로 아래에서 구호가 적힌 노란 천을 망토처럼 두른 아홉 명의 유가족과 나란히 앉아, 생존 학생들의 자기소개와 입장 발표를 지켜봤다. 모두들 차분한 목소리로 이름을 이야기했는데, 자신들의 소속을 참사 당시처럼 '2학년 *반'이라고 밝혔다. '2학년'이란 말만 듣고도 대기 중인 엄마 아빠들은 눈물을 훔쳤다. 옆에 앉은 찬우 엄마의 손을 꼭 쥐었다. 생존 학생 대표로 승태가 발표문을 낭독했다.

지금 국가는 계속해서 숨기고 감추기에 급급합니다. 국민 모두가 더이상 속지 않을 텐데, 국민 모두가 이제는 진실을 알고 있는데도 말입니다.

사실 그동안 우리는 당사자이지만 용기가 없어서, 지난날들처럼 비난받을 것이 두려워 숨어 있기만 했습니다. 이제는 저희도 용기를 내보려 합니다. 나중에 친구들을 다시 만났을 때, 너희 보기 부끄럽지 않게 잘 살아왔다고, 우리와 너희를 멀리 떨어뜨려놓았던 사람들 다 찾아서 책임 묻고 제대로 죗값을 치르게 하고 왔다고 당당히 말할 수 있게 되기를 바랍니다.

마지막으로 우리와 뜻을 함께해주시는 많은 시민들, 가족들, 유가족 분들께 진심으로 감사드리며 조속히 진실이 밝혀지길 소망합니다.

먼저 간 친구들에게 해주고 싶은 말이 있습니다. '우리는 너희를 절대 잊지 않고 기억하고 있을게. 우리가 나중에 너희를 만나는 날이 올 때 우리를 잊지 말고, 열여덟 살 그 시절의 모습을 기억해줬으면 좋겠어.'

— 2017년 1월 17일 '세월호참사 1000일 11차 범국민 행동의 날'에 낭독된 생존 학생 입장문

낭독이 끝나자 유가족들이 무대로 올라갔다. 찬우 엄마는 제일 마지막으로 가선 승태와 마주 보고 섰다. 식이 시작되기 전에 잠깐 인사라도 하겠느냐고 권했지만 승태도 찬우 엄마도 웃으며 받아들이지 않았다.

고개를 숙인 승태는 찬우 엄마를 정면으로 쳐다보지도 못했다. 전화에선 당당한 척 굴었지만 눈물이 계속 흘렀던 것이다. 사회자가 포옹하란 말을 하기도 전에, 먼저 나아가서 승태를 안은 것은 찬우 엄마였다. 머리 하나는 더 큰 승태의 팔을 당긴 뒤 품에 꼭 안고 등을 토닥거렸다. 승태는 그녀의 가슴에 얼굴을 묻고 엉엉 소리 내어 울기 시작했다. 끌어안고, 눈물을 닦아주고, 인사

를 건네고, 그러다가 다시 끌어안는 동안, 사회자는 한마디도 하지 않았다. 이후로도 예정된 행사가 있지만, 사회자는 생존 학생과 희생자 부모의 포옹에 5분 더 시간을 허락했다.

이윽고 사회자가 조심스럽게 생존 학생과 희생 학생 부모의 퇴장을 알렸다. 그들은 몸과 몸을 붙인 채 흐느끼면서도 웃으며 무대를 내려왔다. 제자리로 돌아온 찬우 엄마는 나를 끌어안곤 되뇌었다.

"고마워요. 정말 고마워요."

나는 그녀의 손에 들린 스카프를 놓치지 않았다. 귤빛 스카프였다. 1000일 만에 건넨, 승태의 손을 빌린 찬우의 선물이었다.

5

특조위 조사관을 하며 얻은 것이 둘 있다. 하나는 위장병이요 또 하나는 사람이다. 진상이 규명될 때까지 포기하지 않는 조사관 몇 사람과 친구가 된 것이다.

정부에 의해 특조위가 종료된 후에도 조사관들이 흩어지지 않고 따로 사무실을 마련했다는 소식이 알려지자, 인터뷰 요청과 함께 몇몇 조사관들의 행적이 소개되었다. 격려와 응원이 조사 활동을 이어가는 데 큰 힘이 되는 것 또한 사실이다.

특조위 활동을 하면서 청문회를 열 때는 조사 내용을 정리하고 자료를 준비하느라 전화 받을 틈도 없었다. 1차와 2차 청문회를 열기 전 일주일은 야근은 기본이고 철야를 한 날도 적지 않았다. 최선을 다했는데도 격려와 응원보다는 비판이 더 많고 가까웠다. 수사권과 기소권이 없는 특조위로선 조사권만 가지고 참사의 난제들을 파헤치는 데 한계가 있었다. 조사관 스스로도 답답함을 느끼는데, 유가족을 비롯한 피해자들과 연대 단체에 속한 활동가들 그리고 시민들은 더욱 분노가 치밀어 올랐을 것이다.

조사관들은 일희일비하지 않았다. 몰래 소주를 나눠 마시며 아쉬움을 삭일지언정 우리가 조사해야 하는 해수부와 해경 앞에선 더욱 당당하게 맞섰다. 날카로운 검이 되진 못하지만 둔탁한 돌도끼로 오래 버티리라 다짐한 것이다.

조사관 개개인의 페이스북이나 트위터에 응원 댓글이 달렸고 격려 문자가 날아오기 시작했다. 2기 특조위가 만들어질 때까지 사무실을 유지하면서 조사 활동을 이어가달라는 당부가 대부분이었다. 2기 조사관으로 꼭 다시 지원하라는 때 이른 부탁도 있었다.

피해자지원 실태조사와 아울러 내가 할 일이 하나 더 늘었다. 틈틈이 조사관들과의 상담을 진행하려는 것이다. 조사관들 역시 참사 관련 자료를 모으고 각종 인터뷰를 진행하면서 트라우마가 생겼다. 마음을 다쳤다거나 기분이 울적하다거나 짜증이 늘었다는 식으로 모호하게 처리하고 넘어가선 안 된다. 더 강하고 멋진 조사관이 되기 위해선 자신의 마음부터 들여다봐야 하는 것이다. 심리상담사이면서 조사관인 나만이 이 일을 할 수 있다. 다른 상담사에겐 털어놓기 어려운 마음의 문제들도 나와 함께 해결해 나가긴 한결 쉬울 것이다. 서로 돕고 함께 힘을 내는 것이 최선이다.

댓글과 문자는 많지만, 손으로 직접 쓴 편지를 받은 조사관은 나뿐이다. 그것도 조사 대상으로부터! 해수부나 해경 담당자에게서 손편지를 받는 것은 상상도 못하는 조사관들은 수신란에 적힌 '고안영' 내 이름 석 자를 신기한 듯 쳐다보았다. 승태의 편지였다. 손으로 직접 쓴 것은 고마웠지만, 만연체에 모호한 구석이 적지 않았다. 영문과 신입생이지만 영작뿐만 아니라 우리말 작문에도 공을 들일 필요가 있을 것이다. 사무실 옥상에 올라가서 편지를 꺼내 읽었다. 굵직굵직한 글씨체가 승태의 역삼각형 상체를 닮았다.

고 선생님.

도움 주셔서 감사합니다.

횡단보도에서 찬우 아빠를 우연히 만나고 담을 겨우 넘어 달아나다가 선생님께 오자투성이 문자를 보내고 집으로 돌아왔던 밤, 일기를 쓰고 싶었는데 손가락이 너무 아파 쓰지 못하고, 그래도 꼭 남겨두고 싶은 말이 있어 녹음을 했었습니다. 오늘 새벽에 녹음한 걸 옮겨 아래와 같이 정서했습니다.

'차라리 마음이 없었으면 좋겠어요. 그럼 이렇게 그립지도 미안하지도 않을 테니까. 사람은 언제부터 마음을 갖게 된 거예요? 마음이 생기기 전으로 저만 돌아갈 순 없나요? 그게 힘들다면, 탁자나 지우개나 바위로 변하고 싶습니다. 선생님은 마음을 만지는 게 직업이니, 알고 계시죠? 죽어버리면 마음도 사라진다는데, 정말인가요?'

죽고 나면 마음도 사라진다는 주장엔 이제부터 반대하렵니다. 마음이 저승에서 어찌 되는지는 모르겠지만, 적어도 산 자들은 이곳에 남아 있는 고인의 마음을 확인할 순 있습니다. 그 마음이 담긴 매체가 책이냐 영상물이냐 이런 식으로 따지고 들면 쓸데없는 논란이 생길지도 모릅니다. 하지만 고인의 마음이 이승에 사는, 그러니까 아직 저승으로 건너가지 않은 사람들의 마음에 담겨 있고, 각자의 언행에 따라 그 마음이 다른 빛깔 다른 냄새 다른 소리 다른 형체로 나타난다고 하면, 최소한의 합의에 이르지 않을까요? 연락드리고, 종종 찾아뵙겠습니다.

승태

손으로 쓴 편지 정도라면 내 자랑이 지나칠 수도 있다. 그러나 승태의 편지가 도착한 다음 날 소포까지 배달되었다. 조사관으로 활동하는 동안엔 어떤 선물도 받지 않는 것이 우리들의 원칙이다.

그러나 조사관 전체 회의를 거쳐 이것만은 받기로 했다. 찬우 엄마가 보낸 소포의 내용물은 초등학교 앞 문구점에서 흔히 살 수 있는 공책 열 권이었다. 따로 편지나 메모는 없었다. 나는 그 공책을 조사관들에게 한 권씩 나눠주며 이렇게 찬우 엄마의 마음을 전했다.

"초심 잃지 말고, 이 공책을 가득 채울 정도로 조사에 집중해 달란 뜻일 겁니다. 누가 먼저 공책을 끝까지 채우는지 내기할까요? 일등 먹은 조사관이 나머지 조사관들에게 공책 한 권씩 또 선물하기. 명품 노트 말고, 딱 이렇게 학교 앞 문구점에서 파는 공책으로! 오늘부터 당장 시작합시다!"

소소한

/

기쁨

/

편집장이 직접 소중의 자리까지 왔다.

왼편으로 창을 둔 소중의 책상까지 오려면, 편집부원 책상을 일곱 개나 지나쳐야 했다. 안 보는 척하면서 책상에 놓인 원고와 필기구와 책들을 빠른 속도로 훑는 것이 남대식 편집장의 재주 아닌 재주다. 편집장이 다가오자 부원들은 의자를 당겨 앉아 양 팔꿈치를 최대한 벌려 책상에 얹곤 원고에 집중하는 시늉을 했다. 아무리 애를 써도 흩어놓은 물건을 수습하긴 늦었다. 난처하긴 소중도 마찬가지다. 일주일 전 편집장은 1930년대 상하이 뒷골목을 다룬 중국어 원서 검토를 지시했다. 소중은 겨우 서문만 읽었다. 뭘 해도 손에 잡히지 않는 일주일이었다. 포스트잇을 책갈피처럼 붙여두는 것은 소중의 버릇이었다. 편집장이 포스트잇 위치만 봐도 소중의 게으름을 눈치챌 것이다. 곧장 다가오는 편집장의 발소리를 들으며, 소중은 핑계거리를 떠올리다가 멈췄다. 잘못했으면 벌을 받아야지. 소중이 하나뿐인 딸 조들레에게 자주 하는 얘기다.

"금 팀장, 황 선생님 사진들 좀 챙겨봐줘요."

대답 대신 고개를 들고 편집장에게 눈으로 물었다.

그 정도로 안 좋으신 건가요?

편집장이 책상에 놓인 『1930, 상하이 뒷골목』이란 책을 내려다보았다. 포스트잇 위치를 확인하고도 언제쯤이면 검토서를 볼 수 있냐고 묻지도 않았다.

"어떤 사진이 필요하신가요?"

소중은 꼭 확인하고 싶었다.

"잔잔하게 미소를 머금은 사진이 좋겠다고 사모님께서 말씀하시긴 했어. 최근엔 부쩍 야위셨으니 그 사진들은 빼고. 금 팀장이 황 선생님과 작업한 게 언제부터죠?"

"2003년부터입니다."

"그럼 해 넘기면 13년째인가?"

13년, 긴 시간이다. 남 편집장이 이 회사로 온 것이 불과 3년 남짓이니까. 13년이 흐르는 동안 소중은 결혼을 했고 들레를 낳았고 이혼을 했다. 그리고 황철후 선생의 책을 네 권 편집해서 냈다. 3년에 한 권꼴로 작업한 셈이다. 소중이 맡은 저자 중에는 열 권을 함께 작업한 이도 있었다. 책의 많고 적음은 세상의 기준이고 중요한 것은 작업의 밀도다. 외유내강 황 선생은 소중의 의견을 존중하면서도 한두 군데는 자신의 입장을 강하게 피력했다. 문제는 그 입장에 파격(破格)이 담겼다는 점이다. 황 선생을 존경하는 출판사 대표 입장에서도 그중 절반은 받아들이기 힘들었다. 그 힘듦을 선생에게 설명하고 양해를 구하고 설득하고 때론 쟁론할 책임이 소중에게 있었다.

편지를 쓰기도 했고, 차 한 잔을 두고 긴 이야기를 나누기도 했다. 아파트 산책로를 따라 한 시간 남짓 걷기도 했다. 소중은 최선을 다해 출판사 입장을 전했다. 그것은 또한 소중의 입장이기도 했다. 소중은 황 선생이 조금 더 나서주기를 바랐다. 어른이 없는, 사상가를 갈망하는 시절이지 않은가. 한 걸음 아니 반걸음만이라도 독자들에게 다가간다면 좋을 것이다. 돌이켜 생각하니, 황 선생은 소중의 의견을 따른 적이 없었다. 부드럽게 미소 짓거나 고개를 끄덕여도 결국 자신의 뜻대로 했다. 임재준 대표도 소중의 보고를 받고는 번번이 마음을 접었다. 이렇듯 쉽게 물러설 일이라면 왜 말을 전하라 했는지, 소중은 때때로 섭섭했다. 편집자는 섭섭한 자리라던 선배의 자조(自嘲)가 떠올랐다.

서랍 제일 아래 칸을 열고 종이상자를 꺼내 책상에 올려놓았다. 저자 사진은 모두 그곳에 넣어두었다. 컴퓨터에도 따로 폴더를 만들었지만, 책에 넣든 넣지 않든, 마음에 드는 사진들만 인화하여 상자에 보관한 것이다.

최근에 작업한 저자들 사진이 먼저 잡혔다. 그 사진들을 모서리 쪽으로 이리저리 옮기고 나니 황 선생 얼굴이 눈에 띄기 시작했다. 발병 후 수척해진 사진부터 골라 아직 읽지 못한 원서 위에 놓았다. 서점 주최 강연회에서 열강하는 모습이다. 한 시간을 꽉 채우지 않으셔도 된다고, 힘들면 30분만 하시라고, 의자에 앉아서 하시는 게 좋겠다고 말씀드렸지만 황 선생은 자기 식대로 했다. 한 시간 20분을 똑바로 서서 강연한 후 40분이나 질의응답을 받았다. 이 사진은 강연의 막바지에 소중이 찍은 것이다. 꽃망울을 틔우듯 선생은 강연이 고조되면 평소와는 달리 기발한 농담을 곧잘 던졌다. 그날도 그랬다. 사진엔 단상의 선생만 웃고 있지만 객석을 가득 메운 300여 명의 청중도 동시에 들꽃처럼 웃었다.

지나치게 밝은가.

더 뒤적이다가 표정이 유난히 굳은 사진에 눈이 갔다. 강연 사진으로부터 불과 1년 전인데도 선생은 훨씬 젊고 단단해보였다. 오른손엔 큰 붓을 쥐었고 탁자엔 흰 종이가 펼쳐져 있다. 동거차도 앞바다에 배가 침몰한 그 봄, 황 선생은 단 한 번도 웃지 않았다. 글씨를 쓰는 것도 자제했다. 이날도 참사에 대한 심경을 담은 글씨를 받으러 간 것인데, 선생은 먹을 갈고 종이를 펴고 붓을 들었지만 끝내 쓰진 않았다.

지나치게 무거운가.

황 선생의 강연회를 따라 전국을 돌아다녔다. 강연 후 조금이라도 시간 여유가 생기면 그는 가까운 산과 강 혹은 바다와 들로 나갔다. 속초나 변산반도의 바다, 하동과 경주의 산, 부여와 김해의 강, 그리고 김제평야를 바라보며 선생은 서 있었다. 침묵은 또다른 대화였다. 파도와 나무와 바위와 풀과 곡식의 이야기를 듣는 시간. 사진을 마다하진 않았지만 정면에서 황 선생을 담은 사진은 적었다. 그가 풍경을 바라볼 때, 얕은 한숨을 쉬거나 눈귀를 살짝 올리며 웃을 때, 혹은 넋이 나간 사람처럼 입술을 약간 벌린 채 꼼짝하지 않을 때, 소중은 곁에서 셔터를 눌렀다.

이것들은…… 얼굴의 절반도 담지 못했으니 어렵겠고.

상자의 맨 밑바닥에 숨어 있던 사진이 손에 잡혔다. 옆얼굴도 아니고 뒷모습을 찍은 것이다. 저층 아파트를 원경으로 삼고 느티나무 한 그루가 그 앞에 있었다. 황 선생은 고개를 들고 나무를 올려다보는 중이었다. 어림잡아도 7미터는 넘어 보였다. 옆 나무들에 비해 줄기는 가는 편이었고 가지나 잎도 무성하진 않았다. 아파트 근처 공원에 흔히 있는 지극히 평범한 나무였다.

13년 전 봄, 황 선생에게 처음 인사드리러 갔을 때 찍은 스냅 사진이다. 공책에 만년필로 적은 원고를 컴퓨터로 조판해서 가져갔다. 서재는 아담하고 조용했다. 책들이 벽을 채웠지만 너무 많다는 생각은 들지 않았다. 딱 그만큼, 적당한 자리에 적당한 책과 액자와 책상과 화분이 있었다. 선생 역시 수천 년 전부터 그것들과 머문 듯 자연스러웠다. 그는 교정지가 든 서류봉투를 열어 보지도 않고 잠시 걷자며 앞장을 섰다. 그리고 간 곳이 아파트 앞 P 공원이다.

"이사 오던 날, 이 나무를 심는 걸 봤습니다. 나랑 이사 동기인 셈이지요. 같은 시간에 같은 공간에서 함께한다는 건 대단한 인연입니다. 사람이든 나무든 돌이든. 늘 그 자리에 있는 친구라고나 할까요. 먼 여행을 떠나거나 잠깐 다른 일에 집중하느라 산책을 쉬어도, 그러다가 문득 이 나무가 생각나서 와보면 지금과 같은 모습으로 반기더군요. 한결같음보다 아름다운 건 드뭅니다."

그리고 돌아서서 나무를 우러르는 뒷모습을 사진에 담은 것이다. 나무를 올려다보는 황 선생의 표정이 궁금하지만, 이제 영영 그것을 확인할 순 없다.

다섯 장의 사진을 서류봉투에 담아 편집장에게 갔다. 통화를 마칠 때까지 기다렸다가 내밀었다. 그는 봉투를 책상 구석에 올려뒀다.

"확인 안 하세요?"

"나중에…… 지금 이걸 꺼내 한 장을 고른다는 건, 마음이 안 좋아. 필요해지면 그때 함께 보고 택하도록 합시다."

소중은 아랫입술을 깨물며 왼 주먹을 쥐었다가 폈다. 돌아서서 제 자리를 향해 빠른 걸음을 옮겼다. 오늘 꼭 하지 않아도 될 일이었나. 그럼 왜 내게 황 선생의 마지막을 미리 상상하게 만드는가. 하고 싶지 않고, 하더라도 가장 늦게, 물러서고 물러서다가 마지막 순간에 마지못해 할 일이다. 일주일 전부터 미리 챙기고, 회의 시작 15분 전에 착석하여 다른 부원을 기다리는 편집장의 습성을 모르진 않지만, 황 선생 영정 사진을 챙기는 일만큼은 다르게 했어야 하지 않을까. 비보를 예감하는 것조차 주저된다면 사진을 챙기라는 지시 역시 마지막으로 미뤘어야 옳다. 사진들을 챙겨두기만 하고 보지 않겠다는 건 소중에겐 참담함을 미리 맛보게 하고 자신은 최대한 물러서서 기다리겠다는 심보와 다르지 않다.

종이상자를 처음 두었던 서랍에 넣곤 탁모독 작가에게 전화를 걸었다. 저녁 식사 약속을 며칠 미뤘으면 좋겠다고 했지만 탁작가는 꼭 오늘 만나야 하겠다며 단칼에 잘랐다. 편도선이 부은 것 같다고 둘러댔더니, 감기 기운은 자기도 있다며 역시 받아들이지 않았다. 소중이 먼저 전화를 걸어 마련한 자리였다. 더 이상 약속을 조정하긴 어려웠다.

"들레는요?"

"금방 잠들었어."

"나 안 찾았어요?"

"아직은…… 몇 시까지 온다 그랬지?"

아홉 시라고 하려다가 한 시간을 늘려 잡았다.

"열 시요!"

"알겠다. 열 시까진 꼭 와야 해. 네 아빠가 내일 베이징 출장이야. 내가 가서 이것저것 챙겨야 해. 너도 알잖니, 나 없으면 속옷 한 벌 가방에 못 넣어."

"알았어요. 열 시까진 꼭 갈게요. 그리고 텔레비전만 보세요. 책은 읽지 마시고."

"안 가지고 왔으니 걱정 마라."

참새가 방앗간을 그냥 지나치랴. 믿기 어려운 말이지만 더 따져 소중에게 이로울 것이 없었다. 어머니는 걸레로 바닥을 훔치면서도 책장을 넘기는, 요즘도 일주일에 서너 권씩 신간을 독파하는 애서가였다. 소중이 편집자가 된 것도 어머니 영향이 컸다. 어머니가 읽고 쌓아둔 책 더미에 묻혀 유년과 청소년기를 보낸 다음 소중의 눈에 띈 직업은 딱 둘이었다. 책을 쓰든가 그 책을 편집하든가. 대학 시절 단편소설 몇 편을 짓긴 했으나 그쪽으론 재능이 없음을 깨닫고, 졸업반에 올라가자마자 편집자 양성 프로그램이 있는 전문학원에 다녔다. 그리고 이 출판사가 첫 직장이다.

그렇게 책을 좋아하는 어머니에게 책을 보지 말라고 한 이유는 책만 보면 비명을 지르는 들레 때문이다. 작년 봄까지만 해도 할머니와 엄마를 닮아 늘 그림책을 가까이 두고 넘기는 아이였지만, 무너진 책장에 깔려 왼팔을 부러뜨린 후론 책이라면 질색을 했다. 아이는 책장이 신나게 춤을 추다가 갑자기 넘어졌다고 했다. 소중이 거듭 묻자, 책장 제일 윗칸에 놓인 그림책을 꺼내기 위해 식탁 의자를 가져와 디디고 올라섰는데, 팔을 뻗어도 모자랐다고 했다. 두 발을 책장으로 옮긴 뒤 계단 삼아 한 단 한 단 올라 그림책을 집는 순간, 그림책과 함께 책장이 넘어왔다는 것이다. 버팀목 역할을 한 의자 가까이 쓰러졌으니 왼팔이 부러지는 정도에 그쳤지, 의자마저 없었다면 큰 화를 당할 뻔했다. 그 후로 아이는 책만 보면 자지러지게 울다가 먹은 것을 죄다 토했다. 들레는 더 이상 유치원에 가지 못했다. 소중은 집에 있는 책들을 모두 건넌 방에 넣곤 문을 굳게 잠갔다. 병원을 다니며 심리 치료를 받았지만 아직까지 책에 대한 공포는 사라지지 않았다. 아빠의 부재 때문인가…… 소중은 늘 들레에게 미안했다.

소중은 저녁 식사만 간단히 하고 헤어지기로 마음을 정했다. 치맥을 즐기는 탁 작가지만, 오늘은 그를 따라 마실 기분이 아니었다. 저녁 식탁에 한두 잔 반주로 그쳐야지. 탁 작가가 짜증을 내더라도 양보하지 않고 버티리라. 아구찜 전문점에 마주 앉자마자 탁 작가는 소주잔부터 채웠다. 소중이 먼저 양해를 구했다.

"오늘은 늦게까진 못 있겠어요."

"늘 이런 식이오?"

탁 작가가 쏘아붙였다.

"뭐가요?"

"작가랑 저녁 미팅을 할 때 술 안 마시고 빨리 들어가겠다고 항상 밝히느냐고요?"

"아니에요. 그게 오늘은……."

"그럼 나한테만 미리 벽을 쌓는 이유 뭡니까? 계약하고 단 한 번도 술잔을 같이 기울인 적 없다는 건 알죠?"

"그랬나요?"

"애가 아프다고, 기다린다고. 싱글맘인 건 알지만, 작가와 편집자가 할 일이 없어서 저녁에 만나 밥 먹고 술 마시는 건 아니지 않습니까? 작품이 출간되기 전까진 작가가 믿고 의논할 상대는 편집자뿐입니다. 잠수사가 불빛 한 점 없는 심해에서 누굴 의지하는 줄 압니까. 바지선에서 산소를 공급하는 생명줄을 쥔 텐더(줄잡이)입니다. 편집자는 작가가 믿는 유일한 텐더라고요. 의논을 좀 해보려 하면 쪼르르 일어나서 나가버리니, 참! 미리 연락을 해서 날을 잡기에 오늘은 충분히 작품 얘길 할 수 있겠거니 하고 나왔는데, 역시나군! 갈까요 그냥?"

"아니에요. 저도 한 잔 주세요. 작품 얘기 많이 해요. 그걸 들으려고 만나 뵙자 한 겁니다. 맞아요."

이런 작가는 한마디로 진상이다. 술자리가 아니면 원고 이야기를 할 수 없나? 꼭 퇴근 후에야 미팅이 가능한가? 원고를 받기 전까진 편집자가 절대적인 약자이므로 따를 수밖에.

소중이 잔을 높이 들자 탁 작가의 표정이 비로소 누그러들었다. 천천히 소중의 잔을 채운 후 제 잔을 들고 부딪쳤다. 첫 잔은 단숨에! 탁 작가의 주도(酒道)였다. 소중의 빈 잔을 확인한 뒤 다시 잔을 채웠다. 소중은 그 잔도 절반 가까이 마신 다음에야 겨우 물었다.

"작업은 얼마나 하셨어요?"

탁 작가는 잔을 비운 뒤 스스로 한 잔 더 따라 마시곤 뜻밖의 답을 했다.

"아무래도 접어야 할까 봅니다."

"그게 무슨 말씀이세요? 절반 넘게 썼다고 보름 전 통화할 때 말씀하셨잖아요?"

"분량 따윈! 그딴 건 전혀 중요하지 않아. 지금까지 쓴 걸 다 버리더라도 어떻게 써 나가면 되겠단 확신만 서면 한두 달에 분량을 채울 수 있어. 하지만 이건 너무너무 어려워. 가만있진 못하겠기에 우선 쓰자고 시작은 했지만, 풀리질 않아. 내가 제대로 가고 있는지 자신도 없고, 아직 시작할 때가 안 된 이야길 잡고 있단 느낌도 들고……."

반말 투가 도드라졌다. 속에 꾹꾹 눌러뒀던 이야기가 터져 나오기 시작한 것이다. 이럴 때 소중은 물러서지 않고 오히려 한 걸음 더 나아갔다.

"작가님을 가장 괴롭히는 문제가 뭔가요?"

탁 작가가 소중의 눈을 들여다봤다. 그리고 잔을 비운 뒤 스스로 다시 채워 그마저 비웠다. 그 짧은 순간에 탁 작가의 고통이 소중에게 옮겨왔다. 가끔 원고를 읽다가도 통증 때문에 잠시 산책을 나갔다오곤 했다. 그렇게 스스로를 다독이지 않으면 다시 작업에 들어가기 힘들었다. 문장을 만든 이의 생각과 감정이 고스란히 소중의 몸에 담기는 것이다. 저자를 직접 만나면 감정이입의 강도가 훨씬 높아졌다. 특히 소중은 고통에 민감했다. 눈이 먼저 뻑뻑해지면서 안쪽 깊숙한 부위를 바늘로 찌르는 듯했다. 그리고 목에서 어깨를 지나 오른 손가락 전체가 저렸다. 식은땀이 나고 허리까지 당겼다. 이 사람, 진짜 아프구나!

"어제 쓰다 만 장면 이야기해줄까. 남학생들이 모여 있던 4층 선수 쪽 복도야. 구명조끼함이 열려. 학생들이 조끼를 꺼내 친구들에게 내밀지. 조끼를 급히 입기 시작해. 그런데 조끼가 하나 부족한 거야. 두 학생이 서로 입으라고 양보를 해. 수영이라면 자신이 있다고 한 친구가 말하자, 자기는 잠수까지 배웠다고 다른 친구가 받아. 그렇게 옥신각신하는데 배가 더 기울고, 조끼를 서로 양보하던 두 친구는 거의 동시에 조끼를 잡지. 꽉 잡고 자기 쪽으로 당기려다가 눈이 마주쳐. 우리가 지금 뭘 하고 있는 거지? 그리고 두 친구는 또 거의 동시에 조끼 쥔 손을 놓아. 그 바람에 조끼는 바닥에 툭 떨어지지. 두 친구가 허리를 숙여 조끼를 주우려는데, 팔 하나가 쓰윽 나와서 그 조끼를 먼저 집어. 두 친구의 시선은 조끼를 따라 올라가지. 그 조끼를 낚아챈 사람이 누군 줄 알아?"

"……."

소중은 가슴에 돌을 얹은 듯 답답하고 심장이 빠르게 뛰었다.

그래도 탁 작가를 향한 눈길은 거두지 않았다. 그가 오히려 고개를 숙인 채 소주잔을 들진 않고 쥐기만 했다. 손등으로 눈물을 닦으며 욕을 지껄였다.

"그 개잡놈의 새끼가 바로 나야. 내가 낚아챈 거라고. 소설을 아무리 잘 써봤자 뭘 해? 아이들은 죽어버렸고, 아이들 버려두고 살아 돌아온 놈은 이 핑계 저 핑계를 대며 또 살아. 내 문장은 때늦은 한숨 같아. 이깟 한숨, 이러니저러니 늘어놓는 게 싫어. 난 자격 없어. 입 처닫고 조용히 아이들 영혼을 위해 기도나 드리는 편이 나아. 소중 씨가 나라면 어쩌겠어? 그래도 계속 쓰겠어?"

호기롭게 탈고 날짜부터 제시할 때 주의했어야 했다. 20년 가까이 단 한 번도 어기지 않고 약속한 날에 원고를 가져온 작가로 이름이 높았기에 그의 호언을 믿었다. 하지만 탁 작가는 심각하게 작가 인생에서 처음으로 계약을 파기했으면 좋겠다는 뜻을 에둘러 밝힌 것이다. 우울이 깊구나. 그 배에 탄 적도 없으면서, 희생된 학생들의 죽음을 자신의 잘못으로 받아들일 만큼. 그래서 글을 쓸 자격이 없다고 말할 만큼.

소중이 왼팔을 뻗어 탁 작가의 오른손을 쥐었다. 그가 젖은 눈을 들었다. 팔을 빼지 않고 고개를 숙인 채 눈물을 쏟았다. 이렇게 손이라도 잡으면 상대의 고통이 더욱 짙게 자신에게 옮겨 온다는 것을 소중은 알고 있었다. 최소한 이틀은 앓을지도 몰랐다. 소중은 그렇게 탁 작가의 손을 꼭 쥔 채, 어깨를 흔들며 울음을 쏟는 이 남자의 문장들을 떠올렸다. 검토한 450매 분량의 초고는 나쁘지 않았다. 솔직히 말하자면 무척 좋았다. 침몰 상황이 자세하고 역동적이었다. 공간을 완전히 장악한 작가만이 쓸 수 있는 다양하고 꼼꼼한 묘사들이 그 속에 머문 사람들의 두려움과 슬픔과 기다림을 증폭시켰다. 도면을 확인할 뿐만 아니라 모형까지 만들어 연구한다는 이야기가 헛소문이 아니었다. 전반부처럼만 이야기를 이끌어 마무리하면 수작(秀作)이 탄생하리라. 그런데 갑자기 작업 중단을 통보한 것이다.

결국 2차로 치맥까지 하고 11시가 넘어서야 헤어졌다. 소중은 택시를 잡아탔지만 아파트 현관으로 들어섰을 때는 자정을 넘길 수밖에 없었다.

"엄마, 미안! 일이 있었어, 좀……."

"이야긴 나중에 하자. 나 간다."

"들레는?"

"한 번도 안 깼다."

현관문이 닫히자 소중은 구두를 벗기 위해 주저앉았다. 가방에서 책 두 권이 흘러 바닥에 소리를 내며 떨어졌다. 탁 작가를 위해 출판사에서 챙겨 나온 책들이었다. 9·11 사태와 타이타닉호 침몰의 비밀을 다룬 책을 골랐다. 그러나 그가 울음을 터뜨리자 소중은 그 고통을 다독이느라 가방에 넣어온 책까지 생각이 미치지 못한 것이다.

팔을 뻗어 책을 집으려는 순간 안방 문이 열렸다. 분홍 잠옷을 입은 들레가 눈을 비비며 서 있었다. 소중과 시선이 마주치자 입가에 미소를 머금다가, 소중의 손에 들린 책을 보자 갑자기 울음을 터뜨렸다. 소중은 급히 달려가서 들레를 품에 꼭 안았지만 소용없었다.

괜찮아 들레야 괜찮아. 엄마가 미안해. 많이 미안해.

소중은 밤새 그렇게 아이를 꼭 안아 재웠다.

뉴스 첫머리의 단골손님들이 황 선생의 아파트를 찾는다는 소식이 들려왔다. 정치인들과 재계 인사들이 황 선생께 마지막 인사를 드린다는 것이다. 임 대표도 편집장과 함께 지난주에 다녀왔다. 황 교수는 자신의 저작들을 출판사에서 계속 관리해주기를 희망했다. 임 대표가 바라는 것이기도 했다. 소중이 고른 사진 다섯 장을 모두 사모님에게 전해줬다는 얘기도 들었다. 결국 편집장은 다섯 장을 꺼내 거기서 옥석을 가리는 수고도 맡지 않았다.

"교정지는요?"

회의실에 마주 앉자마자 던진 소중의 물음에 편집장은 빈손을 들어보였다.

"아직, 좀 더 고치시겠답니다."

소중이 반색했다.

"기력을 되찾으신 건가요?"

"그건 아니고…… 하여튼 교정지를 주진 않으셨어요. 내 생각
엔……."

그가 허리를 약간 숙이며 소중의 눈을 들여다보곤 말을 이었다.

"금 팀장이 가야 주실 것 같아."

"왜요? 저를 부르셨어요?"

"몰라. 그냥 내 느낌이……."

황 선생의 병세는 하루가 다르게 악화되었다. 가벼운 담소를
나누고 나왔으며 꼭 중병을 이겨내시리라 믿는다는 희망 섞인 이
야기도 거의 사라졌다. 눈을 맞추긴 했으나 목소리를 듣진 못했
다는 언급에서부터 아예 눈을 감은 채 미동도 하지 않았다는 이
야기까지 나왔다. 그리고 어젠 아파트를 찾아온 사람들 대부분을
만나지 않고 돌려보냈다. 소중은 황 선생을 뵙고 오겠다며 편집
장에게 말했다. 그는 너무 늦은 것이 아니기를 바란다고 했다.

"무슨 말씀이세요?"

"어제부터 곡기를 끊으셨대요. 이제 정말 마지막까지 온 모양
입니다."

소중은 아파트 상가 앞에 서는 버스 대신 15분 남짓 걸어 들
어가야 하는 지하철을 택했다. 지하철역과 이어진 백화점 정문
앞에서 가죽장갑을 꺼내 끼려다가 눈물을 훔쳤다. 그 장갑은 작
년 늦봄 황 선생이 선물로 준 것이다. 여름이 코앞인데 장갑을 선
물로 받으니 기분이 묘했다. 더군다나 그때는 황 선생의 신간이

나온 시기도 아니었다. 즐겨 찾는 냉면집으로 소중을 불러내 함께 점심을 먹은 후 슬쩍 내민 것이 바로 이 장갑이었다.

"껴봐. 맞나 봐야지."

소중이 천천히 장갑을 꼈다. 맞춘 듯이 손이 쏙 들어갔다.

"얘기 들었어. 들레가 다쳤다고? 이럴 때일수록 소중 씨 몸과 맘을 잘 챙기도록 해."

황 선생은 알고 있었던 것이다. 소중은 극심한 스트레스를 받으면 손이 몹시 차가워졌다. 그 바람에 손등에 핏줄이 벌겋게 서거나 심한 경우 살갗이 갈라지고 피딱지가 앉았다. 자는 동안 근지러움을 참지 못해 손톱으로 긁어대기도 했다. 신간 원고를 만질 때면 늦봄이나 초가을인데도 상처 많은 손을 가리기 위해 종종 장갑을 끼고 다녔다.

손등으로 눈물을 훔치다가 따끔거려 쳐다봤다. 어느새 손등한 가운데가 갈라져 있다. 반년 가까이 집에서 책을 모조리 숨긴 뒤로 들레는 비명을 지르지 않았다. 탁 작가가 그 밤에 눈물 쏟지 않았더라면, 소중이 책을 집으로 가져오지도 않았을 테고, 그녀의 손등도 이렇게 다시 성을 내진 않았으리라.

사람들이 이상하게 보든 말든, 소중은 장갑을 끼곤 짝짝짝 양손을 부딪쳤다. 익숙한 길이었다. 컴퓨터에도 능한 황 선생이지만 원고는 항상 공책에 손으로 썼고, 편집 과정에서도 화면에 파일을 띄워 검토하는 대신 교정지를 받아 고쳤다. 황 선생은 수정할 때마다 소중의 의견을 구했다. 가끔은 황 선생 아파트로 교정지를 들고 가기도 했다.

"이번에 고친 부분은 어땠어?"

선생이 이렇게 질문을 던지면 소중은 원고에 관한 자신의 생각과 느낌을 제법 길게 이야기했다. 선생은 소중과 생각이 다르더라도 끼어들어 자르지 않고 처음부터 끝까지 경청했다. 때로는 그 시간이 30분을 넘길 때도 있었다. 그럴 때마다 곁에서 사모님은 조용히 소중의 찻잔을 당겨 식은 차를 버리고 새 차를 우려 올려놓았다. 그 손길이 워낙 자연스러워서 소중은 제 앞에 놓인 차가 바뀌는 줄도 모르고 이야기에만 집중했다. 선생은 신간을 낼 때 적어도 아홉 번은 원고를 고쳤다. 소중 역시 아홉 번 아파트로 가서 아홉 번 수정된 원고에 대하여 아홉 가지 이야기를 해야 했다. 소중이 입사하기 전 선생의 담당 편집자였던 K는 이 시간을 못 견뎌했다. 출산휴가를 낸 후 돌아오지 않고 회사를 옮겼다.

소중은 이런 만남이 싫지 않았다. 힘들지 않았다거나 부담스럽지 않았다는 이야긴 결코 아니다. 저자 앞에서 원고에 관해 의견을 내려면 적어도 이틀은 꼬박 고민해야 한다. 지적을 하더라도 저자가 불쾌하지 않도록 적절한 어휘를 골라야 한다. 그 고생을 감내하고서라도 황 선생과 변해가는 원고에 관해 의견을 주고받는 시간은 소중의 편집자 인생에서 가장 빛나는 순간이었다. 선생이 교정지에 고친 문장들을 확인하고 편집하여 그 다음 교정지를 만들어내기까지, 소중에게 깃들었던 감정과 생각을 하나하나 천천히 풀어놓을 기회였다. 다른 저자들은 편집자의 의견을 아예 듣지 않거나 핵심만 추려달라 했다. 황 선생은 달랐다. 소중이 30분을 이야기하면 30분을 들었고 한 시간을 이야기하면 한 시간을 들었다. 밤을 새워 이야기한다 해도 말을 끊지 않고 끝까지 들을 사람이었다.

게다가 선생은 같은 문장을 아홉 번 보면서 아홉 번 다르게 바꿨다. 처음엔 전혀 손을 대지 않고 지나쳤다가도 그 다음 교정에선 삭제하기도 하고, 그 다음에선 되살려 더 길게 늘어놓았다가, 마지막엔 다시 처음 문장으로 돌아가기도 했다. 소중은 그 변화에 일일이 의견을 밝혀야 했다. 같은 제목의 책 한 권이지만, 서로 다른 아홉 개의 대륙을 탐험한 기분이 들 정도였다.

최종 결정은 황 선생이 내렸다. 소중의 의견과 일치할 때도 그것은 편집자를 따랐다기보다는 그가 미리 준비한 결론을 소중을 통해 확인한 정도였다.

마지막 원고 역시 소중은 이미 여덟 번 의견을 냈다. 그러니까 아홉 번째, 지금까지 선생의 작업 방식으로 보자면 거의 마지막 교정지가 그의 아파트에 가 있는 것이다. 교정지를 품에 안고 선생과 마주 앉은 지도 5개월이 훌쩍 넘었다. 그때만 해도 선생은 한 시간 남짓 이야기를 나눈 뒤 전철역까지 소중과 걸으며 단어 몇 개를 더 곱씹었다. 1교부터 4교까지는 전체적인 흐름을 중시하며 더할 것과 뺄 것을 에피소드나 문단 단위로 고민한다면, 5교부터 7교까지는 문장을 유심히 들여다봤다. 그리고 8교와 9교는 단어 몇 개로 최소한 일주일, 길게는 한 달을 끌었다. 그런데 이번엔 5개월이다. 병이 악화되지 않았다면 벌써 최종고를 넘기셨을까. 병과 무관하게 맘에 걸리는 대목이 남아서 생사를 넘나드는 이 순간에도 원고를 쥐고 계신 걸까.

선생님! 이제 그만 놓고 쉬세요. 선생님의 들숨 한 번 날숨 한 번이 훨씬 귀중합니다. 쇠파리처럼 머리를 어지럽히는 단어들일랑 치워버리세요.

아파트 상가로 접어들자 두려움이 일었다. 어제 저녁부터는 내방객 모두를 돌려보냈다지 않은가. 공식 발표를 하진 않았지만 사람을 알아보지 못할 정도로 병이 악화되었는가. 말도 못하고 그저 누워 죽음을 기다리고 계신 걸까. 보름 전, 입원한 병실에서 집으로 돌아가겠다고 결정한 것 역시 황 선생이었다. 가망이 없다는 의사의 진단에 따라 마지막 숨을 거둘 장소를 고른 것이다. 이제 그 순간이 가까웠는가. 70여 년 전 길에서 잠시 만나 이야기를 나눈 소녀의 얼굴과 말투까지 또렷이 기억하는 그였지만, 죽음 앞에선 모든 것이 흐려지는가. 여기까지 와서 황 선생과 마지막 인사를 나누지 못한다면, 평생 후회로 남을 것이다. 소중에겐 5개월의 기회가 있었다. 그 사이 전화 통화도 열 번은 했다. 병문안을 가겠다는 말에 황 선생은 너털웃음을 들려줬다.

"원고 독촉하려고? 거의 다 되었으니, 조금만 기다려."

소중은 기다리겠다고 했다. 기다리라고 했는데 불쑥 찾아가는 것은 예의가 아니다. 그렇지만 찾아갔어야 했다. 두 달 전, 한 달 전, 적어도 보름 전에는! 마지막 통화를 한 것이 한 달 전이었다. 그때도 선생은 단어 두 개만 더 만지면 된다고, 기다려달라고 했다. 목소리엔 힘이 없었고, 말끝이 분명하지 않고 떨려 흐릿했다. 매사에 맺고 끊는 것이 분명한 선생이었다. 말투 역시 다르게 해석될 여지를 남기지 않도록 단정했다. 마지막 통화에선 단어와 단어 사이에 여백이 길었고, 말의 시작과 끝이 뒤엉켜, 소위 분석과 해독을 해야 할 정도였다.

"좋은데…… 좋긴 한데…… 이제…… 못하는 건가?"

그때도 눈물을 참지 못해 편집실 복도로 나왔었다. 그런데도 찾아가진 않았다.

아파트 입구에 들어섰을 무렵, 황 선생이 위독하다는 소식을 들은 신문 기자들이 소중에게 전화를 걸어왔다.

"위독하시데요?"

"언제쯤 돌아가실 것 같아요? 혹시 벌써……?"

"……몰라요."

"담당 편집잔데 모릅니까? 숨기지 말고 아는 거 있으면 귀띔해줘요."

"정말, 몰라요."

"부고 기사를 미리 준비해둬야 해서 그럽니다. 나도 이런 거 묻는 게 예의가 아니란 건 알아요. 하지만 파악은 해둬야 더 나은 기사를 내보낼 수 있죠. 그러니 알려줘요. 언제쯤일 거 같습니까?"

소중이 아랫입술을 깨물면서 왼 주먹을 꼭 쥐었다가 천천히 폈다. 슬픔이나 분노가 클수록 아랫입술을 더 꼭 깨물며 주먹을 더 힘껏 쥐었다. 그 주먹을 풀고, 아랫입술을 누르는 윗니를 떼는 시간도 훨씬 오래 걸렸다. 때로는 팔이 저리고 입술에 피멍이 들 정도였다. 그 사이 상대가 던진 말들이 그려졌다. 날카롭고 거칠고 더럽고 시종일관 공격적인 말의 풍경들.

황 선생의 서재 앞에 이르렀다. 이 문 저편에 황 선생이 있는 것이다. 철마다 오간 곳이지만 처음 온 듯 냄새도 빛깔도 소리도 낯설었다. 엄지 하나 겨우 들어갈 정도의 틈으로 사모님이 안을 살폈다. 그리고 조용히 물었다.

"금소중 씨가 왔어요. 보시겠어요?"

사모님이 문을 좀 더 열었다. 소중이 그 사이로 걸음을 옮겨 서재로 들어갔다. 선생은 앉아 있었다. 허리를 꼿꼿하게 세우진 않고 비스듬히 쿠션을 등에 받치고 두 발을 뻗었다. 누워 사경을 헤매고 있으리란 상상과는 너무 달랐다. 선생은 눈을 지그시 감은 채 고요했다. 5개월 전보다 훨씬 야위었다. 몸무게가 적어도 10킬로그램은 덜 나갈 듯했다. 살점 하나 없는 뺨, 갈라지고 딱지

앉은 입술.

사모님이 여느 때처럼 소반에 차를 담아 들고 들어왔다. 차향이 코로 스며들었던 걸까. 선생이 눈을 뜨곤 고개를 살짝 오른쪽으로 돌렸다. 눈이 마주쳤다. 소중이 무릎걸음으로 다가가선 왼팔을 뻗어 선생의 오른손을 쥐었다. 선생의 손에도 미약하지만 힘이 들어갔다.

"왼쪽 전부를 움직이기 힘드셔. 하루 종일 눈을 감고 저렇게 앉아 계셨어. 그래도 딴 사람은 다 거절하더니, 소중 씨가 오니 눈을 뜨시네. 반가운 게지."

자글자글한 눈귀가 살짝 올라가며 가늘게 떨렸다. 저자가 이승에서의 마지막 인사를 편집자에게 건네고 있는 것이다. 소중은 그 웃음에 웃음으로 답하지 못하고 눈물을 뚝뚝 흘렸다. 선생이 오른손을 빼 소중의 손등을 덮었다. 어미 새가 아기 새를 품듯 토닥거렸다. 소중의 이마가 그의 손등에 닿았다. 눈물이 눈썹을 적시고 젖은 이마로 흘러내렸다.

"제가…… 잘 못해드려서…… 벌써 왔어야…… 용서하세요…… 용서하지 마세요. 선생님!"

그 사이 사모님은 식은 차를 버리고 새 차를 우려냈다. 차향이 소중의 코로 스며들었다. 울음을 그치고 오른손으로 눈물을 훔친 뒤 찻잔을 들었다. 왼손은 여전히 선생의 손을 놓지 않았다. 무슨 일이 있어도 이 손만은 영원히 놓지 않겠다는 듯이. 소중이 차

를 마시는 사이 선생은 고개를 똑바로 돌리곤 눈을 감았다. 사모
님이 다리를 덮은 담요를 고쳐 끝을 손바닥으로 눌러 쓸었다.

"소중 씨가 용서를 빌 건 하나도 없어요. 오히려 소중 씨 덕
을 톡톡히 봤지. 저이도 몇 번 그랬어요. 금소중 씨가 보물이라고.
13년 동안 낸 책들은 소중 씨로 인해 제자리를 찾고 빛을 봤다고."

과찬이었다. 평소의 소중이라면 그런 말씀 마시라고 손사래를
쳤을 것이다. 그러나 그 순간엔 찻잔을 놓고 선생에게 바짝 허리
를 숙여 다가앉느라 마음이 급했다. 다시 그가 눈을 떴던 것이다.
처음보다 눈꺼풀이 무거워보였다. 고통이 극심한지 입술까지 함께
떨렸다.

"선생님! 힘드시면 조금 주무세요. 편히, 제발 편히 계세요."

선생은 오히려 눈에 더 힘을 실었다. 흰 동자에 실핏줄이 돋을
정도였다. 입술을 겨우 조금 벌려 작지만 또렷하게 말했다.

"……원고."

그의 시선이 등을 받치고 있는 책장 제일 아래 칸으로 향했다.
거기 텅 빈 칸에 누런 봉투만 놓여 있었다. 소중은 그것이 5개월
전 교정지를 넣어가지고 온 출판사 봉투란 걸 한눈에 알아봤다.

"보여드릴까요?"

선생이 고개를 저었다.

"부탁……해."

그의 눈이 서서히 감겼다. 손을 쥐는 힘도 차츰 약해졌다. 사

모님이 소중의 어깨를 가만히 짚었다. 소중은 교정지가 든 봉투를 챙겨 품에 안고 일어서서 서재를 나왔다.

　사흘 뒤 황 선생은 세상을 떴다. 소중은 출근 직후 위독하다는 연락을 사모님에게 받았다. 편집장과 함께 선생의 아파트로 가던 도중, 이미 운명하여 E병원 장례식장으로 옮겼다는 문자가 다시 왔다.

　영정 사진은 소중이 고른 사진이 아니었다. 황 선생은 황 선생답게 이미 자신의 영정 사진을 인화하여 액자까지 갖춰 옷장 깊숙이 넣어둔 것이다. 이승을 떠나기 전날에야 그 이야기를 아내에게 했다고 한다. 소중이 간추린 다섯 장의 사진보다 그 사진이 훨씬 좋았다. 선생은 서재의 책상에 앉아 정면을 바라봤다. 또 뭘 쓸까 궁리하는, 갓 깨어난 자의 싱그러움이 눈망울에 담겼다. 육신은 늙고 병들어갔으나 정신은 언제나 맑고 젊었다.

　많은 사람들이 문상을 왔다. 저마다 선생과의 인연을 꺼내곤 선생이 얼마나 자신을 아꼈는지를 생생히 털어놓았다. 소중은 가만히 그 이야기들을 들으며 생각했다. 선생님은 자신에게 찾아오는 한 사람 한 사람을 소중히 대하셨구나. 이 만남의 주인이란 느낌이 들도록 배려하고 격려하셨구나. 그토록 많은 이들과 그토록 깊게 사귀기란 또 얼마나 어려운가.

　아깝고 아깝다는 탄식이 흘러나왔다. 정년퇴임을 한 지도 오래 전이니 이른 나이에 세상을 버렸다 할 순 없지만, 문상객들은 선생이 적어도 10년 아니 20년은 더 글을 쓰고 강연을 하시리라 믿었던 것이다. 소중 역시 마찬가지 마음이었다.

문상객들은 울고 탄식해도 소중은 슬픔을 달랠 겨를이 없었다. 정신없이 음식을 나르고 상을 치웠다. 자원한 일이기도 했다. 조금이라도 여유가 생기면 무너져버릴까 두려웠던 것이다. 차라리 몸을 바삐 놀려 주어진 일 자체에 집중하는 편이 나았다. 첫날은 한숨도 못 잤고 둘째 날은 화장실 변기에 앉은 채 깜빡 존 것이 전부였다. 바삐 움직인다고 그리움과 슬픔이 사라지는 것은 아니다. 숟가락을 놓을 때, 쌀밥을 퍼 담을 때, 국을 뜰 때, 술병을 건넬 때, 선생과 나눈 이야기들이 불쑥불쑥 끼어들었다. 그 대화의 시간과 장소와 동행인을 구태여 확인하진 않았다. 오는 대로 다 받고 가는 대로 다 떠나보냈다. 따로 적어두지도 않았다. 대부분은 다정한 대화였지만, 냉정한 순간도 있었고 뜨겁게 활활 타오르던 목소리도 있었다. 책으로만 선생을 접한 독자들은 부드럽고 따뜻한 심성을 지닌 사내로 황 선생을 추억했다. SNS에 마련된 선생의 추모 사이트들도 비슷한 분위기였다. 10년 전 출판사에서 한정판으로 만든 선생의 정갈하고 넉넉한 수묵화가 담긴 책이 그런 정서를 더했다. 독자는 편집자에 의해 정돈된 저자의 문장을 만난다. 그것으로 저자의 인품과 개성을 추측한다. 편집자는 저자의 다양한 면모를 가까이에서 제일 먼저 보고 듣고 느낀다. 그것이 편집자의 행운이자 불운이다. 가장 먼저 감동 받을 수도 있고 가장 깊이 상처 받을 수도 있으니까.

　장례를 치르는 사흘 동안 임 대표는 언론사와 인터뷰를 계속했다. 소중은 선생의 상세한 연보와 함께 관련 자료들을 정리해주었다. 임 대표는 소중이 정리하여 내민 자료들을 보면서 자꾸 고개를 갸웃거렸다.

　"황 선생이 정말 비비안 리 팬이었어? 금시초문인 걸."

　"지단과 마테우스를 비교하는 글도 쓰셨어?"

　"이건 또 뭐야? 두 달에 한 번 정기적으로 충청도에 있는 A천문대를 방문하셨다고?"

　"맞아요. 개인 천문대죠. 선생님은 별 보는 걸 즐기셨어요. 감옥에서 그 긴 시간을 버틸 수 있었던 것도 벽의 틈 사이로 돋아난 풀과 손바닥만 한 창으로 보이는 한 줌 별빛 덕분이라고 하셨어요. 망원경을 직접 사서 설치할까 심각하게 고민하신 적도 있습니다. 가격까지 제가 알아봐드린 걸요."

　소중은 임 대표가 찾지 않더라도 떠오르는 대로 몇 가지를 더 핸드폰에 적어두었다. 어쩌면 이 지구라는 행성에서 오로지 소중만 아는 황 선생의 모습일지도 몰랐다. 그것들은 임 대표에게 알려주지 않기로 했다. 담당 편집자로서 이승에 없는 저자를 추억할 이야기를 한두 가지는 갖고 싶었던 것이다. 누구에게도 이야기하지 않을, 소중이 죽고 나면 영영 사라질 그런 순간들.

화장을 하고 납골함을 안치한 추모공원까지 따라갔다가 집으로 돌아왔다. 임 대표는 내일 하루 쉬라고 문자로 알렸다. 집으로 돌아오니 벌써 어둑어둑했다. 할머니와 손녀가 안방에서 이른 저녁잠을 즐기고 있었다. 장갑을 벗어 쥐곤 들레의 잠든 얼굴을 보자마자 참았던 울음이 치밀었다. 소중은 서둘러 문을 닫고 거실로 나왔다. 손바닥으로 입을 막았지만 울음이 새어나왔다. 마지막으로 마주쳤던 황 선생의 오른쪽 눈이 선명하게 떠올랐다. 그 눈동자 속 흰자위의 실핏줄이 붉게 물든 저녁 강처럼 퍼져갔었다.

열쇠를 꺼내 건넌방 문을 열었다. 책이란 책을 모두 옮겨 넣는 바람에, 창문도 보이지 않을 정도로 책장이 사방을 둘렀고, 그것도 모자라 바닥에도 책들이 그득 쌓여 있었다. 불을 켜지도 않고 어둠 속에 털썩 주저앉았다. 양 무릎을 세워 두 팔을 맞잡아 쥐곤 울음을 쏟아놓았다. 아랫입술을 깨물며 왼 주먹을 쥐기도 전에 눈물이 뺨을 적셨다. 싱글맘이 되고부터는 절대로 울지 않겠다고 다짐했었다. 눈물이 날 만큼 슬프거나 억울하거나 화가 나는 상황이 오면, 오히려 당당하게 더 나아가 따지고 싸우리라. 소중에겐 지켜야 할 아이가 있었다. 단단하고 단단하고 또 단단해져도 여자 혼자 아이를 기르기엔 세상이 만만하지 않았다. 울더라도 가장 늦게, 들레가 고등학교를 졸업하고 성인이 된 후에 울고 싶었다. 그런데 오늘 눈물이 터진 것이다. 문 옆에 따로 놓아둔 파일함을 당겨 열었다. 황 선생의 교정쇄 묶음이 담겨 있었다. 소중은 그것들을 한꺼번에 품에 안고 꺼이꺼이 울었다. 이 문장들을 함께 만들고 고치며 보낸 순간들이 해일처럼 밀려들었다. 선생을 잃은 상실감이 비로소 사실로 받아들여졌다. 선생에 관한 이야기로 장례식장이 가득 차 있었던 탓에, 당장이라도 선생이 영정 사진 밖으로 걸어 나와 이야기판에 어울릴 것만 같았다. 그런데 이제 그 말들은 모두 사라지고 오로지 선생의 책만이 소중의 품에 남았다.

작은 손 하나가 소중의 오른손으로 쓰윽 들어왔다. 소중이 놀라며 고개를 돌렸다. 들레가 옆에 서 있었다. 오열하느라, 아이가 깨어 건넌방으로 들어오는 것도 몰랐다. 소중의 젖은 눈이 커지면서 걱정으로 가득 찼다. 책 한 권만 봐도 자지러지던 아이가 아닌가. 책으로 가득 찬 방에 들어왔으니 얼마나 충격이 클 것인가. 그나마 다행인 것은 형광등을 켜지 않고 울음부터 터뜨리는 바람에 책들이 대부분 어둠에 잠겨 있었다. 그래도 아이의 몸이 빠져나온 문틈으로 거실의 빛이 들어왔다. 들레는 눈앞의 어둠을 살피는 대신 왼손으론 소중의 오른손을 잡고, 오른손으론 소중의 품에 안긴 황 선생의 교정쇄 묶음을 어루만졌다. 그리고 토닥이듯 낮은 목소리로 말했다.

"울지 마, 엄마! 눈물이 떨어지면 다 슬퍼."

탁모독 작가를 2월 첫날 정오에 P공원으로 불러냈다. 그는 잔뜩 흐리고 추운 날에 공원은 무슨 공원이냐며 툴툴거렸다.

들레를 유치원에 데려다주고 출근길에 인쇄소에 들렀다. 어젯밤 황 선생의 유작 원고를 넘긴 것이다. 인쇄소 부장과 기장을 만나 각별히 신경 써달라고 부탁했다. 편집장에게 점심부터 외근하겠다고 보고한 후 출판사를 나섰다.

지하철 대신 버스를 탔다. 버스는 황 선생이 살던 아파트 상가 바로 앞에 섰다. 거기서 길만 건너면 바로 P공원이었다. 11시 30분. 약속 시간까진 30분 여유가 있었다. 공원 입구 커피숍에서 따뜻한 아메리카노 한 잔을 들고 공원을 한 바퀴 천천히 돌았다. 황 선생은 이곳에 이사 온 뒤 특별한 일정이 없는 한 새벽 공원을 도는 것으로 하루 일과를 시작한다고 했다. 다섯 바퀴는 기본이고 한두 바퀴 더 도는 날도 있었다. 적게 도는 날은 없다고 했다.

황 선생이 교정지를 끝까지 놓지 않은 것은 걸리는 단어 두 개 때문이기도 하지만, 목차에서 소중과 이견을 보였기 때문이다. 그는 처음에 정한 순서를 끝까지 고집했고, 소중은 여덟 번 교정 과정에서 계속 목차를 수정하자는 의견을 냈다. 단순히 의견만 낸 것이 아니라, 매번 새 목차를 짜가지고 갔다. 여덟 번 다른 순서로 원고 꼭지를 배열하고 그 이유를 꼼꼼하게 밝혔던 것이다. 선생은 소중의 이야기가 끝나기를 기다렸다가 곧 새 목차의 문제점을 예리하게 짚었다. 소중이 아무리 방어를 해도 그 벽은 번번이 뚫렸다. 아홉 번째 교정지를 건네고 온 후, 그리고 5개월 남짓 전화 통화를 하면서도 이견은 좁혀지지 않았다. 시한부라는 통보를 받은 후에도 선생은 자신이 원하는 것을 관철시키는 사람이었다.

황 선생이 죽기 사흘 전 아파트로 찾아가서 마지막 인사를 나누고 교정지를 받은 후, P공원 앞에서 택시를 탔다. 마음이 급해 전철까지 걸어갈 여유도 버스를 기다릴 틈도 없었다. 집주소를 택시 기사에게 알려준 뒤 봉투를 열고 교정지를 꺼냈다. 제목에 이어 다음 장을 넘겼다. 목차를 확인하려는 것이다. 선생이 고집을 꺾지 않는다면 더 이상의 기회는 없었다. 그런데 그 자리에 목차 대신 짧은 문장 하나만 적혀 있었다.

'목차는 금소중 씨 의견에 따릅니다.'

공원 산책로를 한 바퀴 돌고 나니 눈발이 흩날리기 시작했다. 천천히 공원을 가로질러 약속한 성당 쪽 입구로 향했다. 춥고 눈발까지 날리는 바람에 겨울 공원의 정취를 느끼려고 나왔던 노인들도 모두 공원을 떠났다. 눈이 본격적으로 내린다면, 점심을 마친 직장인들 발걸음도 이곳으로 향하진 않을 것이다.

횡단보도를 바라보며 섰다. 운전면허증이 없는 탁 작가는 항상 지하철역을 중심에 두고 동선을 짰다. 시내버스에서도 멀미를 종종 한다고 했다. 멀리서 꾸부정하게 상체를 웅크린 채 곧장 걸어오는 사내가 보였다. 건널목을 마주하자 소중이 손을 살짝 흔들었지만 탁 작가는 안경을 고쳐 썼을 뿐이다. 신호등이 바뀌자마자 급히 건너와선 불평부터 해댔다.

"뭔일로 사람을 엄동설한에 이 먼 데까지 불러냅니까?"

소중이 준비한 질문을 차분하게 던졌다.

"황철후 선생님의 글을 좋아한다 하셨죠? 황 선생의 옥중 산문집을 공책에 베껴 썼다고도 하셨고요."

"맞습니다. 뵙진 못했지만, 내신 책은 다 봤습니다."

그리고 덧붙였다.

"처음에 금 팀장 연락을 받고, 선뜻 작업을 하겠다고 응낙한 것도, 금 팀장이 황 선생의 담당편집자이기 때문입니다."

"그랬나요?"

"그랬습니다."

"장례식장엔 오셨더랬어요?"

"갈까 했지만, 그냥 하룻밤 선생님 책을 읽으며 지새우는 것으로 애도의 시간을 가졌습니다. 번잡한 곳은 딱 질색이라서……."

"집필 중엔 식당이나 대중목욕탕도 안 가신다면서요?"

"황 선생님 얘긴 왜 꺼내는 겁니까?"

탁 작가가 말머리를 처음으로 돌렸다.

"선생님이 '우리 나무'라고 부르셨던 나무가 이 공원에 있어요. 이사 오시던 날 그 나무도 이 공원에 뿌리를 내렸다고 해요. 그 인연으로 선생님과 사모님은 거의 매일 그 나무와 인사를 나누고 지내셨답니다. '우리 나무' 보고 싶지 않으세요? 저자 분들 중에서 처음으로 탁 작가님께 말씀드리는 거예요. 선생님 책들을 애독하셨다는 것도 생각나고 해서……. 한데 춥긴 정말 춥네요. 견디기 힘드시면 가까운 커피숍에 가서 몸이라도 녹일까요? 눈도 내리는데요."

"어딥니까, 그 나무가?"

탁 작가가 목을 길게 빼고 두리번거렸다. 소중은 돌아서서 공원 안으로 들어갔다. 익숙한 걸음으로 벤치를 하나 둘 셋 지나쳤다. 울창한 나무들 사이로 산책로가 숨바꼭질하듯 이어졌다. 눈발이 굵어졌다. 탁 작가가 발을 헛디뎌 고꾸라질 뻔했다. 그 순간 소중의 걸음이 멈췄다. 탁 작가가 땅에 양손을 댄 채 고개를 쳐들었다. 다른 나무에 비해 길지도 굵지도 않은, 그저 그런 나무. 겨울바람에 쉼 없이 흔들리고, 내리는 눈송이를 야윈 가지로 받아내는 나무. 탁 작가의 얼굴에 실망하는 빛이 살짝 스쳤다.

"이게 우리 나뭅니까?"

가볍게 기침하며 주변을 살폈다. 커피숍의 따뜻한 공기가 그리운 것이다. 소중은 황 선생이 선물한 장갑을 벗어 손가방에 넣곤, 나아가서 손바닥을 나무에 갖다 댔다. 눈송이가 그녀의 손등과 팔목에 내려앉았다. 어깨와 머리에도 앉았지만, 유난히 드러난 살갗에 눈송이가 오래 머물며 녹았다. 소중은 고개를 들어 나무의 끝을 우러렀다. 그리고 지금 신나게 돌아갈 인쇄기를 떠올렸다. 선생이 넘긴 최종 교정지엔, 목차를 소중의 뜻대로 하란 문장 외에 선물이 하나 더 숨어 있었다. 원고가 끝난 다음에 책에는 포함되지 않을 인터뷰 기사가 덧붙었다. 소중에게 읽으라고 선생이 일부러 프린트해서 둔 것이다.

인터뷰는 여섯 달 전, 그러니까 아직 시한부 선고가 내려지기 한 달쯤 전에 이뤄진 것이다. 그때 벌써 선생은 자신의 운명을 짐작하셨을까. 인터뷰라고 해도 20분 남짓 꼭 필요한 말만 하고 일어섰는데, 그날은 두 시간 가까이 많은 이야기를 쏟아놓았다. 일곱 장이 넘는 인터뷰 중에서 선생이 형광펜으로 그어놓은 문장은 단 하나였다. 저승으로 떠나며 자신의 편집자를 위해 남긴 문장이었다. 이마에 눈송이가 닿았다. 소중이 잠시 눈을 감았다.

선생님, 서운하세요? 선생님이 먼저 떠나셨으니, 남은 저도 새 저자와 함께 책을 만들어야죠. 새 저자의 손을 잡고 그 사람의 문장을 어루만지고, 그 사람의 고통을 제 고통으로 받아 안을 겁니다. 선생님도 제가 그렇게 하길 원하시죠? 그래도 제가 황철후 선생님의 담당편집자였단 건 평생 잊지 않을 거예요. 막연히 기억한다는 게 아니라, 제가 앞으로 만날 저자들에게 선생님과 나눈 시간들을 이야기하려고요. 칭찬도 하겠지만 흉도 볼 거예요……. 선생님의 문장을 제게 가장 먼저 보여주셔서 고맙습니다. 그 문장에 담긴 선생님의 생각과 감정을 저와 의논해주셔서 고맙습니다. 그 시간이 저를 여기까지 이끌었어요. 그토록 여러 번 저를 계속 불러 생각과 문장을 다듬게 한 이유를, 늦었지만 이제는 알아요. 선생님은 저를 성장시키고 싶으셨던 거예요. 지금의 금소중보다 더 나은 인간으로! 문장 안에서 세상을 더 잘 보는 인간으로! 선생님과 나눈 시간들 떠올리며 한 걸음 한 걸음 신중하게 나아갈게요. 늘 새롭게 첫 마음으로 갈게요. 마음은 이렇게 먹는데 저도 잘될지는 몰라요. 그래서 시험해보려고요. 이왕이면 선생님의 나무 아래에서.

"나무가 마법을 부릴 것도 아니고, 추우니 어서 자리를 옮깁시다."

소중이 눈을 떴다. 고개를 돌리지 않고 나무를 바라보며 물었다.

"큰 아픔, 무거운 슬픔을 견디고 넘어서는 방법을 가르쳐드리면, 장편을 끝까지 쓰실 거죠?"

"금 팀장이 그 방법을 안다는 겁니까?"

"황철후 선생님이 알려주셨어요."

눈보라가 회오리를 돌며 소중의 얼굴로 몰아쳤다. 들레와 둘이 살아가는 동안에도 늘 되뇔 문장이었다. 탁 작가와 눈을 맞춘 채, 황 선생이 남긴 마지막 선물을 건넸다.

"큰 아픔을 견디고 무거운 슬픔을 넘어서려면, 그만큼 대단한 기쁨이 필요한 건 아니라고 하셨어요. 일상에서 나누는 소소한 기쁨으로도 충분하다고요. 그러니 대단한 걸 따로 찾지 말라고, '소소한 기쁨을 상처 입은 자들 곁으로 가서 함께 나누라'고 그러셨어요."

소중은 조용히 탁 작가의 대답을 기다렸다. 눈송이를 휘날리는 바람 소리가 침묵을 흔들며 다가오다가 멀어졌다. 탁 작가의 시선이 천천히 소중의 머리를 지나 황 선생의 '우리 나무'에 머물렀다. 소중에게는 충분한 답이었다.

'세월호 문학'의 시작

해설 · 김명인(문학평론가)

1

그날 이후, 사람들은 많이 변했다.

어떤 사람들은 몇 날 며칠, 아니 몇 달 동안 매일 울었고, 그 다음에도 하찮은 돌부리에도 걸려 넘어지는 몸 부실한 사람처럼 우연히 마주치는 별것 아닌 풍경이나 소리 같은 것에도 툭하면 걸려 넘어져 울었다. 그렇게 툭하면 우는 사람들만 변한 것이 아니다. 눈물을 흘리지 않는다고 변하지 않은 것은 아니다. 그들은 대신 마음속에 무거운 쇳덩이를 매달고 살았다. 그래서 걸음걸이도 왠지 둔중해지고, 세상을 바라보는 눈도 어쩐지 그림자가 드리운 듯 늘 어둡게 되었다. 공연히 신경질이 늘고 화를 잘 내게 된 사람들도 있었다. 그 일이 자기 책임이 아닌데도 세상이 자기 책임이라 추궁하는 듯해서 스스로 궁지에 몰리고, 그러다가 슬퍼하는 사람들, 우는 사람들을, 잊지 않으려 노력하는 사람들을 거꾸로 미워하게 된 사람들도 있다. 그날 이후, 사람들은 모두 깊은 병이 들었다.

그러나 대부분은 거기까지였다. 견딜 수 있을 만큼만 아프면서, 그러기 위해 때로는 잊다가 때로는 불현듯 생각나 또 울다가 그러면서 천천히 고통을 중화시켜 나갔다. 절대다수는 먹고사는 일이 바빴고, 또 나머지는 달리 어떻게 할 일이 없어 그럴 수밖에 없었다. 하지만 그중 어떤 사람들은 좀 달랐다. 슬픔과 분노의 정동을 연대와 투쟁의 행동으로 바꾸어 나간 사람들이다. 그날부터 바로 팽목항에 달려가 가족들과 함께하기 시작한 사람들, 혹은 같이 싸우고, 혹은 묵묵히 궂은일들을 해내고, 혹은 기록하고, 혹은 위로와 치유를 나누고, 혹은 진상규명의 길고 지루한 길을 끝까지 걷고…… 그날 이후 마음의 형태나 명도나 채도가 바뀌는 정도가 아니라 삶의 형식이, 생활의 빛깔이 완전히 달라진 사람들이다. 그날 이전의 삶과 생활을 포기하거나, 그 방향을 완전히 바꾸어 그날 이후의 시공간으로 존재 전이를 하다시피 한 사람들이다. 설사 남달리 그럴 만한 조건이 되어서 그렇다고 하더라도 결코 쉬운 일이 아니다. 나는 그러한 '자기 헌신'이 일어나는 그 비약적인 전환의 순간을 늘 경이로운 눈으로 바라본다. 그리고 경외의 염(念)을 바칠 뿐이다. 나 같은 범속한 사람들은 감히 접근하기 힘든 경지이기 때문이다.

내가 보기에는 김탁환도 그런 전환의 순간을 통과한 사람 중의 하나이다. 아니 뚫고 나갔다고 하는 편이 나을 것이다. 세월호 이전과 세월호 이후의 그는, 내 짧은 소견으로는 그런 표현이 그리 틀리지는 않은 것 같다. 그는 나에게는 같은 대학 같은 학과의 10년 후배가 되는 사람이지만 나와는 그간 특별한 교분은 없었다. 아니 교분이 있기가 쉽지 않았다고 하는 편이 옳을 것이다. 나는 명색 평론가고 그는 소설가 겸 평론가이지만 나는 80년대 중반에 등단이란 걸 하고 90년대 초반까지 주로 활동을 한 반면, 그는 90년대 중반에 평론과 소설 쓰기를 시작한 사람이라는 것, 또한 잘 알다시피 80년대의 문학과 90년대의 문학 사이에는 매우 큰 단층이 있어 절필에 가까운 나의 이탈은 차치하더라도 내가 그와 같은 90년대 내기들을 평론의 대상으로 삼은 일이 거의 없다는 것, 게다가 그는 이른바 '본격 소설'이라 부르는 전통적인 단편소설 중심의 작품 활동 대신 『불멸의 이순신』이라든가, 『허균, 최후의 19일』이라든가, 『나, 황진이』 같은 장편 역사소설 중심으로 엄청난 작품 활동을 해왔고, 그것들은 많은 독자들에게 읽히기는 했으나 항용 '대중문학' 혹은 '통속문학'이라는 평판에 속하는 것이라서 더군다나 내 관심과는 거리가 멀었다는 것 등이 그 이유가 될 것이다.

솔직히 말하면 나는 그의 장편 역사소설들의 제목은 귀에 익으나 그중 읽은 것은 하나도 없다. 당연히 그가 그 역사소설들을 통해 전하고자 하는 알맹이가 무엇인지도 알지 못한다. 그러므로 어쩌면 세월호 참사 이후 그가 보여준 모습들을 '변화'라거나 '비약'이라거나 "뚫고 나왔다"같이 표현하는 것은 적절한 것이 아닐지도 모른다. 지금이라도 그의 작품들을 찬찬히 읽어본다면 그 안에 동시대의 현실에 대한 어떤 치열한 유비(喩比)가 숨어 있는지 확인할 수 있을지도 모른다. 또한 어쩌면 그가 동시대의 다른 보통 작가들과 조금 색다른 길을 선택해왔다는 사실 자체가 오히려 세월호 이후의 그의 눈부신 '투신'을 설명하는 중요한 단서가 될 수도 있을 것이다. 하지만 나는 그럼에도 불구하고 세월호 이후의 그의 모습에 '자기 헌신으로의 비약적 전환'이라는 말을 붙이는 것을 재고할 생각이 없다. 중요한 것은 그가 그동안 무슨 생각을 가지고 있었는가가 아니라 그가 지금 무엇을 하고 있는가이기 때문이다. 그날 이후 많은 작가들이 고뇌하고 비통해했겠지만 그들 중 누구도 그만큼 행동하고 그만큼 쓰지는 못했기 때문이다.

아무튼 참사 이후 비로소 가까이 알게 된 김탁환은 한마디로 '세월호의 사람'이었다. 나는 그가 팟캐스트 <4·16의 목소리>를 기획하고 그 진행자로 나선다거나 유가족들은 물론 민간 잠수사들, 역시 세월호 문제에 발 벗고 나선 다른 각양각색의 '동지들'과 긴밀한 관계를 유지하면서 진상규명, 유가족 돕기 등과 같은 폭넓고 지속적인 관련 활동을 거의 본격적인 수준으로 벌여온 것으로 알고 있다. 그리고 무엇보다 그는 그 같은 활동에서 얻은 소중

한 글감들을 바탕으로 자신의 본업인 소설 쓰기와 정면으로 마주하는 것을 피하지 않았다. 그는 이미 2015년에 조선 후기 조운선 침몰 사건을 제재로 하여 세월호를 다시 상기시키는 장편 『목격자들』을 썼으며, 작년 『황해문화』 여름호에 중편 「찾고 있어요」를 기고했고, 곧이어 8월에는 장편 『거짓말이다』를 내놓았으며, 이 장편소설로 제33회 요산문학상 수상자가 되기도 하였다. 그리고 이번엔 『거짓말이다』가 간행된 지 겨우 8개월 만에 「찾고 있어요」를 포함한 여덟 편의 중단편소설로 이루어진, 오직 세월호 이야기만으로 이루어진 소설집 『아름다운 그이는 사람이어라』를 내놓기에 이르렀다.

실로 무서운 집중력이 아닐 수 없다. 그가 등단 후 20여 년간 무려 25편에 달하는 장편소설을 내놓았고 그 외에도 중단편, 동화, 산문집, 평론집 등을 쉼 없이 펴내온 바 있는 남다른 생산력을 가진 작가임에는 틀림없지만, 그것만으로는 이 집중력을 다 설명할 수는 없다. 그는 나와 함께 있던 어떤 자리에서 자신이 언제까지 이 세월호라는 주제에 매달려 있게 될지 알 수 없다고 말한 바가 있다. 그 말에서 짐작할 수 있듯이, 세월호와 관련된 그의 이러한 집중력은 그저 '소설가와 그가 만난 소재'라는 차원에서 이해될 수 있는 것이 아니다. '세월호 충격'을 자기 인생에 닥쳐온 어떤 절박한 문제로 받아들이지 않고는 이러한 집중력은 만들어지지 않는다. 아마도 앞에서 말한 것과 같이 적지 않은 사람들이 그 충격을 자기 인생의 최우선의 문제로 받아들여 존재 전이에 가까운 삶의 변화를 실천에 옮겼을 것이다. 그리고 그러한 생의 비약적 전환들은 앞으로 이 끔찍한 한국 사회를 그나마 사람이 살 만한 곳으로 바꾸어 나가는 데 적지 않은 영향을 끼치리라고 믿는다. 김탁환의 장편 『거짓말이다』와 더불어 이 여덟 편의 중단편은 그의 작가적 역량과 세월호 참사가 그에게 가한 존재론적 충격이 뜨겁게 부딪쳐 빚어진 성과이다. 그리하여 이 작품들은 문학이, 소설이 그 변화의 과정에서 어떤 역할을 할 수 있을 것인가, 혹은 문학과 소설은 그 과정에서 어떤 모습으로 존재할 것인가라는 물음에 대한 하나의 중요한 시금석이 된다고 할 수 있다.

2

이 작품집에 실린 세월호 제재의 여덟 편의 중단편소설은 「작가의 말」을 빌면 "사람과 사람이 만나는 순간의 아름다움"을 담고자 했다지만, 그리하여 제목도 『아름다운 그이는 사람이어라』라고 지었다고 하지만 이 순간까지도 현재진행형인 참사의 생생한 기억 때문에 여전히 읽는 사람의 폐부를 사정없이 파고든다. 말하자면 그 '아름다움'에는 여전히 피눈물이 젖어 있는 것이다. 이처럼 제재의 생생한 비극적 현재성은 '원칙적으로' 소설적 허구를 구축하는 데에는 적지 않은 방해가 된다. 거꾸로 말하면 어쩌면 그 비극은 좀 더 오래 어떤 허구도 미적 거리도 허락하지 않는 날것 그대로 전달되어야 한다는, 아직 허구화는 이르다는 뜻이 될 것이다. 하지만 만약에 그 비극의 진실을 전하는 일, 그 비극의 당사자들의 파천황의 슬픔과 고통을 공유하여 함께 아파하는 일이 방해받고, 거부당하며 그 대신 부당한 침묵이 강요당하는 상황이라면 어쩌겠는가. 그럼에도 불구하고 어떻게든 그 기억은 지속되어야 하고, 그 목소리는 더 멀리 더 깊이 전해져야 한다면 어쩌겠는가. 그런 상황에서 장르의 관행 따위를 거론하는 것은 안이한 태도가 아니겠는가. 나는 『거짓말이다』를 읽고 이렇게 쓴 적이 있다.

전쟁이나 재난 같은 너무나 크고 충격적인 사건들은 금방 소설이 되기 힘들다. 그 사건의 충격파가 울림을 끝내고 어느 정도 가라앉을 때까지는 그 사건의 충격을 가장 잘 전달할 수 있는 것은 시이고, 서사 장치로는 직접적인 보고의 형식인 기사나 다큐멘터리 혹은 르포르타주만이 가능하다. 허구의 형식인 소설은 그 사건의 정서적 충격이 어느 정도 가라앉고 이성의 힘이 그 총체적 의미망을 구축할 수 있게 될 때쯤에서야 비로소 게으른 부엉이처럼 낮 동안 보고도 보지 않은 척했던 눈을 뜨고 긴 이야기를 시작할 수 있게 된다. 그런 점에서 어쩌면 이 『거짓말이다』는 소설이라면 너무 일찍 나온 소설이다. 이 이야기는 허구성이 주는 미적 거리감보다는 날 것의 사실이 주는 직접적 충격과 그 충격에 맞닥뜨린 정신의 시적 혼돈과 고양이 더 두드러진다.

하지만 그것이 이 작품의 약점이라고? 천만에! 그 반대다. 나는 원론적으로 소설 양식의 한계를 말한 것일 뿐이다. 양식은 필요에 의해 만들어지는 것이다. 집단적 무관심과 오해, 심지어 혐오의 정동속에서 점차 잊혀가거나 잊히기를 강요받는 '세월호 참사'라는 비극적 역사 경험을 다시 살려내 사람들의 눈앞에 소환해내는 일에 한갓 장르론이 무슨 의미가 있단 말인가?

잠수병과 트라우마를 무릅쓰고 살인적 일정으로 침몰된 배 안에 들어가 실종자들 한 명 한 명을 온몸으로 끌어안아 그 침묵의 바다로부터 이끌어내 가족들의 품에 돌려준 '영웅'들이면서도 피해보상에서도 제외된 채 잔인하게 잊혀가는, 스스로 '입이 없는 존재'들이라 말하던 민간 잠수사들의 말을 세상에 대신 전하고, 그로부터 세월호 참사의 '현존성'을 무섭도록 일깨워주고 있는 이 뜨거운 전언을 한가하게 어떤 장르의 규칙에 가두는 것은 옳지 않다는 말이 하고 싶었던 것이다. ─ 2016. 8. 24. 페이스북에서

이처럼 '말해져야 한다'는 사태의 객관적 필요와 동시에 '말해야 한다'는 작가 자신의 절박한 내적 요구에 의해 장르적 관행을 앞질러버렸음에도 불구하고 이 여덟 편의 중단편들은 곧바로 참

사의 가장 직접적 당사자들, 즉 희생자 자신이나 그들과 쉽게 분리되기 힘든 유가족들의 목소리를 섣불리 바로 전달하려고 하지는 않는다(유가족이 주인공으로 등장하는 「이기는 사람들」만 예외적이다). 그들의 마음과 소리는 아직 '불립문자'(不立文字)의 세계에 갇혀 있다는 것을 작가 자신도 잘 알고 있기 때문이다. 대신 그는 그 직접적 당사자들과 깊은 관련 속에 놓여 있는 사람들을 관찰자이자 화자로 앞세운다. 그리고 그럼으로써 이 작품들은 얼마간의 허구적 장치와 미적 거리를 얻게 되고, 직접적 전달 양식인 르포르타주와 구별될 수 있게 된다.

「눈동자」에서는 생존자이면서 여러 생명을 구출했던 구조자, 「돌아오지만 않는다면 여행은 멋진 것일까」에서는 여행 중이던 아내의 죽음을 겪은 공항 출입국심사대 직원, 「할」에선 희생자 여러 명을 수습한 잠수사, 「제주도에서 온 편지」에서는 희생당한 담임교사를 회상하는 생존 학생, 「찾고 있어요」에서는 희생 학생 한 명과 깊이 연루되는 사진작가, 「마음은 이곳에 남아」에서는 특별조사위원회가 해체된 이후에도 어떤 보상도 없이 생존자 치유 활동을 계속하는 피해자지원점검과 조사관, 그리고 「소소한 기쁨」에서는 자신이 희생자들의 죽음을 팔아 소설을 쓴다는 자의식에 괴로워하는 소설가가 바로 그 관찰자이자 화자들의 면면이다.

그리고 이렇게 한 걸음, 혹은 반걸음 정도는 떨어진 자리에 위치한 관찰자/화자들과 직접 희생자나 그 가족들이 함께 엮어갔던, 혹은 엮어가는 이야기들은 그 본래적 비극성에도 불구하고 작가가 바란 대로 "그 순간이 너무나도 참혹하고 안타깝고 돌이킬 수 없는 슬픔으로 가득하다고 해도, 혹은 생사의 경계를 넘어가버렸다고 해도, 서로의 어둠을 지키는 방풍림"처럼 희망적이어서 아름답고, 아름다워서 희망적이라고 할 수 있다. 황망한 긴급 상황 속에서 잠시 스쳤던 구조자와 피구조자가 눈동자의 기억만으로 서로를 알아보게 되고(「눈동자」), 출입국심사대 직원은 돌아오지 못한 아들을 위해 그 사용되지 못한 여권에 죽기 전 약속한 해외여행 인증 스탬프를 받고자 하는 아버지에게 규칙을 위반하며 기어이 스탬프를 찍어주고(「돌아오지만 않는다면 여행은 멋진 것일까」), 잠수사는 트라우마에 시달려 자살을 결심했지만 결국 다시 사람을 구하기 위해 그 실행을 포기하며(「할」), 어떤 생존 학생은 제자들을 구하려고 자신을 희생한 담임교사가 걸어간 인생행로를 그대로 따라 걸어가며 그 삶을 되살리고(「제주도에서 온 편지」), 어떤 유가족은 참사의 진실을 위해 헌신한 변호사의 국회의원 당선을 위해 자신의 슬픔과 고통을 인내하며 기꺼이 선거운동에 동참하며(「이기는 사람들」), 이미 해체된 특조위의 한 조사관은 냉담했던 생존 학생의 마음을 기어이 돌이켜 희생된 친구의 엄마와 뜨겁게 포옹하게 만든다(「마음은 이곳에 남아」). 이런 이야기들은 허구와 실제를 오가며 비극 속에서도 서로 보듬어 연대하고 사랑하는 인간들의 아름다움을 도드라지게 보여줌으로써 이 참사가 단지 비극으로 드러나는 게 아니라 사실은 그 안에 빛나는 인간 연대의 기념비를 숨기고 있음을 성공적으로 전언하고 있는 것이다.

하지만 그럼에도 불구하고, 이 아름다움에는 여전히 피눈물이 젖어 있다. 생존자이자 구조자인 「눈동자」의 주인공은 그날 이후, 늘 악몽과 설사와 끔찍한 근육통에 시달린다. 눈동자로 사람을 기억하는 그의 특별한 능력도 따지고 보면 그날의 충격 때문이다. 「돌아오지만 않는다면 여행은 멋진 것일까」의 출입국심사대 직원은 혼자 여행을 떠난 아내가 며칠 만에 사고사를 당한 충격에 사로잡혀 있고, 「할」의 잠수사는 골괴사와 신부전, 수면장애에 시달리다 못해 자살을 결심한다. 「제주도에서 온 편지」의 생존 학생은 그날 이후 열네 번이나 기면발작 증세를 보이며 어떤 배도 타지 못한다. 「이기는 사람들」의 찬민 아빠는 한갓 인형 탈에 기대서 그날 이전으로 한사코 돌아가려 하고, 「찾고 있어요」의 재서 엄마는 자발적으로 실어증에 빠져든다. 「소소한 기쁨」의 탁작가도 자신이 죽음을 팔아 글을 쓴다는 자의식으로 고통받는다. 그리고 이 소설들에 등장하는 인물들은 수시로 환상을 경험하며 그 환상과 현실을 잘 구분하지 못한다. 모두가 많이 아픈 것이다. 생각해보면 작가 김탁환이 그리 길지 않은 시간 동안 연이어 이 참사의 이야기를 쓰고 또 쓰는 것 자체도 그가 받은 깊은 트라우마의 다른 표현이라고 할 수 있다. 이 소설들은 고통 속에서도 연대하는 아름다운 인간들의 이야기이기도 하지만, 어떻게 보면 그날 이후 더할 수 없이 깊어진 집단적 외상이 견딜 수 없어 스스로 자기 치유의 길을 찾아 나선 이야기라고도 할 수 있다.

그렇기 때문에 이 작품들을 읽는 동안 나는 문자 그대로 몇 번이고 가슴이 미어지는 경험을 했다. 가해자들은 진실을 깊은 바다 속에 내팽개치고 모두 얼굴을 가리고 숨어버리는 것도 모자라서 피해자들을 매도하고 어둠 속에 가두어버리려 하는데 왜 가장 아픈 사람들이 용서조차 할 곳이 없어 아무 잘못도 없는 자신들끼리 서로 괴롭히다가 용서를 구하고 화해를 청해야 하는가 하는 생각이 들었기 때문이다. 다시 잠잠했던 분노가 치밀어 오른다.

3

원래 모든 이야기는 기억의 수단으로 사용되어 왔다. 전설이나 민담 같은 비교적 작은 서사에서 신화나 서사시, 로맹스 같은 큰 서사들이 집단적 기억을 보존하고 매개하는 수단이었다면 소설은 비로소 개인적 기억을 보존하고 매개하는 수단으로 등장한 것이다. 하지만 소설이 보존하거나 전달하는 개인의 기억이란 것은 그냥 고립된 단자로서의 개인의 기억을 뜻하는 것은 아니다. 소설은 오래도록 그 개인이 사실 집단적인 것을 그 안에 숨기고 있는 개인이라는 약속 위에서 존재해왔다.

    그런데 어림잡아 한 20년 가까운 기간 동안 한국의 소설은 이러한 약속이 일부러 그런 것처럼 깨어진 채로 존재해왔다. 인간은 인간이되 그 공동의 운명을 실어 나르는 '유적 존재'(類的存在)로서의 인간이 아니라 처음부터 서로가 서로에게 무관한 독립자로서의 인간상이 그간의 한국 소설의 인간상이었던 것이다. 아마도 그것은 그 20년 세월의 초입 부분에 한참 부풀었던 풍요의 기억과 자유의 환상, 그리고 무엇보다도 '집단적인 것'에 대한 일정한 염증에서 기인했을 것이다. 그렇게 해서 그간의 소설들은 사실은 하나하나 어떤 집단, 어떤 복수의 주체 속으로 환원될 수 있는 존재들을 어떻게 해서든 그 환원 과정에서 고의로 분리하고 격리한 상태에서 상호 최소한의 관계 위를 떠도는 섬 같은 존재로 그려왔다고 할 수 있다.

    그것은 물론 소설만의 일은 아니었다. 세상 자체가 모든 일의 시작과 끝은 개인의 영광을 위한 것이며, 그 성공도 실패도 개인의 몫이라는 논리로 재구성되어왔던 것이다. 하지만 그런 '고립된 개인들의 세계'라는 이상한 신화는 오래지 않아 그 바닥을 드러낼 수밖에 없게 되었다. 모두가 자기 목전만을 바라보며 살아오는 동안 그 좁은 시야 너머에서는 공동의 힘으로밖에는 지탱하거나 견제해 나갈 수 없는 커다란 것들이 점점 매우 적대적이고 위협적인 규모로 제멋대로 자라나버렸고, 그것들이 이제는 거꾸로 고립된 개인들을 옴짝달싹 못하게 하는 악마적인 힘들이 되어버렸던 것이다.

예를 들면 2009년에 있었던 용산 참사 때만 해도 일부 예민한 사람들 외에 많은 사람들은 그 비극이 어쩌면 자기에게도 닥칠지 모른다는 생각은 하지 못했다. 그것은 끔찍하기는 했지만 여전히 불행한 일부 사람들의 일이었던 것이다. 그러다가 다시 5년 뒤에 일어난 것이 세월호 참사였다. 평화로운 어느 수요일 아침에 일어난 그 사건은 그 고립된 개인들의 세계라는 신화를 능히 뒤집어엎을 만큼 큰 사건으로 발전해 나갔다. 그 일상성 속에서 일어난 속수무책의 참사는 공동의 문제, 혹은 공공의 문제 즉 집단 전체의 문제를 생각하지 않아온 무수한 개인들에게 가해진 역사의 참혹한 일대 복수극이었다.

어쨌든 문학은 동시대의 다른 의식들보다는 좀 더 예민한 것이어서 용산 참사 이후 작가들은 '문학과 정치'를 사유하기 시작했고 그 이후의 소설들에는 개인의 일들의 배후에는 거대한 집단적이고 전체적인 것들의 그림자가 있다는 생각들이 차츰 나타나기 시작했다. 그리고 그런 생각들이 가장 잘 드러나는 최초의 기전이 바로 '기억하기'라고 할 수 있다. 기억한다는 것은 단순한 환기가 아니라, 성찰적 해석이 따르는 적극적인 사유 형식이다. 예컨대 2014년에 나온 한강의 『소년이 온다』는 광주민중항쟁의 참상에 대한 기억과 애도를, 그리고 반성과 자책을 담고 있는 소설이지만, 그러한 절실한 기억 행위는 용산 참사가 환기한 개인과 집단, 개인과 전체의 운명을 가로지르는 '정치적인 것'에 대한 자각이 없이는 나올 수 없는 성질의 것이었다고 본다. 그리고 그러한 일련의 기억 행위로서의 소설/쓰기는 곧 지난 20년 이상의 허깨비 같은 개인들의 시대에 대한 매우 심각한 반성을 뜻하는 것이기도 하다.

세월호 참사는 그 규모나 성격에 있어서 용산 참사의 수백 수천 배의 충격으로 다가온 사건인 만큼 그것이 우리 시대 사람들의 영혼에 가한 고통의 총량은 상상을 초월하는 것이다. 그리고 그것에 대해 기억하는 일은 타동사적인 것이 아니라 자동사적인 것으로 수많은 사람들의 뇌리에 주홍글씨처럼 새겨지게 되었다. 문학은 더 말할 것도 없다. 아마도 이제부터 한국문학은 세월호 이전과 이후로 나뉠 것이다. 김탁환의 이 정열적이고 공격적인 '세월호 이야기의 소설화'는 그 '세월호 이후'라는 문학적 신세기의 시작에 해당된다. 그의 특유의 적극적 취재력과 호한한 필력이 그날에 대한 기억과 애도, 반성과 자책, 그리고 고통받는 자들끼리의 연대감의 회복이라는 깊은 생체험과 만나 폭발적으로 터져 나온 것이 『거짓말이다』와 이 『아름다운 그이는 사람이어라』이며, 이 희귀한 성과는 아마도 훗날 한국문학 자체의 질적 개변을 이끌어 낸 주요한 계기의 하나로 기억될 것이다.

작가의 말

―

3년이 지났다. 박종철 고문치사 사건으로부터는 30년이 지났고, 광주항쟁으로부터는 37년이 지났다. 숫자만으로는 이 역사적 사건들을 설명할 길이 없다.

길 위에서 많은 이들과 만나고 헤어졌다. 바람의 방향이나 물대포의 세기에 따라 표정이 더러 바뀌었지만, '어떻게 저토록 아름다울까!' 싶은 사람은 오래 잊히지 않았다. 내게 찾아든 여덟 사람의 아름다움이 만들어진 과정을 알고 싶었다.

다시 찾아가서 만났다. 인사를 나눴던 이도 있고, 처음 눈을 맞추는 이도 있었다. 희생 학생 유가족, 희생 교사 유가족, 일반인 생존자, 생존 학생, 민간 잠수사, 특조위 조사관, 사진작가, 동화작가, 시민활동가 등 다양했다.

그들과 나눈 이야기가 단편의 씨앗이 되었다. 하지만 씨앗을 심는다고 곧바로 열매가 맺히지는 않는 법이다. 그들 대부분은 자신들이 아름답지도 않고 소설의 소재가 될 만한 삶을 살지도 않았노라고 했다. 그 영혼들의 특별한 아름다움을 증명하고 독자에게 각인시키는 일은 소설가인 나의 몫이 되었다. 인물과 사건과 배경을 모두 바꾸어 글 농사를 지었다. 거름도 붓고 가지도 치고 봉지도 씌웠다. 내 몸의 수액이 마르지 않도록 잔뿌리를 떨었다.

단편집을 꾸리는 내내 스스로 되물었다.

사실 기록도 중요하고, 진상규명도 중요하며, 304명을 잃은 슬픔과 책임자 처벌을 못한 정부를 향한 분노를 충실히 담는 것도 중요한데, 왜 너는 '아름다움'에 초점을 두려 하는가.

이 물음은 2016년 8월 장편 『거짓말이다』를 출간한 후의 고민과 맞닿아 있다. 나는 이 소설에서 침몰한 세월호 선체로 진입하여 희생자를 모시고 나온 민간 잠수사들을 사실적으로 담아내려 했다. 잠수병으로 고통 받는 모습과 결국 무죄로 판결이 난 공우영 잠수사 재판까지 소설에 포함시켰다.

소설을 퇴고하던 2016년 6월 17일 주인공 나경수의 모델인 김관홍 잠수사가 유명을 달리했다. 장례식을 마치고 소설을 출간한 후에도 서울에서 부산에서 제주에서 민간 잠수사들과 다시 만났다. 두 가지 부끄러움이 찾아들었다. 첫째는 현재진행형인 그들의 '고통'을 더 철저하게 옮기지 못한 것이고, 둘째는 그들이 지닌 '아름다움'을 충분히 담지 못한 것이다.

비정한 역사의 수레바퀴는 쉼 없이 굴러간다. 나는 내 소설의 등장인물들을 그 바퀴의 속도나 방향을 탐색하는 도구로 놓고 싶지 않았다. '어둠은 빛을 이길 수 없다'는 말처럼, 내 문장으로 그들의 아름다움을 도드라지게 만들고 싶었다. 역사에 몸을 담았으되, 인간만이 깨닫고 선보일 수 있는 향취와 자세를 제일 앞에 두려는 것이다. 그 눈짓 그 헛헛함 그 쓰라림까지.

사람과 사람이 만나는 순간의 아름다움을 담고자 했다. 여덟 사람 곁에 여덟 사람을 세우고 여덟 사람을 더 찾아다녔다. 그 순간이 너무나도 참혹하고 안타깝고 돌이킬 수 없는 슬픔으로 가득하다고 해도, 혹은 생사의 경계를 넘어가버렸다고 해도, 서로의 어둠을 지키는 방풍림이었으면! 과거와 현재와 미래, 실재와 가상, 기억과 망각 속에서라도 만날 사람은 만나야 하는 것이다.

『아름다운 그이는 사람이어라』에 내가 발견한 아름다운 사람들을 전부 담지는 못했다. 각각의 아름다움에 딱 맞는 구조와 문장을 찾지 못해서이다. 더 쓸 이야기가 남았다는 것은 마음의 빚이다. 가슴에 담고 긴장하며 살겠다.

경상남도의 어느 대안학교엔 '노란리본 책꽂이'가 있다. 세월호 유가족들이 기증한 책으로 꾸민 공간이다. 이 단편집도 출간되면 그곳에 가장 먼저 보내야겠다. 책 읽는 학생들의 손등에 닿는 봄볕이 참 따사롭겠다.

2017년 3월
김탁환

감사의 글

———

많은 분들의 도움으로 여덟 편의 단편을 완성할 수 있었습니다. 소중한 시간 허락해주시고, 귀한 이야기 들려주셔서 감사드립니다. 관련 사진과 자료들을 보여주신 분들께도 감사드립니다.

최성호, 최경덕, 오영석, 오병환, 강승묵, 은인숙, 유니나, 유진수, 김은례, 공우영, 황병주, 김관홍, 김혜연, 김성묵, 유미선, 김성훈 님께 감사드립니다.

4·16세월호참사 기억 프로젝트 '아이들의 방'에 참여한 사진 작가들, 2017년 1월 7일 제11차 범국민행동 촛불집회 때 광화문 무대에 오른 아홉 명의 생존 학생들, 팟캐스트 '4·16의 목소리' 시즌 1의 정혜윤, 함성호, 오현주 님께 감사드립니다. 4·16가족협의회 진상규명/인양TF분과 자료실에서 세월호 관련 자료와 재판 기록을 검토했습니다. 장훈, 정성욱, 김광배, 장동원 님께 감사드립니다.

답사에 도움 주신 차혜란, 최보경, 배수영 님, 전문 분야 조언

351

을 주신 남희석, 류란 님, 초고를 읽고 의견 주신 이선아, 오기쁨, 최예선, 류진아, 김준태 님께 감사드립니다.

'생애적 사건'으로 세월호 참사를 고민하게 해주신 김명인 선생님께 감사드립니다. '아름다운 사람'의 노랫말을 제목으로 쓰도록 허락하신 김민기 선생님께 감사드립니다. 작은 기쁨의 가치를 알려주신 신영복 선생님께 감사드립니다. 치유자의 가치를 일깨워주신 정혜신, 이명수 선생님께 감사드립니다.

돌베개와의 첫 작업이었습니다. 5년 전부터 제 역사소설 초고를 검토해줬고, 『아름다운 그이는 사람이어라』가 꼴을 갖추는 데 많은 도움을 준 편집자 이경아 님께 감사드립니다.